古典詩歌研究彙刊

第二七輯

龔鵬程 主編

第 16 冊

晚清貝青喬詩歌感時意識研究

郭 素 妙 著

國家圖書館出版品預行編目資料

晚清貝青喬詩歌感時意識研究／郭素妙 著 ― 初版 ― 新北市：
花木蘭文化事業有限公司，2020〔民 109〕
目 4+192 面；17×24 公分
（古典詩歌研究彙刊 第二七輯；第 16 冊）
ISBN 978-986-485-986-3（精裝）
1. 清代詩 2. 詩評
820.91　　　　　　　　　　　　　　　109000193

ISBN-978-986-485-986-3

9 789864 859863

古典詩歌研究彙刊
第二七輯　第十六冊　　　ISBN：978-986-485-986-3

晚清貝青喬詩歌感時意識研究

作　　者　郭素妙
主　　編　龔鵬程
總 編 輯　杜潔祥
副總編輯　楊嘉樂
編　　輯　許郁翎、張雅淋　美術編輯　陳逸婷
出　　版　花木蘭文化事業有限公司
發 行 人　高小娟
聯絡地址　235 新北市中和區中安街七二號十三樓
　　　　　電話：02-2923-1455／傳真：02-2923-1452
網　　址　http://www.huamulan.tw 信箱 hml 810518@gmail.com
印　　刷　普羅文化出版廣告事業
初　　版　2020 年 3 月
全書字數　119834 字
定　　價　第二七輯共 19 冊（精裝）新台幣 32,000 元　　版權所有‧請勿翻印

晚清貝青喬詩歌感時意識研究

郭素妙 著

作者簡介

郭素妙，1984 年生於新北市。中國文化大學中國文學系（文學組）畢業、中國文化大學中國文學所碩士班畢業。大學畢業後便與教育緊密連結，對中國古典文史深刻有感，不時喃喃自我思古之幽情。日常喜好瑜珈、旅遊，現正爲學習語言孜孜不倦，夢想成爲走遍世界各個角落的知識旅人。

提　要

　　晚清，道光年間世亂澆漓，鴉片戰爭與太平天國起事席捲中國。蘇州詩人貝青喬（1810～1863）生時適逢清朝內憂外患之際，經父親鼓舞之下，投筆從戎、慷慨赴軍，於奕經（1791～1835）將軍麾下任職，其間曾領命入寧波城查探敵情，繼命監造火器，更曾帶領鄉勇在軍情緊急危難時，勇赴前線，衝鋒陷陣英勇殺敵，其後亦幫辦文案，入核銷局查造兵勇糧冊。一年多的軍旅生涯對於營帳中大小之事頗爲熟悉，其間所見軍中怪事多有，咄咄離奇，於是一一如實記錄，甘冒頭顱落地之險，留有以詩記實之作《咄咄吟》傳世，望爲後世用兵者告，是爲清末「少陵詩史」。

　　青喬一生應試多次，屢無登龍門榜之緣，其爲求果腹，囊筆依人因而形跡萬里。所到之處仍是以詩記錄創作不輟，進而留下許多富有文采之詩文作品。現今留存者包括《半行庵詩存稿》、《苗妓詩》、《爬疥漫錄》，作品中不乏感時傷世之詩文，流露出詩人民胞物與之情、憂國憫民之思。不過也因其功名未顯，詩名有限，從晚清至今學者對於其詩文研究所作不多，相關評價亦是鮮少，臺灣學術界更無專書或單獨相關論文之研究，甚是可惜。

　　於是乎，研究者重啓對貝青喬詩文之蒐羅，現今傳世之詩約九百餘首。研究者今挑選詩作中具備「感時意識」之詩加以整理、分析、研究，作爲本論文之主軸，更就其藝術手法與後世評價凸顯貝青喬詩作之特色與影響性。

目

次

第一章 緒 論

　　我國已發表的中國文學相關論文中，研究晚清詩人的作品不勝枚舉，研究者何以選擇貝青喬這位當世並未顯名的蘇州地方詩人作為研究對象？本章中研究者將一一敘明緣由，並試就研究動機與目的中抽絲剝繭出研究之價值，而以當今所存資料中劃清研究範疇，進而透過可行的科學研究方法之說明，揭開本篇論文之序幕。

第一節　研究動機與目的

　　大清帝國 296 年國祚中，中國天朝的大門因為商務爭議的理由透過戰禍被迫開啟。從道光 19 年（公元 1839 年）開始，接踵而來的外敵侵逼相繼不輟，英國憑藉著船堅炮利之優勢，挾以帝國主義侵略之姿揭開清末戰爭之序幕。自此之後，中國所面臨的內憂外患接連不斷，朝中政局動盪不安，地方民心惶惶不可終日。

　　反觀當今世界，煙硝四起之處所在多有。民族情懷歧異之戰、地域資源爭奪之戰、傳統宗教對立之戰等等原因不可勝數。戰爭的可怕在於沒有選擇性的毀滅，雖然時代終會過去，但身處於當下的世代卻何其無辜。因此，透過文史資料，以古鑑今必定相當重要。

　　目前，世人可以從所留下的歷史資料、文獻記載了解當時的狀況，但歷史資料多從中央朝廷的角度去敘寫，缺乏對於歷史事件觀看視角的全面性，是故，地方在野文人所留下的詩、文、雜集等等資料

便可補充其闕漏，讓後世的我們從中窺探時代的驟變。然而，身處晚清的碩學鴻儒多如過江之鯽，何以研究者要鎖定「貝青喬」這位名聲未顯的詩人作為研究主角呢？

首先，貝青喬（1810～1863）生於晚清，而立之年適逢晚清第一場戰役——鴉片戰爭，其身分因此戰役而揭開了轉變的序幕。青喬由閭閻諸生轉而投筆從戎，戰爭結束後，為求生計，成為軍帳中橐筆依人的幕僚。期間亦有三年更為浪跡天涯、行跡飄盪的旅人。足跡的遠踏，多重角色的扮演，因而鍛鍊出他不同於時代文人中視角的多元。若依據國事的變化將貝青喬一生分為三期，可探究出，國家因長期面臨外強肆虐，於不同時期詩人透過詩文反映了國家因武備廢弛，朝廷用兵軟弱的無奈感；也道出國家因面對戰事連年，致使家國生計欠佳，勞苦黎民的無力感；更於作品中表現出「國家興亡，匹夫有責」，文人應時激發的憂患感。如是三種自身確切的深刻感受，在在都隱含在他當今遺留下的詩文作品中。

晚清思想家王韜（1828～1897）曾在其《瀛壖雜志》讚嘆貝青喬言：

> 壯年嘗佐揚威奕將軍戎幕，不避艱險，冀有所樹立，
> 顧卒無所成功。嘗方於磨盾草檄之暇著有《咄咄吟》二卷，
> 具載當時軍中利病，識者以為不媿少陵詩史。〔註1〕

中國近代國學巨擘，錢仲聯（1908～2003）先生認為貝青喬《咄咄吟》作品中：

> 反映鴉片戰爭時期敵寇之橫暴、清政府官吏之昏聵、
> 將帥與人民之英勇抗敵，字字為血淚凝成。不特思想性強，
> 藝術性亦高。同時則冀自珍《己亥雜詩》亦其類矣。〔註2〕

能將之與《己亥雜詩》相互媲美，可見對其有高度評價與讚賞。

近代文學大師，劉大杰（1904～1977）於其《中國文學發展史》中亦提及：

〔註1〕〔清〕王紫詮、斌椿撰：《瀛壖雜志，乘查筆記》（臺北：華文書局印行，清光緒十年，同治五年刊本影印，中華文史叢書，第十二輯），頁197。

〔註2〕〔清〕貝青喬，王衛平主編：《貝青喬集》（上海：上海古籍出版社，2013年蘇州文獻叢書第二輯）前言，頁1。

　　　　姚燮以外，在反映鴉片戰爭的詩歌方面，值得我們注
　　意的還有貝青喬。……因爲他有實際的戰爭生活體驗，又
　　深知軍中利病……具有重要史料價值，而在藝術方面也得
　　到很高的成就。……其筆力眞可與龔自珍媲美。〔註3〕

其對貝青喬的評價與錢仲聯有英雄所見略同之處。基於臺灣尚未有關
於貝青喬這位詩人之詩文綜合研究論文的出品，而貝青喬遺留的作品
中，除當今備受矚目的《咄咄吟》之外，尚有其他著述具有高度文學
研究及歷史價值。據此理由，研究者認爲研究貝青喬的詩歌在此時是
富有時代價值且深具以古鑑今探究意義的。

第二節　相關研究成果

　　有關貝青喬詩文的相關研究作品，臺灣現今尚無論文或期刊文獻等
相關專著資料發表，只見於研究鴉片戰爭議題之論文或苗地風俗的研究
資料中，其詩作被少數的引用。中國大陸地區對於貝青喬的相關研究資
料亦不算豐碩。在專著方面有：《貝青喬集》（王衛平主編，馬衛中、陳
國安點校，上海古籍出版社）此書爲「蘇州地方文獻叢書」相關套書中
之第二輯。作者將貝青喬流傳於今的所有作品整理、收錄其中。

　　然而，中國大陸對於貝青喬詩文相關研究之學術論文目前尚無
博士論文，碩士論文僅有 2004 年暨南大學寧夏江《貝青喬詩歌研
究》。作者蒐集整理貝青喬的詩文作品，以四大標題：吳下老名士貝
青喬、雄節特出的報國詩篇、憂憤悲壯的志士詩篇、獨闢蠶叢的遊
歷詩篇爲經，依據貝青喬一生所歷，將其作品分爲報國詩、志士詩、
遊歷詩三大類別爲緯，加以探究說明。

　　在單篇論文方面，寧夏江著有三篇，依序是：〈滇游鑿洪荒，山
水爲生色──論近代詩人貝青喬黔滇遊歷詩作〉（貴州文史叢刊，2004
年 10 月）、〈論貝青喬詩歌〉（蘇州大學學報，哲學社會科學版，2008

─────────────
〔註3〕劉大杰：《中國文學發展史下》第29章之6，（臺北：華正書局，100
　　年9月3版），頁1403。

年3月)、〈一首反映鴉片戰爭的新聞詩〉(軍事記者,2012年4月)。

〈滇游鑿洪荒,山水爲生色——論近代詩人貝青喬黔滇遊歷詩作〉文章中,作者探討貝青喬於黔滇遊歷的三年中,深得山川之助,內蘊著江山奇氣的狀態下,開啓了他創作上「獨辟蠶叢」對文學發展的啓發與影響。〈論貝青喬詩歌〉此篇中,全面的將其一生創作詩歌以生平爲經,經歷爲緯作提示性的節錄,並評析其詩作特色。〈一首反映鴉片戰爭的新聞詩〉一文中,以新聞寫作視角說明貝青喬《咄咄吟》對現今現實性強的報導文學有啓發之意義。

期刊論文發表的學術資料中尙有:王永健〈試論貝青喬的咄咄吟〉(明清詩文研究叢刊,1982年1月)、趙杏根〈論咄咄吟〉(寧夏大學學報,1984年4月)、唐莫堯〈貝青喬在黔〉(貴州地方誌通訊,1986年5月)、王娟〈貝青喬咄咄吟組詩所反映的社會內容〉(語文教學與研究,2008年5月)、馬衛中〈貝青喬新論〉(漢語言文學研究,2012年9月)、〈貝青喬爬疥漫錄論略〉(文獻雙月刊,2015年11月第6期)等上述數篇資料。

整體來說,現存對於貝青喬這位吳地士子的研究實爲有限,其詩作尙有相當的學術空間待深入挖掘及探討。韋勒克在《文學論》一書中提及,對於研究特定文學家的作品:

> 很明顯地我們主要並不是對他和一般人相同的地方發生興趣,如果是那樣的話,那我們可以研究其他的任何一個人。……我們倒是要找出什麼是莎士比亞所特有的,是什麼使莎士比亞之所以成爲莎士比亞,這當然很明顯地是一個個性與價值的問題。〔註4〕

是故,研究者從貝青喬的家庭背景與生平、交遊探究起。從中辨別出他與當時各士子中之區別所在,他的性格養成與對生命價值使命感塑造的過程與表現,更進一步說明,其詩作對於當代與後世學者之影響意義爲何。如韋勒克所述:

〔註4〕韋勒克、華倫著,王夢鷗、許國衡譯:《文學論——文學研究方法論》(臺北:志文出版社,1985年新潮大學叢書3),頁23、24。

　　　　即使是在擴大地去研究某一個時期、某一種運動，或
　　者是某一種特定國家的文學時，文學研究者所要發生興趣
　　的，應在於它是一個具有特徵和特質的個體，而這些特點
　　使他和類似的群體截然不同。〔註5〕

是故，研究者之研究範疇進而擴及論述當時外患（鴉片戰爭）與內憂
（太平天國）之事的發生，透過回溯背景時代事件的原委，使其更能
深刻了解其人其作。

第三節　研究範疇

　　本節，研究者依據貝青喬所遺留之著作《半行庵詩存稿》、《咄咄
吟》、《苗妓詩》、《爬疥漫錄》，依序透過表格整理，羅列出存有之各
書版本如下：

一、《半行庵詩存稿》

題名	半行庵詩存槀 八卷	半行庵詩存槀 八卷	貝青喬集：外一種 半行庵詩存稿　八卷
出版 資訊	中國上海市： 上海古籍出版社， 2002 年	中國上海市： 上海世紀出版公 司，上海古籍出版 社，2010 年 12 月	中國上海市： 上海古籍出版社，2013 年 4 月，馬衛中、陳國安點 校
注	據上海辭書出版社館 藏，清同治五年（1866） 葉廷琯等刻本影印	影印本	初刻於同治（丙寅）五年 （1866）六冊，馬衛中家 藏，爲點校底本
集叢 附加 款項	續修四庫全書，集部， 別集類；1537	清代詩文集彙編； 635	蘇州文獻叢書，第二輯
典藏 地點	臺北：國家圖書館、中 國文化大學圖書館	臺北：國家圖書館	臺北：國家圖書館

　　研究者以下論文所收錄之《半行庵詩存稿》詩文資料，是依據上
海古籍出版社 2002 年初刊爲版本所作之整理。

〔註5〕韋勒克、華倫著，王夢鷗、許國衡譯：《文學論──文學研究方法論》
　　　（臺北：志文出版社，1985 年新潮大學叢書3），頁23、24。

二、《咄咄吟》

題名	咄咄吟 二卷	咄咄吟 二卷	咄咄吟 二卷， 附錄一卷	咄咄吟 二卷	咄咄吟 二卷
出版資訊	臺北縣永和鎮：文海出版社，民國 57 年	中國成都市：巴蜀書社，1993 年	中國上海市：上海古籍出版社，2002 年	中國上海市：上海世紀出版公司，上海古籍出版社，2010 年 12 月	中國上海市：上海古籍出版社，2013 年 4 月，馬衛中、陳國安點校
注	據吳興劉氏嘉業堂刊本，上海通社刊本影印	據吳興劉氏嘉業堂刊本影印	據民國三年嘉業堂叢書影印	影印本	初刻於同治（丙寅）五年（1866）六冊，馬衛中家藏，爲點校底本
集叢附加款項	近代中國史料叢刊，第二十三輯	中國野史集成，第四十冊，610～654頁	續修四庫全書，集部，別集類；1536	清代詩文集彙編；635	蘇州文獻叢書，第二輯
典藏地點	臺北：國家圖書館、中國文化大學圖書館	臺北：國家圖書館	臺北：國家圖書館、中國文化大學圖書館	臺北：國家圖書館	臺北：國家圖書館

　　研究者以下論文所收錄之《咄咄吟》詩文資料，是依據上海古籍出版社 2002 年，據民國三年，嘉業堂叢書影印爲版本所作之整理。

三、《苗妓詩》

題名	苗妓詩 一卷	苗妓詩 一卷	苗俗記	苗俗記
出版資訊	臺北市：新興出版社，民 63（1974）	臺北市：新文豐出版社，民 78（1974），臺一版	中國成都市：巴蜀書社，2014 年 7 月，第一版	中國上海市：上海交通大學出版社，2011 年 9 月，第一版

注	本祖輯清宣統刊本及民國 11 年刊本影印	影印本	收錄於《中國西南地理史料叢刊》47 冊，第 32 冊，面 503～508。據清光緒 17 年（1891），上海著易堂小方壺齋輿地叢鈔排印本影印。	據清光緒十七年上海著易堂排印本影印
集叢附加款項	筆記小說大觀五編；6	叢書集成，續編；第 224 冊，史地類	中國西南地理史料叢刊 32	中國世界文化和自然遺產歷史文獻叢書/王挺之、李勇先、范國強主編，第 8 帙
典藏地點	臺北：國家圖書館、中國文化大學圖書館	臺北：國家圖書館、中國文化大學圖書館	臺北：國家圖書館	臺北：國家圖書館

　　研究者以下論文所收錄之《苗妓詩》詩文資料，是依據筆記小說大觀五編，清宣統刊本及民國 11 年刊本影印爲版本所作之整理。此六首詩原文附屬於《半行庵詩存稿》詩集中，因其特殊價值之故，被收錄於他處，因而有所版本差異。研究者於本論文第三章——貝青喬之生平著作，第三節——詩文著作，此節中將〈苗妓詩〉之內容還原納入《半行庵詩存稿》作統一的論述。

四、《爬疥漫錄》

題名	出版資訊	注	集叢附加款項	典藏地點
爬疥漫錄	中國上海市：上海古籍出版社，2013 年 4 月	王欣夫鈔本	蘇州文獻叢書，第二輯，貝青喬集（外一種），馬衛中、陳國安點校	臺北：國家圖書館

　　研究者以下論文所收錄之《爬疥漫錄》文章資料，是依據蘇州文獻叢書，第二輯，貝青喬集（外一種）爲版本所作之引用。

　　據此可知在臺貝青喬近代相關研究與專書目前是無處尋獲的，連帶其著作版本資料亦是十分有限，是故，研究者於蒐羅詩文過程中除使用古本外，亦多加參考蘇州文獻叢書，第二輯，貝青喬集（外一種）此版本，交互對照，以期還原詩作之原貌。

第四節　研究方法與步驟

　　本文對於「研究方法」的內涵界定是依據現代人文研究的「知識型」〔註6〕觀點著手。傅柯提出道：現代學者從事研究，理應要不斷反思四點：（一）我對研究對象的基本假定是什麼？（二）新的理論基礎何在？（三）新的問題與解答的可能觀點何在？（四）新的方法學何在？是故，從事文學研究時，除了延續對研究主體的主觀理解與詮釋的人文研究傳統之外，更進一步的須去強調上述對主體研究的主觀理解與詮釋是確實經過合理的論證因而建構出來的知識，如此，才能成為具備科學性與系統性的「相對客觀有效性」的知識〔註7〕。

　　依循上述觀點，研究者著手寫作「晚清貝青喬詩歌感時意識研究」此篇論文初期，第一要務是先釐清「對所研究對象的基本假定是什麼」〔註8〕，進而採用方法一，文獻探討。

一、文獻探討法

　　即蒐集現今關於貝青喬作品的所有相關文獻，本文所用相關文獻主要是：正式出版之專書、論文、期刊、地方志、學報、專刊，進而加以閱讀、整理、分類，而熟悉相關知識，再針對研究內容做文獻的歸納、統整、詮釋。掌握研究問題的重要觀點後再對內容重新做範圍

〔註6〕米歇爾・傅柯著，莫偉明譯：《詞與物：人文科學考古學》（上海：上海三聯出版社，2001年），頁88。

〔註7〕顏崑陽、蔡英俊：〈中國古典文學研究的現代視域與方法——「百年論學」學術對談〉，《政大中文學報》第九期，頁1～22。

〔註8〕米歇爾・傅柯著，莫偉明譯：《詞與物：人文科學考古學》（上海：上海三聯出版社，2001年），頁89。

的釐清與設定，此舉能夠在「新的理論基礎何在」〔註9〕的反思下，使研究結果較具客觀性。為期提升本論文敘述之正確性，使研究者在詮釋文本資料時相對客觀適切，不做虛設理論的前提之下，並且反思「新的問題與解答的可能觀點何在」〔註10〕的過程中，研究所使用的方法就會涉及方法二，內容分析。

二、內容分析法

　　研究者將蒐集並加以整理過的文獻資料做有系統的分析研究，是故，論文敘述過程中將盡量採用一次文獻資料與二次文獻資料加以交叉分析，將資料間進行對比闡述，以較廣闊的視野來詮釋文獻資料，使人文研究更加具備系統性與全面性，以期建構出的相關論證能成為客觀有效的人文知識。

三、總結歸納法

　　最後以前述論述為根據，再進行假設、考證、統計，進而發現所研究事實的結果。過程，是將個別的事件加以組織化，從各種資訊中求得結論，包括幾個重要步驟：

　　（一）提出問題
觀察問題所在，找出疑難，把握問題從事研究。
　　（二）分析問題
探究、分析問題，以確定問題的性質、範圍及癥結。
　　（三）蒐集資料
蒐集切合問題的資料，視問題的性質而定。
　　（四）整理資料
將蒐集的重要資料作研判、考察、分析、比較和選擇，進而決

〔註 9〕米歇爾‧傅柯著，莫偉明譯：《詞與物：人文科學考古學》（上海：上海三聯出版社，2001 年），頁 101。

〔註 10〕米歇爾‧傅柯著，莫偉明譯：《詞與物：人文科學考古學》（上海：上海三聯出版社，2001 年），頁 102。

定資料取捨。

（五）析論評價

就所整理的資料，處理、探究、分析出一個結論來。即是根據事實以求得確實的結論。

透過這三種研究方法期望能展現較完整及全面性的論述成果。

第二章　貝青喬所處之時代環境

　　晚清之「鴉片戰爭」是中國第一場迎戰經歷工業革命洗禮後的國家，挾以現代化船堅砲利之優勢入侵的戰役。時值壯年的貝青喬對此役深有所感，十年後爆發的太平天國起義，更使清朝在中國的權力結構上產生了重大改變。本章就論述晚清外力的侵逼引發鴉片戰爭與太平天國的爆發兩大事件，作爲了解詩人背景的主軸。

第一節　外力侵逼下的晚清

一、世界的巨變──大航海時代的來臨

　　中國自秦始皇廢封建、行郡縣始開創了大一統的國家體制，首創中央集權政體。自此，帝國雖經朝代更迭、權力易主，但集權中央的本質並未因此而改變，甚至從西漢漢武帝「罷黜百家，獨尊儒術」的愚民政策之推行而至北宋宋太祖的強幹弱枝手段，進而到明朝太祖的廢丞相，都足見一步步將中央的權力推至無上。

　　滿清入主中原後對中央權力的擁護抑有過之而無不及。實因滿人爲數不及漢人百分之一，對於統治這樣國土浩瀚人口眾多的陸上農業民族亦無相對經驗，且文化之根基亦無漢人之廣披，然而得以入主中原，實由於明朝累積近百年的內潰。因此，爲使政治穩定，勢必需吸

取漢人的統治政策、典章制度加以內化，是故清朝對內的統治策略也
多與明朝雷同並無多大出入，與此同時又為防止大權的旁落〔註1〕，
更強化了繼承於明朝的文字獄政策，始得清朝於根本政策上對於學術
文化的發展與研究，有了徹底的侷限，更進一步的說明了集權對文化
思想的壓抑與壟斷了。

　　十五世紀後期，歐洲的地理大發現開啟了歐人東來的海上路線。
這絕非是中國第一次與西方世界的往來，早在漢朝武帝為軍事戰略作
布局時，出使張騫通西域開啟的絲路各道，就已有與西方歐洲往來的
記錄存在，甚至，東西方的往來透過陸上絲路的交流更為頻繁。反觀
海路，以往中歐間的海上通商，規模皆不大。印度洋與南海的航權先
後操控在波斯、大食與中國人之手，歐人幾乎無插手餘地〔註2〕。直
至，文藝復興之後，歐洲人對於世界的觀念大為解放，面對自然與生
活上的態度更加積極，加以理性思維，科學亦日趨受到重視，好奇冒
險的心理大熾。因世界知識的進步，政府的鼓勵於上，人民響應於下，
歐人對海外的發展便更趨於活躍。

　　最早致力於遠洋探測的歐洲國家為葡萄牙與西班牙，目的為通
商中國、印度獲取香料為主。明朝正德九年（1514），為歐洲人第一
次經由海路抵達中國。葡萄牙人日後亦多次設法從廣州登陸，而依
明朝制度：

> 　　南海諸番，如非朝貢之國，不許前來廣州，如非貢期，
> 亦予阻回。

葡萄牙人後雖以朝貢為名，卻以互市為實，然民間「私通蕃貨與進
貢者混，以圖私利」者亦頗不少〔註3〕。與此同時，中國東南沿海的

〔註1〕郭廷以：《近代中國史綱》（香港：香港中文大學出版社，1989年），
　　　　頁6、7。

〔註2〕郭廷以：《近代中國史綱》（香港：香港中文大學出版社，1989年），
　　　　頁13。

〔註3〕郭廷以：《近代中國史綱》（香港：香港中文大學出版社，1989年），
　　　　頁16。

海上貿易已揭開序幕。大致說來，自最早的葡萄牙繼起的西班牙與後來的荷蘭、英國，對於遠東的關注是隨時間的推衍日漸加劇。不僅在通商獲利的誘引之下，對於擁有世界三分之一人口數的泱泱中國，廣大的傳教市場抑吸引著西方天主教、基督教的眼光。是故，於明世宗朝多才多藝、儀表不凡的利瑪竇〔註4〕，明朝末期的湯若望〔註5〕，清朝康熙時期的南懷仁〔註6〕，得知，傳教士對於中國近代文化、科學、算數、天文、藝術等等的發展影響深刻。倘若，對外海上貿易的緊縮或禁止，傳教士的限制入境與中國人民對外來宗教相對的排斥，中央政府對於學術的壓抑與壟斷，忽視海防力量的軍備防禦與發展，這四點同時發生時，中國勢必進入一個封閉的狀態，只待時機的成熟，與外方的世界衝突不免一觸即發，將被迫進入世界全球化的一員。

二、清朝的鎖國政策——禁教

　　清政府於強化對內部的統治過程中，的確開啓了滿人入關後的盛世。清朝武功鼎盛、疆土遼闊，康雍乾三朝時期，中國強大的聲譽更促使各方來朝，延續了商周時期即有的朝貢體系〔註7〕，更進一步形塑出屬於清政府天朝朝貢貿易的形式〔註8〕，然而，與此同時清朝以

〔註4〕馬泰奧‧里奇（1552 年 10 月 6 日～1610 年 5 月 11 日），漢名利瑪竇，義大利天主教耶穌會傳教士、學者。1583 年（明神宗萬曆十一年）來到中國居住，因受士大夫的敬重，被尊稱爲「泰西儒士」。

〔註5〕約翰‧亞當‧沙爾‧馮‧貝爾（1591 年 5 月 1 日～1666 年 8 月 15 日），漢名湯若望，字道未，神聖羅馬帝國科隆人，天主教耶穌會傳教士、學者。

〔註6〕南懷仁神父（1623 年 10 月 9 日～1688 年 1 月 28 日），字敦伯，一字勳卿。清康熙朝來華傳教士。

〔註7〕商周時代朝貢體系是封建格局下，中央政府與地方諸侯維繫天下和平與政治運作的重要形式。諸侯因中央天子的冊封而獲得合法性，並透過周期性的朝貢反向加強天子共主地位，最終達成一種萬邦和諧的互利共存。參見王鼎杰：《當天朝遭遇帝國，大戰略視野下的鴉片戰爭》（重慶大學出版社 2010 年 9 月第一版），頁 4。

〔註8〕清政府所謂的天朝，是在陸權時代下，以中國爲天下核心的國際觀，

外的世界——十七、十八世紀的歐洲國家，自由對等的貿易方式卻如火如荼的開展中。透過傳教士習得的西學畢竟是有限的，甚至是目的性極強的。西學傳入的知識內容為何，全憑清朝皇帝的好惡與帝國內部需求來決定西學傳入的方向。所以，在有限制的吸納知識下，對世界的發展與進步不晉的便產生了以管窺天、以蠡測海的結果。隨著時間的推移，海權時代的來臨，世界霸權的易主，清帝國還能以世界天朝之姿獲得勝利嗎？康熙三十一年（1692），康熙下達一道弛禁基督教御旨：

> 查得西洋人，仰慕聖化，由萬里航海而來。現今治理曆法，用兵之際，力造軍器、火炮，差往俄羅斯，誠心效力，克成其事，勞績甚多。各省居住西洋人，並無為惡亂行之處，又並非左道惑眾，異端生事。喇嘛、僧等寺廟，尚容人燒香行走。西洋人並無違法之事，反行禁止，似屬不宜。相應將各處天主堂俱照舊存留，凡進香供奉之人，仍許照常行走，不必禁止。俟命下之日，通行直隸各省可也。

康熙年間，曾有傳教士反對明末以來耶穌會教士容許中國教徒祭天、敬孔、祀祖等禮俗，傳教士間因不同教派的競爭與禮儀問題先後亦多次爆發禮儀之爭的內訌事件。因此雍正元年（1723）清世宗開始嚴格執行禁教，清世宗下令除留京任職的傳教士外，其餘一律送往澳門，各地天主堂被拆毀，或改成公廨，屢下禁令，不許民間信仰。清高宗乾隆年間，取締愈烈，因此傳教活動幾乎消失。中國自十八世紀至鴉片戰爭爆發近百餘年間，與西方世界日新月異的科學、技藝、思想、社會、政治的演進，接觸甚少，彼此在器物上觀念上更大相逕庭愈離愈遠。

因中國得天獨厚的地理與資源優勢，在加上政治的相對穩定，文化歷史的源遠流長，促使清朝可以恩威並用的將周邊國家納入朝貢體系中，中國賦予後者以合法性，後者則通過承認清朝共主的地位獲得與中國貿易的資格，產生宗主與藩屬的關係。參見王鼎杰：《當天朝遭遇帝國，大戰略視野下的鴉片戰爭》（重慶大學出版社 2010 年 9 月第一版），頁 4。

雖然禁教並未禁止通商，廣州爲中國最早的對外貿易港口，西化程度相對早，但商人志在牟利，洋商亦在中國活動受限頗多，是故難望其與文化發展相聯繫。

清朝在中後期，除了前述探討無法隨時代變化而同步邁進外，千年來，封建制度造成的問題，於嘉慶、道光這五十年間國內的政治危機愈加顯現，然而朝野吏治腐敗程度更勝前朝。官場的貪污腐化，官員的道德之敗壞，利慾薰心可從下列文字窺知一二：

> 各揣乎肥瘠，及相率抵任矣，守令之心思不在民也，
> 必先問一歲之陋規若何，屬員之饋遺若何，錢糧之盈餘若
> 何，不幸而守令屢易，而內部之屬員、轄下之富商大賈，
> 以迄小民，亦大困矣。〔註9〕

這樣的敘述說明了官員的唯利是圖心態是毫不避諱的，甚至不覺無恥，可見絕非個例，而是整個官場的風氣已委靡，封建時代官員的勤政愛民、廉潔奉公的官場道德標準已蕩然無存。除此之外，欺騙蒙蔽、敷衍塞責在當時也是蔚爲風氣。軍事方面的謊報軍情，研究者在下節鴉片戰爭當中更有所論述。道光年間，更有人對這種捏造事實、粉飾太平的官場欺矇表現如是說：

> 其大員不問政之利弊得失也。樂於人之莫予違而已，
> 於是以一紙文書之出爲政，其下知其說之不通，而進言之
> 蒙譴也。辦理不善推諉觀望浮躁喜事。則亦莫之違而巧爲蒙
> 蔽，於是以一紙之入爲政，迨至金甌已缺，而猶不自知其
> 所以然，曰：天下已安已治矣，茲胡爲者？吾憑文書以治
> 之，憑文書以知之，言不治安者妄也。〔註10〕

中央下令查禁鴉片始終成效有限，其中問題也出於此，官員多不察實情，消極敷衍，以官樣文章做虛報，欺上瞞下手段所在多有。然而，皇帝亦並非不知實情，只是如何徹查亦是難事，官員之間互相庇

〔註9〕洪亮吉：《卷施閣文甲集》卷一〈守令篇〉（清光緒三年1877年續修四庫全書本）。

〔註10〕〔清〕汪士鐸：《汪悔翁乙丙日記》（新北市：文海出版社印行，民國57年近代中國史料叢刊第十三輯），卷三，頁138。

護，共同欺瞞，嘉慶曾說官員們：

> 未到任之先，必云可劾者多，既居此任，即無可劾者矣。

所謂旁觀者清，當局者迷，因循回護，今之大病也。〔註11〕

如此可見，千年專制封建政體下的怠病是很複雜而難解的，到如今已非聽其皇帝能扭轉乾坤。對外的閉關鎖國與世界不接，使中國沒有適時的進入時代潮流。對內政治的危機，封建的天朝觀，官員的交相賊，民族間的矛盾造成的內禍問題在在消耗了帝國的元氣，種種潛伏的因素都只是等待時機引爆。

第二節　鴉片戰爭之梗概與交戰

一、梗概

　　鴉片的使用在中國行之有年。唐朝時罌粟經阿拉伯人傳入中國，傳入初期作爲觀賞植物植栽。鴉片，是用罌粟未成熟之蒴果經割畫果皮後流出的白色乳汁汁液熬煮的麻醉產品，亦稱爲大煙或阿片。宋代時，鴉片對人體的麻醉藥性被有所認識，亦被視爲猛藥。在記載的文獻當中說明了鴉片的使用方法，其不管是食用、飲用或敷用，隨時代的更迭亦有所變化，除早期的醫療功能外還因休閒之用受到喜愛。致使，上至宮廷天子下至平民百姓皆可能是受其身心蠱惑的「被挾持者」。這樣的越洋商品影響著中國十八、十九世紀的經濟與社會發展及政治穩定。當政府關注起鴉片的不當使用（非有限劑量的藥用）會造成人民身心的危害，嚴重到已對社會產生莫大打擊時，於雍正九年（1731）起頒布禁煙詔令，直至嘉慶、道光年間政府仍多次重申禁令〔註12〕。

〔註11〕〔清〕《大清仁宗（嘉慶）睿實錄》，嘉慶十六年六月丙子（臺北：華聯出版，民國53年），卷二四五。

〔註12〕案：自乾隆四十五年（西元1780年）至道光十九年（西元1839年）六十年間，清政府上至朝廷下至督撫衙門，先後發過四十五道嚴禁販運與吸食的鴉片諭令或文告。

　　利之所趨，中央的政策在多數時，並未落實在廣大中國的各個角落。商人的唯利是圖、官員的貪污收賄、煙民的趨之若鶩，在在都視天子聖旨為無物。嘉慶皇帝曾在諭旨裡嘆言道：「從前市井無賴之徒，私藏服食。乃近日侍衛官員等頗有食之者，甚屬可惡。沉湎荒淫，自趨死路。」鴉片對政治穩定造成的威脅，因政府財政問題而更形惡化〔註13〕，在禁菸令頒布後的每一年，中國從海外進口的鴉片數量是有漲無跌的。

　　公元 1813 年英國議會廢止了東印度公司在中國貿易的壟斷特權，1833 年又宣布將於 1834 年 4 月 22 日以後終止東印度公司的對華貿易專利許可〔註14〕。意味著英國小資產的對華貿易商真正獲得更多「自由貿易」的機會。另一方面，中國的鴉片走私將更加猖獗。只是，中國始終不在世界的潮流之中，自由貿易亦被中國「天朝」所不允許，於是，英國東印度公司在中國的通商專利被取消後，英商在中國通商產生的問題就更多了。新來到中國的英商，因不了解中國的制度，當面臨清朝仍以「夷商」管理之時，許多限制對其來說只是無理之至、不合時宜，當公司取消之後，保護英國商人在海外的商業利益責任則由英國政府負責。相對的若要與清朝交涉、反映甚至打仗，也都是政府的事情了。所以，蔣廷黻說：「在東印度公司取消以後，中英必須發生近代的平等外交，而中國的體制絕不容許這種邦交發生。」〔註15〕

　　鴉片買賣在中英貿易中，亦有其商業的自然性。中國對英國的出超，在在都使英國經濟產生了一大問題，且英國所屬印度政府當時正為內部財政問題而發愁，因而鼓勵鴉片出口至中國是能解決方時面臨的困難。從道光元年（1821）至道光十九年（1839）鴉片進

〔註13〕藍詩玲著，潘勛譯：《鴉片戰爭——毒品、夢想與中國建構》（臺北：八旗文化出版，2016 年），頁 69。

〔註14〕王鼎杰：《當天朝遭遇帝國，大戰略視野下的鴉片戰爭》（重慶：重慶大學出版社，2010 年 9 月第一版），頁 40。

〔註15〕《中國近代現代史論集——第一編　鴉片戰爭與英法聯軍》〈蔣廷黻：中國與近代世界的大變局〉（臺北：臺灣商務印書館，75 年 4 月初版），頁 28。

口量早已翻漲數倍〔註16〕。

　　道光十九年三月十日，林則徐奉道光皇帝之命以欽差大臣的身分抵達廣州「禁煙」。一到廣州，便雷厲風行的在當地組織「保甲」〔註17〕，向當地私販鴉片者與煙民施壓，三月十八日召集十三行行商，責難行商逆道而行、玩忽職守、貪贓枉法，並協助、教唆洋人是為通盜，要求他們從今起認清立場，並交與十三行總商伍紹榮等人兩份諭帖，一份是〈諭洋商責令夷人呈繳煙土令〉另一份是〈諭各國夷人呈繳煙土令〉。勒令洋商全數繳出在廣州的鴉片並出具切結以後不再作鴉片買賣，如作而被發覺，貨則入官，人則處死。然而這樣的先禮後兵卻因為諭帖的翻譯漏洞百出造成了反效果，由於鴉片商人拒絕交出手上的鴉片亦不交甘結〔註18〕，林則徐下令封鎖廣州商館斷水斷糧。三月二十七日封艙圍館已三天，此時英國駐華商務監督義律〔註19〕發出一份通告如下：

　　　　本人，查理・義律，旅華英僑商務監督，目前同本國及別國僑居此間的一切商人被廣東省政府強行扣留，食物無著，僕役離散，和我國的交通已被斷絕。現在奉欽差大臣直接頒給我並經各大員蓋印的諭令，要我把本國人所持有的鴉片全部呈繳。現本監督念及旅居廣州的全體外僑的自由和生命的安全以及其他重要原因，僅以不列顛女王陛下的名義並代表政府，責令在廣州的所有女王陛下的臣民，為了效忠女王政府，將各自掌握的鴉片開具清單，即

〔註16〕案：清末梁廷枏《夷氛聞記》卷一中記載：「康熙中，鴉片入口以藥材收稅，來尚無幾。厥後惡吸食傷人，除其稅而禁之。嘉慶中私販日盛……。道光十三年後，歲至者已七千餘箱，至是且萬有六千餘箱矣。」

〔註17〕《中國近代現代史論集──第一編　鴉片戰爭與英法聯軍》〈蔣廷黻：中國與近代世界的大變局〉（臺北：臺灣商務印書館，75年4月初版），頁35。

〔註18〕案：清代官府在案件審理上，經由兩造雙方出具書面保證，或表示服從判決或者表明自己所言不需的保證書稱為「甘結」。另外，百姓為表示自己的行為是清白或真實，向官府出具的保證書也是。

〔註19〕查理・義律（Captain Charles Elliot，西元1801年～1875年），英國軍人和殖民地官員，1836年至1841年擔任英國駐華商務總監。

行繳出，以便轉交中國政府。同時還應將從事鴉片的英國
船隻，置於本監督的控制之下。

　　本監督，爲了不列顛女王陛下及政府的利益，可以充
分而毫無保留地願意對繳出鴉片的全體及每一位女王陛下
的臣民負責。本監督需要特別提醒所有旅居廣州的女王陛
下的臣民，無論英國人是所有鴉片的貨主，或是託管人，
如在本日下午六時前不將該鴉片交出，本監督即行宣布女
王陛下政府對該商人所有的鴉片不負任何責任。特別需要
明確的是：英商財產的證明以及照本通知樂於繳出的一切
英國人的鴉片價值，將由女王陛下政府隨後規定原則及辦
法，予以決定。〔註20〕

很顯然的，義律想藉此把民間的經濟糾紛轉成國家大事，這是他的陰
謀，的確，若以兩百萬英鎊的鴉片價款作爲開戰的理由，實在是非常
具有說服力。不久後，義律致函英國外交大臣巴麥尊，建議政府立即
採用武力給予中國迅速而沉重的打擊，派遣艦隊到中國強迫償還英國
政府的鴉片損失，戰火將一觸即發。

　　收繳完畢的鴉片約兩萬多箱，本應上繳北京，由朝廷處置，但因
數量龐大，浙江道監察御史鄧瀛認爲應就地銷毀，除可節省長途運送
耗費外亦免於運送途中偷天換日等流弊，於是上奏道光皇帝，道光帝
後亦採納建言。六月三日，林則徐選定易於戒備的虎門進行銷煙〔註21〕

〔註20〕夏以溶主編，鄧紹輝著：《中國近代史話 1840～1919 第二卷鴉片戰
　　　　爭》（雲南：雲南人民出版社，2001年5月第一版），頁23～24。
〔註21〕過去銷煙辦法是倒上桐油，用火燒毀。然而，燒過後的煙膏會滲入
　　　　土中，如掘土加以煎熬仍可提煉出二至三成鴉片。林則徐費心苦思
　　　　出徹底銷毀的妙方。先在虎門海灘高處挖掘兩個長寬各15丈高的方
　　　　形大池，池底鋪設鵝卵石，四周用欄樁、木板加固，面海處開一排
　　　　鴉片渣沫涵洞，反方向開一條引水道，以鹽滷石灰浸泡碎鴉片，過
　　　　程中再投入石灰，沸騰反應立起，退潮時放水使之流入大海。參見
　　　　夏以溶主編，鄧紹輝著《中國近代史話1840～1919第二卷鴉片戰爭》
　　　　（雲南人民出版社，2001年5月第一版），頁29及王鼎杰：《當天朝
　　　　遭遇帝國，大戰略視野下的鴉片戰爭》（重慶大學出版社，2010年9
　　　　月第一版），頁71～72。

工作，嚴實的維安，監視嚴密以杜偷漏舞弊。連續多日銷煙，劇烈的化學反應產生的濃煙直上雲霄直至六月二十五日。

七月七日，一群英國水手在尖沙嘴酗酒的過程中與當地村民發生爭執，幾個村民還因故遭棍棒毆打，其中村民林維喜因傷重隔天宣告不治。林則徐聞訊介入，要求義律交出兇手以嚴辦。在得不到妥善回應後，林則徐進而下令，再次斷絕英人水和食糧，撤回遭英人雇用的中國買辦和僕役，並下逐客令嚴禁英人在澳門駐留，否則就採取軍事行動。九月四日下午兩點半，義律率領三艘船隻於九龍灣與清朝水師交鋒，正式揭開了中英鴉片戰爭的序幕，也轟響了中國近百年來的屈辱。

二、交戰

九龍戰役為全面開戰前的第一起衝突，若稱為戰爭，未免規模好像又太小，義律稱其為「報復」，回擊中國人不給他們乾淨的水（在飲水源頭下毒）與糧食補給。這場「報復」行動打了將近四個小時之久，後來英方因彈藥用盡，義律十分惱火，但仍下令自行撤退。隔天，義律在給英國外交部的報告中解釋著說：「女王的臣民遭受到如此暴力苛刻的對待，讓我不再為自己將要採取的措施感到煩惱，要不是處境如此艱難，那些措施將難以服人。」〔註22〕這樣掩耳盜鈴的說法，更顯現其出師無名，自圓其說的心態。與此同時，英國議會也正為是否對中國出兵而在國內引發激烈爭辯，最後仍決定派出侵華遠征隊通過武力來敲開中國大門解決所謂的「中國問題」。

林則徐在虎門銷煙時曾允許，願出具「永不夾帶鴉片」甘結的外國船隻可入廣州港貿易，即便義律已下令沒有他的同意，英國商船不可向清政府私自交付具結入港，仍有英國商船無法忍受貿易中斷帶來的損失，向清政府臣服。這樣的消息令義律決定採取果斷措施，於道

〔註22〕特拉維斯·黑尼斯三世、佛蘭克·薩奈羅著，周輝榮譯：《鴉片戰爭，一個帝國的沉迷和另一個帝國的墮落》（臺北：三聯書店出版，2005年8月第一版），頁74。

光十九年九月二十八日率領英國艦隊在穿鼻洋上武力阻止英商船報
關入港，而清政府卻以武力護航，是爲「穿鼻海戰」，水師提督關天
培督師反擊，整個炮戰將近一個小時，英艦後因船艦艦體受到損傷而
停火。

穿鼻之戰後，道光下了一道諭旨，斷絕一切英商貿易，無論是否
向政府出示甘結與否。道光曾多次表示：

> 區區稅銀，何足計論。區區關稅之盈絀，朕所不計也。

〔註23〕

十二月初一，林則徐奉旨布告，正式封鎖廣州港，永遠斷絕與英
國貿易。

十二月初四，英艦「窩拉疑」奉英國外相巴麥尊〔註24〕之命自
十二月十一日起，反封鎖廣州口岸。

道光二十年（1840）五月二十二日，由東印度艦隊司令伯麥〔註
25〕率領的侵華「東方遠征隊」〔註26〕抵達澳門增援。

道光二十年正月十八日，英國政府任命懿律〔註27〕和義律爲侵

〔註23〕〔清〕《清實錄》（北京：中華出版，1986年）第三十七冊，頁1168。
〔註24〕案：亨利・坦普爾，第三代巴麥尊子爵，KG，GCB，PC（Henry John Temple，3rd Viscount Palmerston，西元1784年～1865年）英國政治家，兩度拜相，以「巴麥尊勳爵」一名著稱。托利黨成員，後來，他改入自由黨。他曾擔任外交大臣（西元1830年～1841年）、首相（西元1855年～1858年）。
〔註25〕案：伯麥，（James John Gordon Bremer，西元1786年～1850年），又譯庇林麥、卑林馬、寶馬，英國海軍將領。在中國時曾兩度擔任英軍海軍東印度艦隊總司令，率領東方遠征軍來華，發動鴉片戰爭，占領定海。曾在中文公告中自稱「軍師統帥水師總兵官伯麥」，並於1841年正式占領香港島。
〔註26〕案：這支軍隊是英國內閣通過侵華決議後派往中國的遠征艦隊。擁有艦船48艘、大砲540門、士兵4000人，道光二十年五月二十二日抵達澳門。
〔註27〕案：喬治・懿律爵士，（Admiral Sir George Elliot，西元1784年～1863年），英國貴族，鴉片戰爭的英國海軍軍官，在戰爭中擔任英國全權代表和英軍海軍總司令，是查理・義律的堂兄。鴉片戰爭爆發後，率領英國艦隊北上至定海，並進犯大沽，脅迫清政府與之議和。

華正副全權公使。五月二十三日他們乘坐著「威厘士厘號」北上，隨即追趕目標爲舟山群島的伯麥，準備試圖以優勢艦隊占領定海並且北上大沽與北京交涉。六月初七英軍攻佔定海縣城，六月三十日英軍艦隊封鎖長江海口，並繼續北上天津。定海的失守對道光產生極大的衝擊，他最擔心的──邊釁〔註28〕問題還是來了。道光認爲當地的巡撫或總督事先若能作好防備，英人「不過稍呈小技，虛夷恫嚇」，最後還是得退回。今似武備廢弛，軍紀渙散，才至此天朝的國土被他人占據。無能者要嚴辦革職處分。並命兩江總督伊里步爲欽差大臣。十月十四日，懿律船艦到達天津白河口投書，道光詔允直隸總督琦善〔註29〕收受英人遞交「巴麥尊函」。函中提及：

> 大不列顛女王業已派出其海陸軍事力量前往中國沿
> 海，就英籍居民和國家尊嚴遭到中國當局侮辱一事，尋求
> 匡正與賠償。

文後亦開出賠償鴉片損失、建立對等外交、永久割讓沿海島嶼或數島、負責替英商追討洋行的欠款和支付所有英軍來華的軍費五項要求，最後還下了通牒，若沒有得到清朝政府令英方滿意的安排前，將不會停止敵對行動。然而，卻因文書翻譯改寫了歷史，造成道光皇帝的誤解。翻譯副本開篇第一段：

〔註28〕案：邊釁，天朝國土邊發生的軍事衝突。「邊」也有文明邊緣的意思，天朝爲世界的中心，周邊文化落後的部落或國家因爲各種因素而與中國產生武力事件。多年來處理方式不外乎，撫或剿，從用詞上的殊異可看出天朝有所謂文明優越感的意象。

〔註29〕案：琦善，字靜庵，（西元1786年～1854年），博爾濟吉特氏，滿洲正黃旗人。道光十八年（1838年）8月至11月，在天津起獲煙土15萬餘兩。道光二十年（1840年）8月30日，琦善赴天津，9月28日～12月4日期間，奉旨接替林則徐擔任兩廣總督。在鴉片戰爭中原先主剿的琦善在白河口見英軍「船堅炮利」，下令撤退砲台守軍，並派廣東人鮑鵬去穿鼻洋（廣州虎門口）向英軍談和，道光二十一年（1841年）1月25日與義律私下約訂《穿鼻草約》，割讓香港，賠款六百萬元。其後道光皇帝以琦善擅自割讓香港爲奇恥大辱，令鎖拿解京問罪，「革職鎖拿，查抄家產」，發軍台，後獲赦免。

> 茲因官憲擾害住在中國之民人，及該官憲褻瀆大英國
> 家威儀，是以大英國主調派水陸軍師，前往中國海境，求
> 付皇帝昭雪申冤。〔註30〕

顯然的，本應是英國在帝國主義之下很具侵略性對清朝咄咄逼人蠻不
講理的砲艦外交，卻荒謬的演變成，因廣州地方官對夷務的處理不
當，才導致現今由其國家政府出兵至中國北上喊冤、告御狀的情節發
生，尋求道光皇帝主持公道查鑒申冤，予以補償。道光旋即撤免了林
則徐的官位，並另派欽差大臣赴粵查辦。

八月十九日，懿律率艦隊自白河口南下。琦善奉命以欽差大臣身
分前往廣東處理條約的簽訂，過程中琦善眼見英軍之船堅砲利，清朝
在軍事實力上差距太大，客觀的認為不該再戰，中國的出兵只是造成
己方的損傷而已，因而主和，然而道光皇帝卻屢下諭旨命琦善拒絕英
人過度要求。道光二十年十二月十五日，義律在與琦善斡旋多次後仍
得不到滿意的修約內容時，決定再戰大角、沙角。這次的作戰結果，
仍是可想而知，清軍的傷亡也是令人震驚的。義律發起這戰的目的當
然是以戰促談，於是二十八日他們再次回到談判桌上，確立了日後備
受爭議的「穿鼻草約」〔註31〕。琦善因此被革職拿問，道光帝於道光
二十一年正月初五下詔對英宣戰。

接著處理善後的是伊里布〔註32〕，道光帝命其趁隙進剿，並收
復定海。又命奕山〔註33〕接替琦善的職位是為「靖逆將軍」，但卻因

〔註30〕佐佐木正哉：《鴉片戰爭研究（資料篇）》〈近代中國史料叢刊續編〉
（臺北：文海出版社，1982 年 7 月版），第 95 輯，頁 3。
〔註31〕案：大角、沙角大戰後，英國對華代表全權公使義律與琦善針對戰
事議和的草約。因雙方在穿鼻洋進行會談，故名。內容為：（一）割
讓香港（二）賠償煙價六百萬銀元（三）中英平等外交（四）廣州
恢復中英貿易（五）英軍退出大角、沙角砲台。對於草案，琦善表
示會代為懇奏道光皇帝，並未簽字，清朝更未予以承認。
〔註32〕案：愛新覺羅‧伊里布（西元 1772～1843 年），字莘農。鴉片戰爭後，
受命為欽差大臣赴浙江。
〔註33〕案：奕山（西元 1790 年～1878 年），字靜軒，中國晚清武官，清朝
宗室、滿洲鑲藍旗人。鴉片戰爭，道光帝將主持廣東軍務的欽差大
臣琦善革職，任命奕山為靖逆將軍。奕山以「粵民皆漢奸，粵兵皆

京師距離廣州千里之遙造成時間差的關係，皇帝的最新諭旨尚未傳至廣州時，英軍又於二月初六發動攻擊，「虎門之役」使威遠、鎮遠、靖遠、鞏固、永安等砲臺全數陷落外，著名守將過去七年忙著建設這些砲臺的提督關天培亦在此役中壯烈殉職，虎門失陷，英國軍艦進逼廣州城。

過程中，英方除向印度加爾各答請求增援外，亦撤換了義律，改派璞鼎查爲全權大臣兼貿易監督。四月初二，英軍在奕山夜襲後大舉反攻，進逼廣州。四月初六英軍兵臨城下，廣州知府余保純〔註34〕受奕山命令出城與英軍求和，諷刺的是，城北三元里鄉勇爲了保家衛鄉同仇敵愾群力重擊了入侵的英軍，最終仍是無力回天，清政府與英國簽訂「廣州和約」〔註35〕。

六月二十四日璞鼎查抵達澳門後，不滿清政府仍不完全屈服，是故開始制定北上計畫，決定對中國沿海重鎮進行一連串由南向北的重擊，以江寧城爲終點目標，從而達到逼迫清政府就範。其深信江寧爲中國槽運咽喉，北京皇城物資運送倚賴深切，若能占領，必定斷其資源的供應，倘若清廷仍不降服，便：

> 揚言將密招漢奸，挖衝高家堰堤，彼慮工險費巨，合龍無期，阻於外舟，工亦難舉……〔註36〕

屆時，北京自然成爲囊中之物。

賊黨」、「防民甚於防寇」，另在福建招募未經訓練的士兵，又日夜飲酒作樂，5月21日，奕山所部在白鵝潭水域向英軍發起夜襲，結果一敗塗地，廣州城外炮台盡失。清軍退入廣州城，奕山派人舉旗投降後與義律簽訂《廣州和約》。

〔註34〕案：余保存，字冰懷，江蘇武進（今常州）人。道光二十一年爲廣州知府，鴉片戰爭時奉琦善之命與義律議和。在英軍兵臨城下時，再次受奕山之命出城向英軍求和。

〔註35〕案：道光二十一年四月初七由欽差大臣奕山與英國全權公使義律在廣州訂定的休戰合約。議定內容爲：清政府軍隊於六日內退出廣州城六十英里外；一周內賠款英國六百萬兩白銀及毀壞洋行之損失；英軍駐紮至賠款付清。

〔註36〕〔清〕梁廷枏：《夷氛聞記》（北京：中華書局出版，西元1959年9月）卷四，頁117～118。

　　道光二十一年（1841）七月起，英國侵華艦隊接連攻陷廈門、鎮海、寧波、吳淞、鎮江、進逼江寧。道光二十二年（1842）六月十九日，道光密諭耆英「慎持國體，撫順夷情」並命耆英、伊里布為議和全權大臣〔註37〕。七月二十四日於英艦——康華麗號上由清朝代表耆英、伊里布，英國代表璞鼎查、巴爾克、郭富共同簽署中英《南京條約》，自此開啓中國百年不平等條約的悲劇歷史。戰爭環境下江南百姓的生活與精神狀態是詩歌首先關注的內容〔註38〕，社會、經濟受到嚴重的破壞，貝青喬於其詩歌作品中亦多有憫民傷世的發聲。

第三節　內憂繼起之太平天國

一、蕭牆之患

　　鴉片戰爭結束後，清朝的內潰有增無減更加劇烈。上下交病，人情震動，民有亂心，禍亂四起。南京條約後煙禁大開，社會氣氛詭譎，正如龔自珍言：

> 深感世俗之壞，貧富不齊，憤怨不祥之氣，郁於天地
> 之間，必至發於兵燹。〔註39〕

清朝從嘉慶至道光年間，地方民亂所在多有，從白蓮教之亂一直到各秘密會黨林立造成的社會動盪從未停止過。究其原因可分為：社會層面的人口壓迫問題、政治上的貪官汙吏，司法不彰問題、經濟上的租歲加劇問題，耕地不足收入不豐、民族上的外力入侵滿清政府無力阻擋問題。在在都激起反政府的火把，最後甚至燒起了足以燎原的革命之火。

〔註37〕陳捷先主編、余新中編著：《清宣宗道光事典》（遠流出版社，西元2006年），頁211。

〔註38〕朱季康：〈鴉片戰爭與江南社會：清季詩歌的雙重「意象」〉，《中國社會科學報》第002版（2010年10月），頁1。

〔註39〕郭廷以：《近代中國史綱》（香港：香港中文大學出版社，1989年），頁85。

　　羅爾綱先生在太平天國革命前的人口壓迫問題上有其統計數字顯現，道光三十年，中國境內人口已高達四億三千萬之多。而人平均可耕地呢？

> 乾隆十八年，每人平均畝數為 3.86 畝，乾隆三十一年為 3.56 畝，嘉慶十七年為 2.19 畝，道光十三年為 1.86 畝。〔註40〕

若與乾隆十八年相比，道光年間的清帝國人民每人被分配到的可耕地面積足足下降兩倍，而南北又各異。顯然，都是不足夠的。

> 在當時的情況下，1.86 畝土地已很難滿足人們的日常之需了。根據魏源的觀點，以當時生產力水平，養活一個人大約需要 4 畝耕地。林則徐曾說：「貧食之人當中熟之歲，大約一人有銀四五分即可過一日，若一日有銀一錢，則諸凡寬裕矣。」〔註41〕

人口過剩土地資源相對的無法供應，產生的問題是全面性的，經濟生產力的不平均分配就發生在土地兼併上，亦更加大了貧富的差距。貧者不滿的社會怨憤氣氛下，動亂恐就要形成了〔註42〕。

　　國家官僚體系的貪污腐化早已是中國官場上的一個毒瘤，自古有之。即使滿人統治下的清帝國，亦無特例，從乾隆時代直至嘉道年間朝野間層層貪腐、營私舞弊的情形是每下愈況。然而，地方差役橫行的表現，勒索錢財，黎民百姓更是首當其衝。此處引姚元之一段記載來說明：

> 衙役以訟事入鄉，先到原告家需索銀兩，謂之啟發禮，次到被告家，不論有理無理，橫行嚇詐，家室驚駭，饜飽始得出門……。迨到案時，不即審結，鋪堂散班之費，莫可限量。是以賊盜蜂起，不敢申報；報則枉費銀兩，不為

〔註40〕羅爾綱：《中國近代經濟社會史研究集刊，太平天國革命前的人口壓迫問題》（中央研究院社會科學研究所出版），頁30。
〔註41〕〔清〕劉淳：《農病，雲中集》，光緒癸未賜倚堂刻本，第一冊。
〔註42〕李國祈：《中國近代現代史論集，中國近代現代歷史的演進》（臺灣商務印書館發行，民國75年4月第一版），頁19。

緝獲，獲即受賄放去，毫無禆益。諺云：被盜經官重被盜。
〔註43〕

由此可見，官員的腐敗及差役的目無法紀，促使人民對政府的信心日減。再加上鴉片戰爭的失敗，激起了人民的民族革命意識，導致人民的仇外情緒無法被抒發反而轉向對滿人政權的不滿，民族的危機轉而成爲清政府統治的政治危機。戰敗後簽訂的賠款條約與港口的開放，使得早已捉襟見肘的財政問題亦十分窘迫。多重危機之下，民間的反政府革命聲浪四起，對搖搖欲墜的清政權無疑是雪上加霜。

二、太平發兵

　　道光三十年（1850），廣西一帶一股由新興秘密宗教——拜上帝會，所號召的民間反清政府組織勢力漸趨龐大，以「劫運將興，惟拜上帝會可免」的口號傳播於民間，所到之處「十家之中或有三五家肯從，或十家八家肯從。亦有讀書明白之士子不從，從者俱是農夫窮苦之家」〔註44〕，其中亦不乏廣東墾民。時值詩人貝青喬從滇西回鄉之際，行跡處多半有其勢力縱橫其間。是年七月，拜上帝會發布總動員令，號召各地黨眾至廣西省桂平縣金田村團營。歲末，拜上帝會會眾們以反侵略、反封建之名，於十二月十日適逢大舵手洪秀全生辰當日，正式宣布揭竿起義，揭開晚清民族革命之序幕，因其最終欲創建「天下一家，共享太平」之家國，是故，建國號爲「太平天國」。

　　洪火秀，字仁坤，後更名秀全，廣東省花縣人，清嘉慶十八年十二月十日出生於一個家境困窮的農村家庭。幼年入私塾時便顯現出過人的聰穎，四書、五經、古文、詩詞，背誦嫻熟，慧黠好學，俱瞭通義，頗具才氣。十六歲因家貧輟學，十八歲受聘設館授徒爲鄉里塾師。二十五歲至廣州應試不第，於途中得了耶穌會傳教士梁發播道所發的《勸世良言》一書，其書爲解說基督教聖經教義的宣傳書籍。三次落

〔註43〕〔清〕姚元之：《竹葉亭雜記》，續修四庫全書本，卷二，頁328。
〔註44〕郭廷以：《近代中國史綱》（香港：香港中文大學出版社，1989年），頁89。

第後〔註45〕，精神受挫，心靈痛苦，因故生了一場大病，病癒後稱其昏厥過程中乘輿升天已受天父使命，降大任，救今世人脫於苦難。於是，自創教派，因信奉上帝爲一神，稱其爲「拜上帝會」，己爲上帝次子。後受其影響最早跟進者爲其胞弟洪仁玕與同窗馮雲山。

太平軍從廣西一路由南向北向西進犯，過程中信眾依附日漸，所過城邑，民心傾倒、望風歸附，太平軍人數的擴張亦時勢所趨，成員其中不乏天地會會黨人士。兩者之間相通處爲「興漢滅滿」之觀念，故太平軍所發文告常以民族主義爲號召，然而，薙髮又爲滿清入關後統治之象徵，故太平軍皆蓄髮，清政府稱其爲「長毛賊」。完成共同目標後一爲欲建新朝一爲恢復舊有明朝，是故，兩股黨眾除抗清時相輔相成外，亦多有對彼此的猜忌。領導人物中除了稱爲萬國之主的天王洪秀全外，建國之初尚且有東王楊秀清、西王蕭朝貴、南王馮雲山、北王韋正、翼王石達開、燕王秦日綱、豫王胡以晃彼此甘苦相共。

太平天國一路征伐多能所向披靡與其軍制之優多有干係。《賊情彙纂》有一段話這麼說：

> 逆賊荒誕暴虐，惟於軍制似有法則，渠賊，……於行陣機宜，山川形勢，頗能諳習。……試觀其始定軍目，似亦具條理，由本及末，一氣通連，頗得身使指應之效。其於陣法，任意詭造，……然可保既敗不致全潰，……且能反敗爲勝。……賊於隊伍之制，條目井井，旋敗旋熾，仍未見其窮蹙。所恃無他，蓋始定軍目，不惌於法。……賊之梟張全恃行軍有法。其法至嚴，凡有失利取敗，違令私財，重則立斬，輕則責降，略無姑息。有功亦破格升遷，賞不逾時。」〔註46〕

太平天國既以宗教建國，而其組織下的政治、軍事、經濟、社會一元化，多以宗教貫注之，又述「天下凡間，實爲一家」制訂出公有共享

〔註45〕 簡又文：《清史洪秀全載記增訂本》（香港九龍：大中國印刷廠承印，民國 56 年），頁 9。

〔註46〕 〔清〕張德堅：《賊情彙纂》（上海：上海古籍出版社，2002 年），頁 392。

的基本經濟原則，聖庫制與天朝田畝制。然而，反對儒家思想進而搗
毀孔孟學宮廟宇，亦為捍衛儒學道統之士紳所不容接受。曾國藩曾在
〈討粵匪檄〉說明：

> 士不能誦孔子之經，而又別有所謂耶穌之說、《新約》
> 之書，舉中國數千年禮儀人倫，詩書典則，一旦掃地蕩盡。
> 此豈獨我大清之變，乃開闢以來名教之奇變，我孔子、孟
> 子之所痛哭於九原，凡讀書識字者，又焉能袖手坐觀，不
> 思一為之所？」〔註47〕

於此可見湘軍為護衛傳統文化而戰的理由與決心。

太平軍於道光三十年從廣西金田村起義，一路艱辛刻苦挺進，於
咸豐三年（1853）二月破南京內城，定都天京。期間多與外國公使有
所往來，亦布告多方嚴守中立。過程中分北伐與西征軍兩大支系，北
伐軍從揚州出發直搗北京；西征軍大破清軍，西取武昌。詩人貝青喬
於其《半行庵詩存稿》中亦有多篇憂國憂民感時之作記載時事。

咸豐六年（1856）七月，天京內訌變起，北王韋正詔殺東王楊秀
清後亦大肆屠殺，十月翼王石達開從湖北聞變歸來起兵靖難殺北王。
日後，太平軍屢屢喪師失地。隔年五月，翼王石達開因遭天王洪秀全
猜忌，於是出走安慶，太平天國實力折半。六月，滿清江南大營進攻
天京，年底，太平軍失守鎮州、瓜州。是年，英法亦聯軍再次進攻中
國，此次發動戰爭的主要原因是要迫使清朝增加對外貿易的通商口
岸、擴大開放中國市場、鴉片進口得到合法化。戰後簽訂的天津條約
中明白指出，長江沿岸在戰事結束後，漢口至武漢航行權的開放，代
表著英國已決定要干涉中國的內戰，盡早絞殺太平天國之亂事，好早
日實現其在華的商業利益。同治元年（1862）春天，英國、法國和美
國的正規軍與洋槍隊，聯合組織起來，偕同曾國藩的地方團練湘軍和
李鴻章的淮軍與常勝軍共克太平軍。南岸太平軍此時所控制僅餘蘇

〔註47〕〔清〕曾國藩：《曾國藩全集》（湖南長沙：岳麓書社出版，1985年）
卷十五，頁725。

州、杭州、南京等城。隔年，李鴻章的淮軍與常勝軍分路進入蘇州、常州，年底太平軍再次內變。翌年三月，杭州太平軍棄城而走，李鴻章軍隊入兵嘉興後，附近各城均投降。同治二年（1863），南京城外圍要地幾爲曾國荃湘軍所攻占。蘇州失守後，外援既絕，城內糧食無多，飢民滿城，嗷嗷待哺。忠王李秀成勸諫天王棄城他走，全軍北出，天王幽居深宮堅決不從，且說：「朕奉上帝聖旨、天兄耶穌聖旨下凡，作萬國獨一眞主，何懼之有？」並詔命臣民以「甘露爲食」。至是時，天京內秩序紊亂、形勢危殆，天王亦大病，下詔曰：「大眾安心！朕即上天向天父、天兄領到天兵，保固天京。」數日後病逝〔註48〕。幼主天王貴福繼位。同治三年（1864）六月十六日，曾國荃帶領之湘軍以地道埋設之火藥炸塌天京城垣，突入城內四處縱火、燒殺擄掠。據曾國荃幕友趙烈文目睹所記：

> 計城破後，精壯長毛除抵抗時被陣殺外，其餘死者寥寥，……城上四面縋下老廣賊匪不知若干。沿街死屍十之九皆老者。其幼孩未滿二三歲者亦斫戮以爲戲，匍匐道上。婦女四十歲以下者一人俱無。老者無不負傷，或十刀，數十餘刀，哀號之聲，達於四遠。〔註49〕

忠王於城破後偕諸王、將領、官員、數千死士，護衛幼天王突圍而出，金陵城陷。其後，忠王因故落後被俘，殺之。幼王於出逃途中與護衛隊衝散，跟隨數十護從，復遇追兵，仍死劫難敵〔註50〕。後多戰役，太平軍、將、王亦一一殉難。太平天國自道光三十年（1850）廣西金田起義至同治三年底（1864），國祚十五年。

〔註48〕簡又文：《清史洪秀全載記增訂本》（香港九龍：大中國印刷廠承印，民國56年），頁673。

〔註49〕〔清〕曾國藩：《曾國藩全集》（湖南長沙：岳麓書社出版，1985年）卷十五，頁680。

〔註50〕簡又文：《清史洪秀全載記增訂本》（香港九龍：大中國印刷廠承印，民國56年），頁688。

第三章　貝青喬之生平著作

　　家庭環境與生長過程對於一個人個性的養成有莫大的影響。明末清初的吳地，貝氏家族子弟隨著「廣儲經書，奮志功名」的祖訓之實現〔註1〕，遂成為具有影響力的地方名門。香火綿延至貝青喬父輩支系時，家道中落，但家族中的書香氣息仍是傳承不輟，影響著青喬的成長，是故，貝家往來無白丁，交遊皆地方一時才俊。「國家興亡，匹夫有責」的文人之任，更使貝氏家族在地方賑災上不遺餘力，如是的人生價值觀，更造就了青喬日後的創作行跡。

第一節　家世才學

　　十九世紀中期，驚心動魄的槍砲聲，震醒了憨睡千年躺臥於東方佲大疆土的巨龍，撼動了中國士子對祖國的孺慕之情。鴉片毒害的深入脊髓、異國軍隊的侵門踏戶、閉關政府的無力反擊，在在激發了貝青喬憂國傷民的儒士情懷，赤忱血性、悲憤之慨筆墨於詩文之間，壯志豪情、忠義之氣不避艱險於官場戎幕之間。

一、家世

　　貝青喬，江蘇吳縣（今蘇州）人，嘉慶十五年正月初七未時生（1810～1863），字勝之，又字子木，號無咎，自署木居士。諸生。

〔註1〕李志強：《吳中貝氏家族研究》（上海：上海師範大學人文與傳播學院研究所碩士論文，2016年），頁29。

出生於吳縣貝氏家族，其爲當地名門望族，關於吳縣貝氏的發跡，在蘇州當地仍流傳著不少的故事。

貝氏，先祖原籍爲浙江金華府蘭溪縣貝蘭堂，於明朝嘉靖年間遷徙至蘇州府吳縣定居，繁衍生息，開枝散葉。最初在閶門外南濠擺地攤，行醫鬻藥，施藥救人，惠澤鄉里。傳至二世祖貝蘭亭與三世祖貝仁宇時，因誠信經營，信譽頗嘉，草藥攤已擴展爲店鋪。清初第四世祖貝啓祚〔註2〕爲明朝崇禎年間禮部儒士。於第六世祖後分出兩支宗系：蕺山公系與潛谷公系。清乾隆年間，潛谷公系傳至第七世貝慕庭（字紹溥）時，家業昌盛，時爲「南濠四富」〔註3〕之一。據《吳中貝氏族譜》卷二記載，貝青喬爲潛谷公系第十世孫。

父貝廷熙（1784～1843 年），字春如，號梅泉，又號三泉。熱善好施、關心桑梓，早年曾在湖廣總督盧坤幕中，因未能參與平定張格爾叛亂行間，而耿耿於懷，抱憾甚久。貝青喬亦有這樣的記載：

> 家大人喜談兵，曾在宮保盧坤幕中，當公平定逆回張格
> 爾及猺匪趙金龍之亂，不得親在行間，嘗引以爲憾。〔註4〕

貝青喬亦在《咄咄吟》中記載父親這種老驥伏櫪、壯志未酬的心情，

> 阿父雄心老未灰，酒酣猶是夢龍堆。
>
> 呼兒一劍親相付，要滅樓蘭頸血回。〔註5〕

是故，鴉片戰爭爆發後，清軍無力抵抗外侮，中國國土受到蹂躪與威

〔註2〕貝啓祚，明崇禎年間禮部儒士，清順治二年病歿。乾隆年間《蘇州府志》記載：「貝啓祚妻程氏在室時，父病瘍，氏親吮其毒，染病幾殆。年二十七，夫亡誓殉，奉姑命，撫七歲孤成立，守節三十二年，乾隆三年旌。」
平龍根：〈貝聿銘與吳中貝氏紀念館〉，《中國文化報》城市空間（2010 年 12 月 31 日第七版），頁 1。

〔註3〕乾隆年間，蘇州城中四大首富均居住于南濠街，分別是戈、毛、貝、華四大家族，因有「南濠四富」之稱。

〔註4〕〔清〕貝青喬：《咄咄吟》（清代詩文集彙編，國家清史編纂委員會·文獻叢刊，民國三年吳興劉氏刻嘉業堂叢書本）卷上，頁 467。

〔註5〕〔清〕貝青喬：《咄咄吟》（清代詩文集彙編，國家清史編纂委員會·文獻叢刊，民國三年吳興劉氏刻嘉業堂叢書本）卷上，頁 467。

脅，生靈塗炭之際，貝廷煦不免也把這樣從軍報國的期望寄託在自己的兒子身上。貝青喬亦因國難的發生極爲憤慨，義憤塡膺之餘作〈雜歌九章〉以抒壞。其父見之，謂兒有敵愾之志，於是便激勵青喬投筆從戎以報效家國。

> 僕遂詣軍門投效。瀕行時，授兒一劍，並作詩相勖，有「不斬樓蘭莫便回」之句。

道光十三年（1833年癸巳年），江南洪潦成災，吳縣亦大水，鄉梓間多有貧戶受災缺糧，貝廷煦倡議時爲江蘇巡撫林則徐所施行的「担粥法」〔註6〕，募捐米糧以設粥廠救濟貧民受災戶。貝青喬亦在其《半行庵詩存稿》卷一中的「悲廠民」詩中序前有此說明：

> 癸巳冬，吾郡大水，既荒且疫，道殣相望。家大人憫之，倡捐設廠東虹橋側，衣之粥之。越明年三月乃止，凡活千餘人。嗚呼！天災流行，雖曰代有，亦人自取也。聽覩所及，輒形於詩。〔註7〕

貝青喬能有悲天憫人，民胞物與之愛，可見其父對他的影響實爲不小。貝氏家族傳至第十二世孫——貝晉恩〔註8〕，於光緒三年蘇州開設留餘義庄設倉救濟，貝氏家族行援救濟、回饋鄉里之美風仍綿延傳續。

貝青喬六叔父，貝廷點（1793～1847年）又名貝點，字孝存，號若泉，又號六泉，生平以兜賣詩畫餬口。堂兄貝墉（1780～1846）

〔註6〕案：前明嘉善陳氏有挑粥就人，隨處給食之法，最爲簡易。……願捐之家，仿照林制軍成法，預制有蓋粥桶，以木尺量之，高一尺五寸，徑圓亦如之。每桶盛粥五十餘碗，兩桶爲一担，每担煮米一斗，再入栖粉二升，便極稠濃，令人分担附近一隅之內，隨帶鐵杓一把，其桶蓋半邊不動，半邊可開，粥多氣聚，經時不冷。遇老弱瘦病者各給一杓，約計一担之粥總可給百人以上，柴米挑工，每日所費止於五百文之內，即行之百日，亦止五十千文。

來新夏：《林則徐年譜增訂本》（上海人民出版社，1985年7月第二次印刷版），頁142。

〔註7〕〔清〕貝青喬：《半行庵詩存稿》（清代詩文集彙編，國家清史編纂委員會・文獻叢刊，同治五年刻版）卷一，頁514。

〔註8〕案：貝晉恩（1825～1886），貝青喬堂兄，貝墉之孫。官至杭州府西塘海防同知，晉級二品。貝氏家族中於有清一代官位最高者。

字既勤，又字定甫，號簡香，又號碯香居士，平生好收藏古書、金石、字畫，爲頗具盛名的金石藏書家。貝氏家族於當時可謂一詩書之家，文士詩人所在多有，嚴迪昌亦在其《清詩史》著作中稱其家族爲「吳中新興文化世族」〔註9〕，由此可見，其對當時蘇州社會在文化思想傳承上應具有一定的影響力。

二、才學

《半行庵詩存稿》卷六中有一首詩是這樣記載的：

> 林翠不改色，一路西溪邊。
> 幾折到關市，步屨重流連。
> 阿父昔游幕，舉室曾來邊。
> 一瞬三十載，掃跡如飄烟。
> 故居認門徑，分罫犁作田。
> 兒戲舊栽柳，百尺池東偏。
> 猶記弱好弄，盤馬戲廣阡。
> 阿父爲驚笑，縱轡兒防顛。
> 此事如昨日，此恨遂終天。
> 水程一宵宿，風樹雙淚漣。〈禹杭感舊〉〔註10〕

從詩作貝青喬憶及兒時之事的敘述，可見詩人幼時與父親的感情是親密的，兒時記憶是愉悅無憂的。弱冠後，因受父親趨庭之教影響，對國家大事亦有所感，在其詩作中多有闡述時事的感發可窺見一二。如上段研究者所提及的〈悲廠民〉一詩，便是作者在二十三歲時，家鄉洪水大作，災情肆虐，詩人有感於災民的悲苦而寫下具有感時意識的詩歌。

道光二十一年（1841），鴉片戰爭的赤焰延燒至浙江，英軍從廣東一路北上，由定海、鎮海、寧波層層逼近。時年三十二歲的貝青喬正值血氣壯年，面對外侮的入侵，心中激憤之情油然而生，作〈雜歌

〔註9〕嚴迪昌：《清詩史》下冊（北京：人民文學出版社，2011 年 11 月北京第一版），第 937 頁。

〔註10〕〔清〕貝青喬：《半行庵詩存稿》（清代詩文集彙編，國家清史編纂委員會‧文獻叢刊，同治五年刻版）卷六，頁 574。

九章〉以抒懷，從戎之志發於其中。時值道光諭令奕經（1791～1853，道光帝之姪）爲揚威將軍，統領萬兵赴浙靖討逆賊，駐節蘇州，籌兵備餉。詩人於父親的鼓勵之下，義無反顧投筆從戎，定下「不斬樓蘭莫便回」的決心。

> 道光二十一年十月二十日，揚威將軍奕經奉旨進剿寧波英夷，道出吾蘇，駐節滄浪亭行館。僕投效軍門，荷蒙收隸麾下，隨至浙中。始命入寧波城，偵探夷情，繼命監造火器，尋又帶領鄉勇派赴前敵，終命幫辦文案，入核銷局，查造兵勇糧餉清冊。被逮後，又命列敘軍務始末，繕具親供，備刑部入奏，故於內外機密，十能言其七八。〔註11〕

貝青喬在其反映鴉片戰爭的組詩《咄咄吟》自序中有上述這麼一段記錄，因此可了解他從軍一年多的生涯中有了多方的經歷，鴉片戰爭更在詩人的銳眼之下，留存了最貼近事實真相的觀察與記錄。

　　道光二十三年（1843），詩人於奕經帳幕剿敵失敗後從軍中抱恨歸籍。歸家後，詩人將沙場殺敵建功立業之志轉投射於登科取官，期願以整吏治，遂北上應京兆試。

> 渾挱浪跡滿關河，入海叢中過一更。
> 敢道士流多負俗，漫思吾輩亦登科。
> 懸金快聽燕臺價，對酒難禁易水歌。
> 此去名心緣底切，高堂霜鬢漸將皤。〔註12〕〈將赴京兆試留別〉

然初到京師，卻聞訊父親亡故，於是，未留應試即返奔喪。詩人依照傳統禮制丁憂守孝三年，脫除孝服後因迫於家計，即踏上浪跡天涯黔、滇、蜀之行，期間並過著橐筆依人充人幕府的壯遊生活。三年過程中足跡半天下，亦創作了大量詩歌。

〔註11〕〔清〕貝青喬：《咄咄吟》（清代詩文集彙編，國家清史編纂委員會·文獻叢刊，民國三年吳興劉氏刻嘉業堂叢書本）自序，頁463。
〔註12〕〔清〕貝青喬：《半行庵詩存稿》（清代詩文集彙編，國家清史編纂委員會·文獻叢刊，同治五年刻版）卷二，頁530。

衛恤三年廢嘯歌，料量身事奈愁何？

慰情書札天涯少，入夢親朋地下多。

氣短俠腸隨病減，創深堅骨耐貧磨。

冬林媿爾蒼松色，歷劫冰天不改柯。〔註13〕〈書懷〉

貝青喬這三年「身行萬里半天下」過程中所創作的詩歌保留在《半行庵詩存稿》八卷中其中三卷。詩歌中多次反映詩人此行目的是為家計而出走，然而，沿途中亦飽覽山川壯麗之美景，深入少數民族之異地，體驗苗族生活之風情，在在皆開拓了詩人生命視野的格局亦改變了其詩歌的創作風格，所獲匪淺。

吹簫難憶十年事，負米俄成萬里身。

滾滾滄流催客去，茫茫世態向誰真？

久拼溫飽違初志，終怪風霜煉此人。

道出湘中騷怨地，轉須呵壁問靈均。〈將之黔南留別〉

〔註14〕

貝青喬於道光二十七年（1847）八月十七日自蘇州登舟出航。沿長江溯江而上，道經洞庭湖至武昌，改轉湘、沅江。沿途行跡經山川名勝多有記詩，其中考察歷史、遙想先哲、臧否人物、述懷己意，年底到達貴陽。然而，壯遊在外的第一個除夕夜，由通守吳廣生設宴款待，聊以撫慰思鄉之愁。

四壁燈圍一室春，鄉情濃人綺筵新。

嚴宣觴政僮旁笑，醉吐花茵主不瞋。

若果百年皆此夕，何妨萬里作羈人？

酒酣忽憶茅衡畔，米券煤逋恩老親。〈除夕吳通守廣生招飲〉〔註15〕

〔註13〕〔清〕貝青喬：《半行庵詩存稿》（清代詩文集彙編，國家清史編纂委員會‧文獻叢刊，同治五年刻版）卷二，頁532。

〔註14〕〔清〕貝青喬：《半行庵詩存稿》（清代詩文集彙編，國家清史編纂委員會‧文獻叢刊，同治五年刻版）卷二，頁534。

〔註15〕〔清〕貝青喬：《半行庵詩存稿》（清代詩文集彙編，國家清史編纂委員會‧文獻叢刊，同治五年刻版）卷二，頁540。

中國西南地區，少數民族族系眾多。詩人在雲南、貴州一年多期間，記述苗族風土，生活習俗，載於《半行庵詩存稿》卷三中有苗妓詩六首。時值林則徐因鴉片戰爭期間禦敵不力，被貶謫至西南地區。詩人在黔地黃果樹瀑布拜會林則徐，有〈林師書來存問兼贈白金詩以鳴謝〉等詩以記此事。是年歲末，貝青喬由四川登舟沿長江東下返鄉，船隻於新攤處觸礁沉沒，所幸大難不死，唯負身行李皆沒，後因尋得歸州刺史劉鴻庚〔註16〕接濟，使得以再次順利啓航沿長江東下返鄉。詩人於《半行庵詩存稿》卷五中有兩首詩記錄此事：

> 談士群相告，憐才此有人。
> 夜闌投刺急，境迫贈詩真。
> 醇味千觴酒，溫情一榻春。
> 耒陽逢地主，杜老正沉淪。〈贈歸州刺史劉鴻庚〉〔註17〕

> 我生不免溺人笑，如此險塗再三蹈。
> 祉聞山賊乘人危，枉聘灘師作鄉導。
> 前駕大船觸石沈，今復小船當石臨。
> 放船大小異趨避，最防一石衝難心。
> 凜凜峽行守語忌，紛紛魚腹葬無地。
> 他年誓鑿此石平，敢告山神無怒睨。
> 嗚呼除患力弗振！生還幸荷天赦仁。
> 迴首三重風浪裏，龍門放過一詩人。〈再下新灘〉〔註18〕

道光三十年（1850）春天，詩人如願抵達家鄉蘇州，然而，此行遊歷時間約莫三年。歸家省親不到兩旬，卻又因家中經濟窘迫，已達捉襟見肘之地步，迫於現實，詩人再度風塵僕僕，拾起行囊踏上征程前往浙西，投身昌化縣令程鐘英幕下。

〔註16〕 案：劉鴻庚，字西垣，浙江山陰人。道光辛巳舉人，官漢陽知縣。殉難，贈知府銜。著有《青藜閣詩鈔》。
〔註17〕 〔清〕貝青喬：《半行庵詩存稿》（清代詩文集彙編，國家清史編纂委員會・文獻叢刊，同治五年刻版）卷二，頁565。
〔註18〕 〔清〕貝青喬：《半行庵詩存稿》（清代詩文集彙編，國家清史編纂委員會・文獻叢刊，同治五年刻版）卷二，頁540。

遠遊倏三載，里居僅兩旬。

飢驅不遑息，行色催跛輪。

母髮梳有雪，婦手炊無薪。

歲荒或凍餒，歸與共苦辛。

乃復迫離緒，歡聚無幾辰。

眡家若傳舍，棲止多逡巡。

草草埋吟篋，茫茫逐征塵。

此行祉千里，稍慰閭望人。

親故聞我至，紛來扣門牖。

知我又將行，悽情各低首。

睠此衡宇歡，何事四方走？

奢土不易居，酸士尤難守。

蠻中一歲糧，吳下一宵酒。

久棲枯涸鄉，歸駭俗何阜。

外炫繪益華，中柧蠹將朽。

憂悴凋故顏，家食軫吾友。〈歸自黔蜀閱十九日復有浙
西之役慨成二詩〉〔註19〕

歸家十九日，離家求腹足。四十歲的貝青喬，肩扛家中經濟重擔，迫
於生計出門在外不免掛心留守家中的親人，尤其對老母親更是不捨，
在其詩作〈蓬門〉中可見詩人情緒的抒發。何時歸家親侍奉母，此事
更是日夜掛於其心。

蓬門纔見卸征輪，忽又郵程迫去津。

在客祇思歸奉母，到家仍復出依人。

聚難惟囑書頻寄，別慣方知淚最眞。

禁得薄游能幾度？驚心親鬢頓如銀。〈蓬門〉〔註20〕

貝青喬依人幕府於浙江時，太平天國軍隊於廣西起事，戰火綿延，一
路由西往東進逼。與此同時詩人更聞訊林則徐逝世。面對家國戰亂不

〔註19〕〔清〕貝青喬：《半行庵詩存稿》（清代詩文集彙編，國家清史編纂
委員會·文獻叢刊，同治五年刻版）卷六，頁574。

〔註20〕〔清〕貝青喬：《半行庵詩存稿》（清代詩文集彙編，國家清史編纂
委員會·文獻叢刊，同治五年刻版）卷六，頁579。

休，忠君愛國的恩師辭世噩耗既至，詩人心中百味雜陳。憂國憂民的
思慮反映在〈桂嶺〉一詩中。

> 桂嶺風煙百戰中，苦無消息問南鴻。
>
> 更番露布傳三捷，依舊風聲駭八公。
>
> 遠服徵兵傾列郡，中原轉餉困司農。
>
> 大星飛墜軍興始，更望何人振武功？〈桂嶺〉

隔年末，太平天國軍隊繼占關中，沿江東下直搗金陵。詩人憂心烽火
延燒至家鄉危及親人，遂斷然攜眷移家至浙西。

> 吳儂安享久，風鶴忽相驚。
>
> 堠火傳千里，炊煙散一城。
>
> 介推偕母隱，冀缺挈妻耕。
>
> 遁跡辭鄉土，時危去住輕。〈移家至浙西作〉〔註21〕

咸豐三年（1853）二月，太平軍隊行至江南，沿途布告討滿復華大義，
破清朝防軍，攻克金陵，定爲天京，續定北伐、西征之策。詩人見太
平天國時勢既成，南面戰事稍平，遂於咸豐五年，舉家遷回蘇州。期
後，仍囊筆天涯，行跡浙江天目山、安徽宣城、杭州至金華而麗水，
四處遊幕爲生。

　　咸豐十年（1860），貝青喬時至天命之年。是歲，太平天國軍隊於
金陵大舉東征。天朝內部商議，爲與北方清朝長期抗戰，需先奠定天國
朝內經濟基礎，故擬取下浙閩富庶之地，乃圖進中原。惟干王另有奇策
〔註22〕，經天王裁可後改議：先取蘇滬，後攻上游。四月十一日，太平
軍進兵蘇州。詩人聞訊，疾馳歸家。詩人於其詩作中有此事之記錄如下：

〔註21〕〔清〕貝青喬：《半行庵詩存稿》（清代詩文集彙編，國家清史編纂
　　　　委員會‧文獻叢刊，同治五年刻版）卷六，頁582。

〔註22〕案：惟干王則高瞻遠矚，統籌全局，獻策曰：「爲今之計，西距川陜，
　　　　北距長城，南距雲貴兩粵，距有五六千里之遙。惟東距蘇杭上海，
　　　　不足千里。厚薄之勢既殊，而乘勝下取，其功易成。一俟下路既得，
　　　　即取百萬元買置火輪船二十艘，沿長江上取。另發兵一枝，由南進
　　　　江西，發兵一枝，由北進蘄黃，合取湖北，則長江兩岸俱爲我有，
　　　　而根本可大矣。」簡又文撰：簡氏猛進書屋《清史洪秀全載記增訂
　　　　本》（香港：集成圖書公司，中華民國56年12月初版），471頁。

一室病莫興，薰臥方滿地。
門外刀戟叢，游子尋蹤至。
萬家慘離散，飄聚偶然遂。
互述兵劫苦，旁聽亦垂淚。
扶挈共親串，一舸此奔避。
衣裝剝掠餘，血漬猶在袂。
枕藉煬突旁，皮肉困宵蚋。
不早竊負逃，兒罪將焉諉。
見兒幸生還，阿母翻解慰。
因思在遠愁，千里充賊騎。
長驅入武林，勢疾若鷹鷙。
既退皆荒墟，虺蝮恣吞噬。
阿母指空醬，道梗阻歸侍。
及此一抑搔，在險亦神庇。
南濠吾祖居，迴望徒隕涕。
前臘家祭畢，別母御征轡。
瀕行頗不祥，含悽出里第。
孰知從此辭？永作燹場棄。
追懷舊吳俗，軍興益奢麗。
上游踞餓虎，耽耽日相伺。
大帥擁甲眠，勝算柙深閉。
環寇十萬師，坐待長圍斃。
捄焚用脂膏，反風吹愈熾。
竄卒紛倒戈，叛臣旋易幟。
所恃一將星，陡向朱方墜。
狂鋒猛拉朽，何無一屏蔽？
毘陵扼要衝，累年矜繕備。
捧頭率先逃，誰實隳疆事。
顧念田賦區，京漕資給餽。
竊恐國本虛，妖祲纏幽冀。
貪狼森吐芒，威弧須正位。

> 熒惑入斗躔，天關示星異。
> 野臣昧象緯，杞憂倍竦企。
> 卻聞草澤中，白帕爭起誓。
> 養士二百年，蚩蚩獨明義。
> 我抱將母懷，且抑同仇志。
> 明當重播遷，虜地殊危惴。
> 是夜燔潰川，紅雲半湖曛。〈蘇城之變予方佐戎宛陵聞
> 警馳歸徧地賊氛時不知家在何所也訪尋三日始遇於太湖長
> 沙山中事出非望誌幸成詩〉〔註23〕

由此詩的記錄可遙想到當年蘇州城因戰禍的蹂躪其滿目瘡痍之況，災民的流離失所也發生在詩人家中，所是幸運還能尋得團聚。後貝青喬亦舉家遷移至洞庭東山白沙村暫居，以避戰禍。

> 狂飈東逼海塵揚，牛角山河暮氣涼。
> 毀室鴉隨零雨集，乘軒鶴帶遠雲翔。
> 采芝何處深堪隱？負米遑愁險備嘗。
> 獨怪南州灰劫裏，吳宮花草尚餘香。〈移家洞庭東山白
> 沙村感賦〉〔註24〕

隔年，貝青喬舉家又遷移至杭州避難，不料，太平軍卻於七月十三日攻占臨安，此後圍攻杭州省城。清兵固守城池，杭州城被圍數月，城內食糧缺乏，形勢危急。十一月城內已糧盡，時有逃出之難民，飢民充斥，易子而食。軍心動搖、秩序大亂，兵勇亦無用，清軍卻只能坐以待斃〔註25〕。詩人於此時多有感而發，形銷骨立飢民載道的景象，在其筆下歷歷如繪。

> 酤吷閭政神扶持，烽警薄郭仍臥治。
> 坐令狂寇斷糧道，公私求食皆餒而。

〔註23〕〔清〕貝青喬：《半行庵詩存稿》（清代詩文集彙編，國家清史編纂委員會·文獻叢刊，同治五年刻版）卷八，頁597。

〔註24〕〔清〕貝青喬：《半行庵詩存稿》（清代詩文集彙編，國家清史編纂委員會·文獻叢刊，同治五年刻版）卷八，頁597。

〔註25〕簡又文撰：《清史洪秀全載記增訂本》（香港九龍：集成圖書公司，民國56年12月初版），頁530。

萬方羅掘窮周遭，飛走潛蟄無倖逃。

苦恨冬植未萌甲，枯荄瘰葉難登庖。

富而祿盡死閨幃，貧兒凍仆死坊曲。

薰葬不及遑論棺，葦席蒲囊罄家蓄。

慘悽鬼氣街百條，餓鴉下伺風蕭蕭。

登陴起望敵糧峙，飽嬉餘粒隨營拋。〈餓殍行〉〔註26〕

咸豐十一年（1861）十一月二十八日，太平軍攻破杭州省城，伏守大軍魚貫而入。城內清兵、鄉勇幾盡潰散，將領多有自縊殉難者。貝青喬恰於城破前一夜記有一詩〈十一月二十七日夜起書憤〉，詩句中尚無訊息透露家人離散之事。於《半行庵詩存稿》卷八中，〈十一月二十七日夜起書憤〉此詩下一首爲：

黃塵蔽天地，征路晝昏昏。

驚定家何在？創餘骨僅存。

卑微艱得死，患難易爲恩。

此既高堂上，憑誰進一餐？〈新市遇從孫文龍留飯〉〔註27〕

從上述詩中的第一句「黃塵蔽天地」可推敲出，杭州城被太平軍攻陷後，災民爲免被俘或殺，情急下應多抱頭鼠竄、橫衝直撞，因而導致詩人於混亂當中與老母親離散，不知所終。

越歲，五十二歲的貝青喬，再次回到杭州城尋覓高堂。然而，與母親失散的這些日子，自責不已，悲痛萬分，再次回到戰亂避禍所居的舊房舍時，心中感慨之情椎心刺骨，不免唏噓。

被驅忍便殉萊衣，草際留暉尚竊希。

陟屺久教心膽碎，望衡返若夢魂飛。

係纍往跡思逾痛，負罪餘生死亦非。

慘絕鄰居皆蕩盡，更無翁媼問依稀。〈過杭城舊寓〉〔註28〕

〔註26〕簡又文撰：《清史洪秀全載記增訂本》（香港九龍：集成圖書公司，民國56年12月初版），頁600。

〔註27〕〔清〕貝青喬：《半行庵詩存稿》（清代詩文集彙編，國家清史編纂委員會‧文獻叢刊，同治五年刻版）卷八，頁597。

〔註28〕〔清〕貝青喬：《半行庵詩存稿》（清代詩文集彙編，國家清史編纂委員會‧文獻叢刊，同治五年刻版）卷八，頁598。

最終貝青喬仍是沒有於杭州尋獲母親蹤影，備感悲悽，自覺無地自容，於是過著行跡浪蕩的生活。是年年末，得同鄉好友葉廷琯來信之邀赴申江，卻在繞道海虞時遇兵亂而折返。

> 無奈羈孤力不任，於菟窟裏漫哀吟。
> 避鉤差免登枯肆，經繳猶難出故林。
> 浙水虛懸江革淚，海雲應識管寧心。
> 何當雪夜揮降將？掃出淮西路肅森。
> 〈申江之行遠道海虞適逢獻城納款兵賊交訌舟子驚懼
> 而返追恨成詩〉〔註29〕

與摯友的相見遲至隔年年初。同治二年（1863），年五十三歲的貝青喬已經歷人生風雨，受盡滄桑。此時應直隸制軍劉長佑之聘，欲北上赴定保參與幕府，寫下〈就館保陽將由海道北上留別滬瀆諸友〉之作後，於同治二年四月二十一日未時因病卒於海道〔註30〕。

> 顧子木之卒也，劉公即馳使，殯殮如禮，且致書其家，
> 又厚資俾迎其喪以歸，終葬於先人之墓。〔註31〕

第二節　師承交遊

一、師承朱仲環

　　貝青喬於其《半行庵詩存稿》自序中有以上這麼一段自述，可見其詩之創作啟蒙於當時稱名吳中，有「吳中後七子」之一之稱的朱仲環門下。

> 余初不解吟事，年二十八，遇朱丈綬，聞其諸論，始
> 粗識師承，然畏難未學也。〔註32〕

〔註29〕〔清〕貝青喬：《半行庵詩存稿》（清代詩文集彙編，國家清史編纂
　　　　委員會・文獻叢刊，同治五年刻版）卷八，頁603。
〔註30〕《吳中貝氏族譜》卷五。
〔註31〕〔清〕貝青喬：《半行庵詩存稿》（清代詩文集彙編，國家清史編纂
　　　　委員會・文獻叢刊，同治五年刻版）卷八，惲序，頁509。
〔註32〕〔清〕貝青喬：《半行庵詩存稿》（清代詩文集彙編，國家清史編纂
　　　　委員會・文獻叢刊，同治五年刻版）自序，頁511。

朱綬，字仲環、環之，又字酉生，晚號仲潔，江蘇元
和（今屬蘇州）人。生於乾隆五十四年（1789），卒於道光
二十年（1840）。道光十一年（1831）舉人。工詩古文辭，
與顧蒓、彭蘊章等稱「吳門後七子」，又與長洲王嘉祿並稱
「朱王」。嘗佐梁章鉅幕，章奏多出其手。爲文好表揚古烈，
感論人事，言近而旨遠。論詩主格律精嚴，痛詆袁枚而推
重蔣士銓、黃景仁。符葆森評其詩曰「言情婉妙，隸事典
雅，得詩外有詩之旨」。有《知止堂詩錄》、《知止堂詞錄》、
《知止堂文集》。〔註33〕

清代乾嘉時期，在詩歌的思想表現中，有其明顯的轉變。有主格調或
言肌理，追求詩歌的溫柔敦厚，以儒家正統思想爲基礎，強調言之有
物，傾向復古的一派。另有富於革新，想擺脫傳統束縛，標榜性靈，
並且打破唐、宋門戶之見，謂其才人代有，各領風騷，不拘一格，傾
向不仿古，清新的一派。然而，朱綬因時代的衝擊，較傾向於前者一
派。所言詩中較多於關懷社會寫實，反映古今成敗興壞之故，強調詩
歌的功用目的〔註34〕。

吳中詩教，自沈宗伯以別僞親雅之旨提倡，後學遵守，
數十年弗替。其後作者惑於時賢專尚性靈之說，於是空疏
不學者流但以天趣相矜，而古人義法蔑棄無遺，柔媚纖佻，
風雅幾於掃地。有志者欲挽救之，而力或未勝。酉生天資
開敏，幼即嗜詩。弱冠爲諸生，益肆力於學，而能綜大要，
不事瑣屑。於詩尤殫精竭慮爲之，痛掃時調，力崇正聲，
以振興詩學自任。所作揚中表烈、感時弔古諸篇，芬芳悱
惻，沉鬱豪宕，視古名家可以抗手。〔註35〕

然而，其「揚中表烈、感時弔古」之風格，擴大到關心民間疾苦，批

〔註33〕〔清〕朱綬：《清代詩文集彙編563，知止堂詩錄十二卷》，國家清史
編纂委員會文獻叢刊（上海：上海古籍出版社，清道光二十至二十
二年董國華刻本），頁1。
〔註34〕劉大杰：《中國文學發展史》下卷（上海：上海古籍出版社），頁1320
～1321。
〔註35〕錢仲聯：《清詩紀事》叁（南京：鳳凰出版社，2004年4月），頁2424。

判社會、議論政府的詩歌內涵在在影響了貝青喬的詩歌創作思想和詩作傾向。是故，貝青喬其詩氣息自然相近於朱綬。其詩精嚴之處亦有承襲，黃富民於《半行庵詩存稿》的序言中有這麼一段文字說明，摘錄於下：

> 苦心孤詣，蓋篤於詩，亦達於世故者。……倚船唇而構想，磨盾鼻以嘔心。語奇而卓，筆紆能達。言之有物，義婦勸懲。不戾於風人之旨，不乖乎古作者之心，勤矣哉！
> 〔註36〕

上述猶知，詩人除詩風與師相承，「黜躬勤學」敦品勵學的態度亦受薰陶，於是，能繼朱綬之後於吳中再享盛名。張炳翔《留月簃詩話》云：

> 子木嘗問詩法於朱仲環綬。仲環卒後十餘年，子木繼起，稱詩吳下。〔註37〕

二、受知於林則徐

除上述受教於朱綬之外，貝青喬一生詩文的創作題材與思想也受林則徐的影響頗為深遠。兩人的結識應推至道光十三年（1833）。時林則徐為江蘇巡撫，前後幾年間蘇、常水患頻仍，林則徐於是年冬為賑濟災民設立粥廠，又實行「担粥法」和其他救災措施〔註38〕，貝氏家族亦是積極參與救災，響應其間。

道光十四年（1834）正月，林則徐於所轄吳中出題甄別紫陽、正宜兩書院生員〔註39〕，貝青喬於此時嶄露頭角，因故入圍，兩人的師生關係推測就是始於這段期間〔註40〕。道光二十一年（1841），英夷

〔註36〕〔清〕貝青喬：《半行庵詩存稿》（續修四庫全書，集，別集類）黃序，頁2。

〔註37〕王衛平主編：《貝青喬集（外一種）》（上海：上海古籍出版社，2013年4月第一版），頁23。

〔註38〕來新夏：《林則徐年譜增訂本》，（上海：上海人民出版社，1985年7月第二次印刷版），141頁。

〔註39〕王衛平主編：《貝青喬集（外一種）》（上海：上海古籍出版社，2013年4月第一版），頁132。

〔註40〕寧夏江：《貝青喬詩歌研究》（中國：暨南大學中國古代文學所碩士

侵擾東南沿海問題尚未解決，道光帝因琦善的奏參，認為林則徐於粵東承辦鴉片煙一事，怠忽職守，無法有效使英夷降服，於是，免去其兩廣總督的職務，命其改往西北伊犁戍守〔註41〕。就職車隊道經蘇州時，貝青喬寫下此長詩相贈：

> 荷戈急嚴譴，王程難久羈。
> 綦軷爭遠送，私悃難暌離。
> 請公暫停駕，聽我陳此詩。
> 公昔撫吳日，甄孚靡或遺。
> 賓館羅俊彥，採及樗散姿。
> 階前盈尺地，許我揚雙眉。
> 見公勤坐理，萬彙臻繁禧。
> 實心非異政，鋟入民肝脾。
> 是時歲屢歉，舉目多創痍。
> 開誠乳赤子，悉隱籲彤墀。
> 坐我衽與席，起我溺與飢。
> 至今諸父老，述之猶涕洟。
> 昨日聞公至，渾舍爭來窺。
> 挽船塞河汜，攀轅擁路歧。
> 遮留三晝夜，周顧官限遲。
> 喜公春滿面，惜公霜滿髭。
> 謂公鎮南服，上契天心知。
> 島烟流大毒，一炬良所宜。
> 何為里吏議，褫職投邊陲。
> 類蒙昧無識，未免生然疑。
> 我欲告以故，亦復拙言辭。
> 惟云君子過，日月有盈虧。
> 圓魄施夜彩，蟇蝦朵其頤。
> 麒麟地上鬥，曜靈有食之。

學位論文，2004 年），頁 9。

〔註41〕 王衛平主編：《貝青喬集（外一種）》（上海：上海古籍出版社，2013年 4 月第一版），頁 320。

　　　　仰觀得其象，四海皆嗟咨。
　　　　安用戍車側，眾口憒所私。
　　　　獨此別時景，難為去後思。
　　　　憖使岸旁柳，攀折無遺枝。
　　　　幸勿中夜發，輕裝潛遠移。
　　　　迢迢天山路，漠漠青海湄。
　　　　我知萬家夢，今夕先公馳。
　　　　而況門下士，贈別將何持？
　　　　賜環定有日，負笈詎無時？
　　　　行矣貞所德，昌辰以為期。〈林師則徐遣戍西口道出吾
蘇走送呈詩〉〔註42〕

詩中可見林公於蘇州任職時勤政愛民之狀深入人心，詩人雖對於林師
遭遇有所不捨，但仍給予萬般祝福，願其官途順遂。道光二十七年
（1847）三月十六日，清廷命林則徐為雲貴總督，隔年林則徐得知詩
人困滯於西南，故捎書〔註43〕與贈金予青喬，詩人深感慰藉，作詩以
答謝。

　　　　海內龍門入望遙，卻從遠徼仰星軺。
　　　　溫公洛下名增重，裴令淮西謗乍消。
　　　　闤外鐃歌騰六詔，階前干羽格三苗。
　　　　菁林都在春風裏，翻使中原羨峒獠。
　　　　吳儂無限舊輿情，婦稚茅簷徧頌聲。
　　　　一自蜺旌河上去，重聽鴈戶澤中鳴。
　　　　商愁宵警常停販，農困官租欲輟耕。
　　　　底事瘡痍紛滿眼？難將功罪問羊城。
　　　　天上剛風一霎間，荷戈西出玉門關。
　　　　三邊動色思籌筆，四海同聲慶賜環。
　　　　入觀尚須依北闕，救時休便臥東山。

〔註42〕〔清〕貝青喬：《半行庵詩存稿》（清代詩文集彙編，國家清史編纂
　　　　委員會‧文獻叢刊，同治五年刻版）卷一，頁 522。
〔註43〕〔清〕林則徐：《林則徐全集》第八冊信札（福建：海峽文藝出版社
　　　　2001 年 10 月第一版），頁 349。

畸人不解諛詞頌，爲向韓門特破慳。

孤寒八百首重迴，獨荷南金遠賜來。

知己一人零有涕，讀書十載報無埃。

糧艘弊重京儲急，番舶兵驕海市開。

祇共徐揚諸父老，盼公移節大江隈。〈林師書來存問兼

贈白金詩以鳴謝〉〔註44〕

從詩中可見官場的難行與謗議，可能讓年歲漸長的林則徐有了隱退之
意，但青喬卻勸勉林公能以大局爲重，給予諸多肯定與鼓勵，期盼能
一掃陰霾，不負民望。林則徐在滇督任時期與青喬的書信不僅只有上
述，在回贈謝詩不久後，貝青喬又再次寫下了勸勉詩，如下：

黑白惟從局外看，偏教喬木歎無端。

心深莫道旁觀易，名重應知末路難。

破甑邊情誰復顧？漏卮財力漸將乾。

一身久繫蒼生望，好爲東南自勸餐。〈寄酬林師昆明節

署〉〔註45〕

其中「黑白惟從局外看」此句是引用林則徐來書中的語句，身在其中
頗感無奈，但貝青喬卻以「心深莫道旁觀易」來說明，國家官場大事，
若非身在其中任於其位，怎知其是非冷暖，旁人亦又能通透呢？可
見，此時的重點不在所處位置爲局外或局內，真正的癥結點在於「名
重應知末路難」。林則徐身爲肩負重任的朝中顯官，理應當知任重而
道遠抑或道難的道理，這是世間之常情、常理。最後，仍不忘提醒林
則徐，時爲一代大臣，面臨國家動盪危亂之際，身繫天下蒼生所望，
囑咐仍應保重其身體。爾後，貝青喬於林則徐在滇督任內，又曾與其
師會面，作有〈白水巖觀瀑侍林師作〉、〈侍林師行轅談讌翌日賦詩呈
謝即以告歸〉。

吹角鳴笳按部來，淹旬幕府許追陪。

〔註44〕〔清〕貝青喬：《半行庵詩存稿》（清代詩文集彙編，國家清史編纂
委員會・文獻叢刊，同治五年刻版）卷三，頁544。

〔註45〕〔清〕貝青喬：《半行庵詩存稿》（清代詩文集彙編，國家清史編纂
委員會・文獻叢刊，同治五年刻版）卷三，頁547。

膚雲喜復裹中布，鬢雪驚從塞上皚。
問到三吳堪墮淚，談深五夜罷銜杯。
東征親見蟲沙劫，吐氣何妨訴一回。
萬家神逐戍車馳，猶記金閶拜送時。
當代自然藏有史，完人畢竟索無疵。
徙薪誰復追前議？療病終須問舊醫。
留侯震驚西賊膽，范韓養望亦相宜。
祇緣母在憶吳閶，難戀綸巾羽扇人。
此日寵光依節鉞，歸時眾望慰朋親。
度支中外爭持策，互市東南孰算緡。
莫怪書生私憤切，暫離階下復誰陳？
江湖去聽舊哀鴻，正在歸帆一路中。
徧地短葵傾向日，經秋大樹颯當風。
攻心難詔揮群將，援手中原待我公。
妄冀前驅臨海甸，濃磨盾墨獻雕蟲。
〈侍林師行轅談讌翌日賦詩呈謝即以告歸〉〔註46〕

可見師生情誼之深厚，可徹夜暢談至五更天，談家國興亡之悲、談異鄉離地之苦、談心懷豪情壯志。隔日，貝青喬辭別了林則徐後，兩人就再也沒有機會相見。

道光二十九年（1849）五月，林則徐在昆明舊疾復發疝氣大作，喘嗽、脾泄諸症併發，上疏道光，懇請回鄉調治。八月二十六日，卸滇督任，離滇歸閩。

輕裘緩帶足風流，驀地牙旗萬里收。
詎是行邊躬易瘁，昨春巡閱黔疆，因病中止。正如醫國藥難投。
名山待振千秋業，公許於歸田後以詩文寄示。重鎮粗安八督州。
遙想歸轅攀不住，五華山色亦含愁。〈得滇信聞林師因病謝政〉〔註47〕

〔註46〕王衛平主編：《貝青喬集（外一種）》（上海：上海古籍出版社，2013年4月第一版），頁81。
〔註47〕王衛平主編：《貝青喬集（外一種）》（上海：上海古籍出版社，2013年4月第一版），頁110。

青喬於返鄉途中得知林則徐因病謝政的消息既愁且憂。愁苦林則徐的身體可能恆因忙於政事，積勞成疾，頗有不捨之意。而在這國家存亡危急之秋時卻無此忠正義士於朝上，更加使人憂心與不安。道光三十年（1850）三月三日，林則徐回居福州安養調理病體。同年，拜上帝教勢力正於廣西如火如荼蔓延開來。林則徐回鄉養息不到半年，十月一日因故再次被清廷起用任命為欽差大臣，並令其即刻啓程前往廣西鎮壓反抗。奉命抱病啓程就任的林則徐，十月十九日行至潮州普寧寺時不幸病逝。青喬日後聞訊大悲，感傷之際寫作〈林文忠公誄詞〉以悼念先師。

> 一代新朝政，歡聲動紫樞。
> 世方開運會，公遽殉馳驅。
> 王事嗟何瓝？臣身信已劬。
> 竭誠天北闕，留憤海東隅。
> 烟毒財傾府，兵塵火走艫。
> 戎勳將唱凱，吏議竟罹辜。
> 犀照然臨渚，狼奔納入郭。
> 金牌逮節鎮，鐵券錫羌奴。
> 割地紛開市，尋盟擅縱俘。
> 先皇遺誓箭，嗣主奮威弧。
> 四罪終遭殛，群工爲辨誣。
> 風雲拱繡陛，日月麗瓊都。
> 連牘爭延薦，臨軒特允俞。
> 宸衷堅倚重，眾望切來蘇。
> 解綬初歸里，微書早在途。
> 禮隆心倍藎，食少體成臞。
> 病榻調停藥，雕輪促駕蒲。
> 進思陳稼穡，處肯懸枌榆。
> 適警潢池叛，宜加渫野誅。
> 使臣齎尺柬，私第拜兵符。
> 力疾趨瀘水，行營過粵嵎。
> 救圍遑敢緩，醫國奈先痡。

夜冷飛星隕，秋高大樹枯。
武鄉臨表泣，宗澤渡河呼。
氣短騰槽馬，聲揚集幕烏。
讖成坡落鳳，妖長戍鳴狐。
藤峽懸軍待，榕城返櫬扶。
應知藐躬瘁，翻覺厚恩孤。
黼座精求治，盈廷顯作模。
健旋時局轉，雄振武功膚。
頌勒浯溪石，詩賡慶曆圖。
中興欣有象，良弼契尤孚。
特召頒三節，顒征賜百茲。
聖襟垂宸俟，神馭跨箕徂。
幸值龍飛瑞，虛承驥率需。
昌期眞負負，大用衹區區。
迴憶嚴疆靖，咸蒙閭澤敷。
蒞官嚴簠簋，弭盜肅隹符。
寒畯揚眉盛，編氓鼓腹娛。
年饑忘菜色，春暖護棠株。
去謫荒郵遠，旋看沃野蕪。
鼠殘郊食黍，鴻餒澤棲蘆。
餉迫西陲給，糧疲北漕輸。
江鄉空杼柚，河滋費茭芻。
島戶潛營窟，山猺莽負嵎。
和戎多魏絳，攘狄少夷吾。
再起籌帷幄，初經爇火荼。
旌麾新色變，鐃吹故音嗚。
按部民歌袴，迎師路挈壺。
敵驚纏碎膽，天奪倏捐軀。
裹革終蠻甸，攀髯繼鼎湖。
九原遺憾在，四海替人無。
杜廈多才彥，韓門有豎儒。

> 罷駕充下駟，啄菢及鷎雛。
> 灞上曾磨盾，階前復濫竽。
> 三年親熒戟，萬里歷崟嶇。
> 喜躍聞傳檄，依投願執殳。
> 偏教私設位，何自祭當衢？
> 扼腕聽輿論，推心惜廟謨。
> 宏材施未盡，千古怨洪爐。〈林文忠公誄詞〉〔註48〕

貝青喬藉由寫作長篇誄詞來悼念與歌頌林則徐這位影響他詩歌創作意識與政治理念的重要恩師，其篇章中提及林則徐過往的禁煙壯舉與對抗外侮抗敵之事跡，並且亦將自己無法投報林師，未能與其並肩作戰深覺感慨與惋惜。當太平軍在廣西起義後，聲勢浩大的往東南挺進時，國家正逢內憂外患之際，貝青喬又憶起了林則徐。

> 桂嶺風烟百戰中，苦無消息問南鴻。
> 更番露布傳三捷，依舊風聲駭八公。
> 遠服徵兵傾列郡，中原轉餉困司農。
> 大星飛墜軍興始，更望何人振武功？〈桂嶺〉〔註49〕

貝青喬在愛國詩歌的議題上，無疑是受了林則徐深遠的影響，繼承了中國歷代愛國主題詩歌中憂患祖國、關心民瘼的「民本」傳統思想〔註50〕。兩人亦皆有在戰場前線的真實經驗為體驗，對於在創作詩歌上更能具體表現出憂國、憫民的感時意識所在，二者間師承關係顯而易見。

三、交遊——吳中寒士

　　研究者在上一節中提及貝青喬的家世背景為吳地名門望族，先祖們經商有成致使貝氏一姓於清乾隆年間列為蘇州南濠四富之一。然

〔註48〕王衛平主編：《貝青喬集（外一種）》（上海：上海古籍出版社，2013年4月第一版），頁125。

〔註49〕王衛平主編：《貝青喬集（外一種）》（上海：上海古籍出版社，2013年4月第一版），頁130。

〔註50〕周柳燕：〈論中國歷代詩歌愛國主題的內容及其嬗變〉，《吉首大學學報》社會科學版第四期（1998年），頁36。

而，因貝氏家族開枝散葉之廣茂，與支系的分流，直至貝青喬父親，雖可說是書香門第，然而其從事依人幕府之事，未有顯著的功名事跡。是故，至貝青喬時，科舉亦止於明經，未有仕進，且因正值國家動盪、國勢衰頹之際，家道中落的他便與吳中幾位出身寒門的同鄉好友漸成一股吳中寒士集團。彼此間家世背景、求學經驗、志士情懷皆相似聲氣相投，彼此相知相惜、肝膽相照、互為莫逆。甚至在貝青喬過世後，亦是這批好友將之遺留的詩文整理出版，可見情意之真摯，扣人心弦。其中，〈歲暮懷人〉〔註51〕這首詩便是貝青喬懷想諸多好

〔註51〕案：自游遠服，歲將再更，二三故人，頻入我夢。挑燈念之，各成小詠，漏四下，始罷吟。僂指數之，未盡所懷。

我思葉石林，千載此賢裔。遺書付手民，老眼校無斁。翩翩繼起人，才子三河尉。葉廷琯暨令嗣道芬

嘑城四先生，松圓尤秀出。吳下老寓公，官中新記室。若遇錢尚書，餘子壓其七。程庭鷺

起斬周處蛟，坐捫王猛蝨。豪氣孰最多？斯人固穎出。失意債帥間，杖策返蓬蓽。臧紆青

囊無卜式貲，篋有劉蕡策。投老作冷官，性頗與之適。一看海上山，歸臥鬢將白。張錦珠

高第游上都，豈遂滑吾性？歸飲日酣嬉，亦豈為吾病？大兒北海才，老子南樓興。顧文彬

漢杖照不疲，秦椎中猶恥。流譽滿京華，山隨採風使。高登太白樓，詩成擲江水。陸元綸

分金知有母，鮑子今豈無？訂交戎幕下，十載同馳驅。彈琴忽出宰，下走徒區區。程鍾英

范家石湖水，石家今有之。始知命名巧，古人不能私。寄語湖上客，風月好主持。石渠

萬里我獨行，一室君高臥。借病晝閉關，招譏夜滿座。細參米汁禪，燈前習成課。程沂梅

著書窮巷裏，春氣盎滿家。怡怡養老母，笑我恒天涯。今日新安水，亦復浮孤艖。陸廷英

張子軀幹小，志乃凌高秋。劉子皤其腹，滿中春氣浮。俯視駒在櫪，仰視鷹脫韝。張源達、劉禧延

說經何硜硜，傳家此恒產。牖下撥秦灰，窮年自抄撰。牢耶與石耶，五鹿有餘掫。宋文翰

綺歲盛文藻，忽投般若門。豈伊絕人理？中自具靈根。種梅五百樹，一樹一詩魂。祖觀和尚

友時感發而作，其中可見貝氏對其友們的評價與情懷。

　　道光二十七年（1847），青喬滇遊之際，客居異鄉之地，不僅環境惡劣，內心孤獨不免情緒落寞，特別在年節將近，思鄉懷友情懷日益濃稠，甚在夜晚時分，星燈夜曉午夜夢迴時故友身影頻入其夢。〈歲暮懷人〉記述對故友的牽念，以詩記人中有對個人形象特色的描述，雙方友誼的交情，亦有對其個人成就的讚揚與欽佩。詩中提及十四位故友當中，研究者試就對貝青喬生平影響最甚的幾位摯友加以介紹說明。

（一）葉廷琯（1792～1869）

　　葉廷琯，字調生，晚號蛻翁，又號蛻廬病隱〔註52〕、龍威遯隱，江蘇吳縣人。乾隆五十七年生，諸生。同治元年，舉孝廉方正，辭不就。卒於同治八年，年七十八，所著《楙花盦詩》、《感逝集》、《鷗陂漁話》、《吹網錄》等作流傳於世。自刻《詩存》二卷，上卷爲《憶存草》下卷爲《劫餘草》。〔註53〕一生淡於榮進，潛浸考佐經史，所交甚廣，皆一時才俊。

　　葉廷琯爲青喬父親、叔父同鄉之友，年歲長於青喬，青喬因故尊稱爲「葉丈」，兩人存在著亦師亦友的微妙情誼，是故，青喬的詩文風格亦然受其影響。然而，葉廷琯一生淡泊名利，雖爲錢塘知縣陳文述之婿，但其爲人樸實，畢生著力於詩文甚多，青喬稱其「千載此賢裔」，由此可見對其評價甚高。兩人在詩文上互爲切磋、鼓勵，興致相契，青喬現存詩文作品中，其與青喬酬唱作品爲詩友中最多，研究者將之整理蒐錄如下：

> 人才蔚起乾嘉會，盟主東南運不孤。
> 嘯聚風雲開筆陣，指揮壇坫下軍符。
> 黨分東廠翻新案，派衍西江列舊圖。

王衛平主編：《貝青喬集（外一種）》（上海古籍出版社，2013年4月第一版），頁65。

〔註52〕錢仲聯：《清詩紀事》卷叁（南京：鳳凰出版社，2004年4月），頁2706。

〔註53〕袁行雲：《清人詩集敍錄》下（北京：人民出版社2016年7月北京第一版），頁2272。

　　迴首詞場成一喟，群英無復滿江湖。〈爲葉丈廷琯題詩
壇點將錄〉（卷一）〔註54〕

　　章逢聲不揚，瞑目永沈晦。
　　豪素跡僅留，縣世能幾代？
　　惟恃承托人，名山業同愛。
　　庶或五百年，軼聞挂人喙。
　　印九古獷者，逸情邁流輩。
　　感彼雞鳴聲，呼朋互酬對。
　　吟社倏淪亡，手澤半茫昧。
　　幸有平生親，收羅到殘。
　　恍此尺幅間，音彩展猶在。
　　從可賦《大招》，樽酒重沃酹。
　　故物恐遂湮，後死責難貰。
　　他日終付誰？思之心孔痗。〈爲葉丈廷琯題故友印康祚
風雨聯吟圖〉（卷一）〔註55〕

　　飽嘗山味雅難饜，及到南中漸生厭。
　　驚心惟覺詭怪多，悅眼終嫌秀靈欠。
　　故鄉拋卻好湖山，日向靡莫來登攀。
　　縱極佳勝棄荒土，彼蒼位置何其慳？
　　平生丘壑無靜悟，游蹤翻坐好奇誤。
　　逝將歸訪莫釐峯，同舟棹入烟波去。〈水西道中書寄葉
丈廷琯〉（卷四）〔註56〕

　　世事方多故，民生漸不聊。
　　里中君息影，江上我歸橈。
　　出處盧千古，悲歡併一宵。

〔註54〕王衛平主編：《貝青喬集（外一種）》（上海：上海古籍出版社，2013
　　年4月第一版），頁19。
〔註55〕王衛平主編：《貝青喬集（外一種）》（上海：上海古籍出版社，2013
　　年4月第一版），頁21。
〔註56〕王衛平主編：《貝青喬集（外一種）》（上海：上海古籍出版社，2013
　　年4月第一版），頁86。

祇餘吟興在，老去許愁消。

高詠昇平日，追懷信罕儔。

春林紛吐豔，烟海浩生漚。

各抱名山志，俄成逝水愁。

多君塵劫外，特向蠹餘搜。〈乙卯仲冬歸自浙西過葉丈廷琯齋出示去年病中摘句懷人詩讀竟意別觸倒用自題原韻〉（卷六）〔註57〕

瑤清仙侶證同修，冰玉雙輝藻采流。

梁苑賦才賓館散，蕭樓選政壻鄉留。

錦囊投厠憑誰拾？鐵匣藏淵怕鬼讐。

我坐苦吟遭詬病，何期宗匠襪材收？

葉丈廷琯甄錄近人詩謬賞余作搜集成編蓋其婦翁陳雲伯先生提唱吟壇夙〈推祭酒丈固綽有外加風範也感謝呈詩〉（卷七）〔註58〕

逭暑懷蓮社，秋來始放船。

露花明曉嶼，風藻漾晴川。

談藪資三笑，吟材貯一編。

閉關如頌酒，我亦愛逃禪。〈偕葉丈訪覺阿上人通濟庵〉（卷七）〔註59〕

偓痀罣室苦沈緜，卻枉傳繊自海邊。

遘厲久知天不弔，原情何幸友還憐？

反兵力弱終思鬭，枕塊神虛每廢眠。

視息尚求人齒數，蘆中窮士敢流連。〈得葉丈廷琯申江書感賦〉（卷八）〔註60〕

〔註57〕王衛平主編：《貝青喬集（外一種）》（上海：上海古籍出版社，2013年4月第一版），頁141。

〔註58〕王衛平主編：《貝青喬集（外一種）》（上海：上海古籍出版社，2013年4月第一版），頁145。

〔註59〕王衛平主編：《貝青喬集（外一種）》（上海：上海古籍出版社，2013年4月第一版），頁150。

〔註60〕王衛平主編：《貝青喬集（外一種）》（上海：上海古籍出版社，2013年4月第一版），頁171。

太行山翠一囊收，擁鼻披吟最惹愁。

志士即今多失路，才人自古倦登樓。

游蹤歷歷鴻泥在，墜緒茫茫蠹粉搜。

我亦枯毫揮萬里，感深篋衍燼餘留。

亂後舊著蕩然，幸丈錄有存本。〈葉丈以錄藏劉汲晉遊
草見示讀竟感題〉（卷八）〔註61〕

青喬與葉丈間的交流從《半行庵詩存稿》內遺留的八首詩可見一斑。
內容除為其著作或友人圖作題詩，亦有對社會時勢的感受分享，寄情
山水之樂，亦或分離時魚雁之往返，可知其無所不談，交遊甚密。其
中，青喬於四川返鄉道中遇船難，船隻翻覆詩文散失，亦賴葉廷琯對
詩文的愛惜與收集，端能留下詩作一二。太平軍入蘇州城，青喬為避
亂舉家搬遷，後至上海依附廷琯，詩人感念於心，寫下〈得葉丈廷琯
申江書感賦〉一詩。

　　相知相惜的兩位文人，於詩文中唱和、對話。研究者試將葉廷琯
現今遺留的作品中與青喬相關詩詞整理如下：

慷慨從軍樂，悲歌行路難。

正愁兵氣惡，那得賊心寒？

師已奸脣漏，刑偏愛將寬。

此中成敗局，冷眼有人看。

浪設翻城策，同靡報國身。

英才誤庸帥，敗績見完人。

帶汁逃羞亮，張髯怒奮巡。

忠魂奇句慰，斗大走青燐。

幕府清流集，軍門廣廈開。

鳳鳴驚一士，狗盜笑群才。

義旅官能冒，奇功敵共猜。

勞君磨盾記，抵得策勳回。

並海鋒纔挫，橫江燄又驚。

〔註61〕王衛平主編：《貝青喬集（外一種）》（上海：上海古籍出版社，2013
年4月第一版），頁174。

帳中方坐嘯，城下已聯盟。

券合藏金匱，錢難算水衡。

空教投筆者，詩史擅才名。〈題貝子木青喬呫呫吟〉鷗
波老漁題詞〔註62〕

啼雨林狨窺枕上，吹燈山鬼出窗前。

夜郎幸遇才人到，奇句天教補謫仙。〈病中摘句懷人詩〉
〔註63〕

自序：「同邑貝君子木青喬客黔時有紀彼風土詩，奇句
甚多。記其一聯云：『啼雨林狨窺枕上，吹燈山鬼出窗前。』
他若『雲間鐘磬扶風寺，樹杪簾櫳甲秀樓。』，風格雅近大
復，猶是內地景色所常有也。」

東南兵劫無安土，朋舊何人不失所。

喜爾扁舟海上來，裹懽三載猶堪補。

何意名公方側席，不容閒作江湖客。

書生佐幕古多賢，籌筆端期能建白。

此去東溟道路長，故交分手劇淒涼。

平生抱負乘時展，莫但文詞重洛陽。〈子木應保陽劉蔭
渠制軍長佑之聘將由海道北上有詩留別依韻奉酬即以贈
行〉〔註64〕

君昔南征去鄉土，蠻方行腳歷年所。

歸來飽看錢江濤，河嶽還期夢遊補。

昨到淞南未煖席，推轂剛逢玉堂客。馮林一中允桂芬。

此遊自足快吟懷，沽口雲連帆影白。

浮蹤萍聚本難長，婚久離筵酒易涼。

早向滄溟覓鱗便，雁書應憶阻衡陽。君昔黔遊三載，道遠
寄書頗難。〈連日與子木話別疊前韻贈之〉〔註65〕

青喬曾寫下「遺書付手民，老眼校無斁」兩詩句讚揚葉廷琯畢生的功

〔註62〕〔清〕葉廷琯：《楳花盦詩》卷上憶存草（同治年間刻本），頁25。
〔註63〕錢仲聯：《清詩紀事》卷叁（南京：鳳凰出版社，2004年4月），頁2708。
〔註64〕錢仲聯：《清詩紀事》卷叁（南京：鳳凰出版社，2004年4月），頁2708。
〔註65〕錢仲聯：《清詩紀事》卷叁（南京：鳳凰出版社，2004年4月），頁2709。

勞。其一生中將許多友人未整理刊行的詩文作品付梓留存，包括後來貝青喬晚年就直隸總督劉長佑之聘北上赴任，途中病卒，其作品亦是葉廷琯悲痛之餘偕同相關友人整理而成。

> 迢遞天涯返一棺，三年手札怕重看。
> 思親空羨徐元直，避賊終爲管幼安。初因訪母溷跡賊中旋即到滬由海道北行就幕。
> 身去祇餘詩卷富，魂歸仍趁海濤寒。
> 生還此日聞君到，定復聯吟補墜懽。北行時有詩留別滬濱諸友同人皆疊韻贈行。〈吳門津門寄書賦此追悼題其劫餘小草後聞貝大子木旅櫬南歸偶檢閱其壬戌癸亥兩年〉〔註66〕

（二）張鴻基（？～1848）

張鴻基，字儀祖，號研孫，一作硯孫，江蘇吳縣人。諸生。著有《傳硯堂詩錄》四卷。葉廷琯於《蛻翁所見詩錄感逝集》中對其有這樣的記錄：

> 硯孫爲薛塘大令之孫，少承祖訓，即能吟咏。才思雋逸，眾譽翕然。爲諸生後，曾一應京兆試，無所遇而歸。中年入閩，佐校學幕。往來嶺海，有助詩懷。旋里，仍依州縣署司筆札餬口。性素豪放，抑鬱無聊，縱酒消愁，漸成痼疾。歿於道光二十年春，齒僅四十餘。〔註67〕

在貝青喬的諸多詩友中，同鄉好友張鴻基屬個性豪氣、任俠道義的性情中人，然而，才高命窮，兩人在科舉試第中都屬於不得志的那群。一生中與現實生活搏鬥，爲顯志於鄉里，也曾佐幕於營中。滿身才氣、經綸滿腹，作品詩意淋漓，感懷時事，卻有時不我予的感慨，懷才不遇、報國無道抑鬱之情塞滿於胸臆。青喬與其交往深刻，兩人性情相投，從詩文的往返可見其間。以下研究者於《半行庵詩存稿》中整理出四首詩詞，詩中展現兩人之間友誼的深刻。

〔註66〕錢仲聯：《清詩紀事》卷叁（南京：鳳凰出版社，2004年4月），頁2711。
〔註67〕錢仲聯：《清詩紀事》卷叁（南京：鳳凰出版社，2004年4月），頁2703。

風中玉簫雨中鈴，十載江湖帶雨聽。
今夜聯牀尋舊夢，涼蟬吹影滿秋屏。
紙迷金醉意闌珊，賭酒紅橋水一灣。
如此烟波如此客，捲簾羞見六朝山。〈秦淮贈張鴻基〉

（卷一）〔註68〕

張也眞吾友，奇懷鬱未開。
狂招多口忌，貧鍊一身才。
咳唾皆詩卷，淋漓有酒杯。
相思不相見，愁絕隴頭梅。〈懷張大鴻基〉（卷一）〔註69〕

三載不相見，忽聞江上回。
帆隨春信至，戶逐笑顏開。
坐撲塵雙屐，談傾海一杯。
莫嫌青鬢改，豪飲氣如雷。〈張鴻基自閩中歸枉顧贈詩〉

（卷一）〔註70〕

論詩賭酒動相瞋，意氣常從隙處親。
不見賈生才自大，忽傳蘇老死偏眞。
三年別緒成終古，一筆狂名惜此人。
知有嘔心遺句在，伊誰地下慰沈淪？〈得家書悼張大

鴻基〉（卷三）〔註71〕

其實，在貝青喬現存的作品集中，有關於張鴻基的詩文鳳毛麟角。兩
人屬「吳中寒士群體」中的一員，雖然兩人的交遊情誼眞摯不容置喙，
但彼此間卻礙於貧困的生活，時常為求果腹而被迫奔走於鄉里之外，
橐筆依人，浪跡天涯，兩人離別的時間甚多過於相聚，因故兩人更加

〔註68〕王衛平主編：《貝青喬集（外一種）》（上海：上海古籍出版社，2013
年4月第一版），頁7。

〔註69〕王衛平主編：《貝青喬集（外一種）》（上海：上海古籍出版社，2013
年4月第一版），頁17。

〔註70〕王衛平主編：《貝青喬集（外一種）》（上海：上海古籍出版社，2013
年4月第一版），頁20。

〔註71〕王衛平主編：《貝青喬集（外一種）》（上海：上海古籍出版社，2013
年4月第一版），頁58。

珍惜難得的見面。只恨天妒英才，張鴻基晚年因飲酒無度，舊疾成疴，強仕之年就已駕鶴西歸，面對故友的驟逝，貝青喬悲痛惋惜不已，這樣天人永隔的生死別離，就像應讖了張鴻基曾與貝青喬唱和的詩句中「萍蹤他日隨流水，便許相逢已隔生。」二句。

> 落紅門徑曉烟封，一段春魂畫不濃。
> 狼藉東風天不管，此花情味暑如儂。
> 吹斷旗亭玉笛聲，一場春夢不分明。
> 萍蹤他日隨流水，便許相逢已隔生。〈楊花詞和貝大无
> 咎青喬〉〔註72〕

（三）程庭鷺（1795～1858）

程庭鷺，原名振鷺，字緼眞，一字問初，號綠卿，後改名庭鷺，字序伯，號蘅薌，江蘇嘉定人〔註73〕。明末詩家程嘉燧裔孫，陳文述弟子，諸生。工畫兼擅篆刻。卒於咸豐八年（1858），年六十三。〔註74〕著有《以恬養智齋集》、《紅蘅詞》。

葉廷琯《蛻翁所見詩錄感逝集》有對其如下的記載：

> 「序伯爲嘐城名諸生，清才凤禀，雜藝俱工。詩古文辭之外，書畫篆刻筆札無不古雅精妙。中年曾刻《以恬養智齋詩鈔》，後自謂不工而棄去。肆力於北宋名家，最喜學涪翁，頗有似處。早年到吳門即執贄陳雲翁之門館頤道堂數年，其詩時不近雲翁，吳門名士如朱酉生、蔣淡懷、陸方山輩愛重之，與余訂交前後逾三十年，沒於咸豐戊午十二月，是秋九月曾來吳門，小住數日，集飲山塘酒樓，意興尚佳乃別，未三月而訃至。年六十六矣。及庚申夏，嘐城失陷，其家遂破，聞其長郎稚蘅艤搽已往楚南，序伯自編尊璞堂詩文集，幸攜出，當不致散失，然近年著作，曾

〔註72〕〔清〕張鴻基：《傳硯堂詩餘》（南京：鳳凰出版社，2007年12月），頁32。
〔註73〕錢仲聯：《清詩紀事》（南京：鳳凰出版社，2004年4月），頁2711。
〔註74〕袁行雲：《清人詩集敍錄》下（北京：人民出版社2016年7月北京第一版），頁2360。

刻者惟緗秋詞一卷耳。此題畫詩及虞山游草各一卷，几八十九首，在其畫弟子陸吟川處，癸亥四月同客滬上，見而錄之，此在序伯，不過殘鱗半爪，然論畫七首，於畫理能批卻導窾，足爲後學津梁，游艸亦有飲瀄餐霞之趣，他日俟見全集，必更多名篇傑製可收耳。」〔註75〕

程庭鷺與葉廷琯交情甚篤，至交逾三十年。其與貝青喬的交遊亦是親近，青喬與之年齡差距十五歲，故詩文中尊稱其「程丈」，忘年交誼，在貝青喬的《半行庵詩存稿》中可見其共遊險奇於山水間的足跡，是以發而成詩。對於青喬來說，葉廷琯、程庭鷺兩位雖年紀與輩分皆較長於自己，卻不影響彼此間於詩於文於生命上經歷的分享與交流。青喬現存有的詩文作品中與程庭鷺在山水詩上的酬唱是較多的。研究者於《半行庵詩存稿》中節錄出相關作品如下：

探奇饒勝緣，游侶群輻湊。
整理雙不借，入險鋌而走。
嶙峋秦餘杭，箭闢兩崖鬥。
大石戾其背，卓立虯骨瘦。
孤撐出天半，直上比懸溜。
禪龕綴木末，鍾乳滴巖竇。
靈蕤孕暖香，霏微入清嗅。
是時春欲暮，萬綠堆眾皺。
排闥駭枯僧，避人竄飢狖。
雲氣晴亘天，陰寒撲襟袖。
屋後勢倒崩，蟠裂土花繡。
磴道不受趾，人跡所罕遘。
氿泉自穴出，謀耳暗中漱。
上有古時梁，如屋初駕霤。
仰睇股先慄，高陟尩敢又。
懷古摩蒼崖，剜苔索前鏤。
勝國諸鉅公，健筆凌世宙。

〔註75〕錢仲聯：《清詩紀事》（南京：鳳凰出版社，2004 年 4 月），頁 2711。

山靈藉表章，刻劃到荒陋。

詎知三百載，漫漶失句讀。

回首跡已陳，繼起誰其副？

吾儕頗噉名，或共古人壽。

紀詞疥絕壁，永乞神鬼佑。

路轉訪水簾，數里穿雲透。

前導仗樵子，趫捷若藤魋。

奔瀑落峰掌，歕欲循理腠。

下注陳小槽，妥帖出天構。

積影搖夕光，明滅嵐彩收。

於焉慕幽棲，僧廬倘許僦。

老湫窺蟄龍，蒼嶺叩靈鷲。

會當躡仙蹤，次第擷其秀。

藉口婚嫁畢，新盟動成舊。

戀戀下層坂，林缺星光漏。〈家大人暨六泉叔邀同印丈
康祚葉丈廷琯程丈庭鷺往游陽山大石歸命作詩即步程丈原韻〉
卷一〔註76〕

春游罷群闤，花事歇芳浦。

靜侶多遠懷，人外曳柔櫓。

搖兀菰蔣中，枝港半迷阻。

豁然區鑑開，澄帖黛痕古。

瀕湖萬楊柳，濃陰日無午。

其下列魚田，蘆界清可數。

村疃晝冥濛，團烟綠一塢。

風歌聞榜人，水飯見漁女。

歸路明夕陽，殘紅耀林羽。〈同程丈庭鷺游青黛湖〉

卷一〔註77〕

〔註76〕王衛平主編：《貝青喬集（外一種）》（上海：上海古籍出版社，2013
　　　　年4月第一版），頁18。
〔註77〕王衛平主編：《貝青喬集（外一種）》（上海：上海古籍出版社，2013
　　　　年4月第一版），頁21。

幸脫歸鄉里，重逢話一樽。

頑心輕虎穴，小劫哭蛟門。

酒膽隨詩壯，燈芒照劍昏。

此身猶健在，死事愧殘魂。

昨有軍中信，流言亦孔訛。

敵脩羊陸好，將失鄧鍾和。

海上紛傳箭，行間倦枕戈。

九重頻責問，申討近如何？

此豈從容日？川原靜結營。

旌旗九節度，涕淚幾書生？

堅壁摧如朽，連疆沸若羹。

宵深看天宇，太白正孤明。

老父雄心在，談深髮指冠。

呼兒重赴敵，殺賊抵承歡。

海氣蒸天惡，雲陰蕩野寒。

何堪倚閭望？凱唱盼歸鞍。

明發吳趨市，弓刀復遠行。

尉佗謀愈狡，臣甫憤難平。

分帳朝磨盾，連烽夜研營。

相期重努力，快繫左賢纓。〈將重之浙營酬程丈庭鷺枉

贈之作〉卷二〔註78〕

貝青喬在山水詩上受程庭鷺的影響頗多。符葆森在《國朝正雅集寄心盦詩話》中認爲程庭鷺「詩氣清而腴」，頗得唐人之風。是故，青喬評：

嶁城四先生，松圓尤秀出。

吳下老寓公，官中新記室。

若遇錢尚書，餘子壓其七。

秀麗的江南美地，煙波浩渺。貝青喬在吳地，有這麼一批志同道合、

〔註78〕王衛平主編：《貝青喬集（外一種）》（上海：上海古籍出版社，2013年4月第一版），頁28。

聲氣相投的騷人墨客好友陪伴其間。雖說，大時代是動盪不安的，生活是艱苦難行的，科場是失意難耐的，但因有故友的支持與陪伴，在寒苦的生活中互相抱團取暖，彼此將鬱鬱不得志之憤懣寄身翰墨以寫情以抒意，畢陳於詩。

第三節　詩文著作

　　貝青喬的一生困苦艱辛卻豐富多彩，其中對於詩文創作極為戮力用心，是位多產的詩作家。可惜惟能留下的詩文作品並非全數，此因青喬在西南地區遊歷三年後，於滇、蜀歸家途中，不幸於峽江遭遇船難，行李俱落至江中，囊中詩文散佚，無處可尋，狼狽之至。雖事後透過詩人自我追憶，重述卻十僅存五，尋憶有限，深感悵惜。今日留存的詩文集為貝子木友人葉廷琯當年依手邊僅存之詩文稿，資料經採納、收集、整理付梓而得。留有《咄咄吟》二卷、《半行庵詩存稿》八卷內附〈苗妓詩〉、《㿊疥漫錄》三部作品。其中《咄咄吟》、《半行庵詩存稿》為詩文選，亦是貝氏較為人所知的作品，以致清末至民國年間留存之研究資料較為豐富。於是，研究者將此兩部作品置於本論文第四章第二、三節內容中，作詳細的爬梳與整理介紹。

一、《半行庵詩存稿》

　　《半行庵詩存稿》這部詩作集成，取蘇東坡「身行萬里半天下」〔註79〕詩句命名其稿。同治五年葉廷琯為刻八卷，惲世臨、黃富民序，凡詩八百三十首〔註80〕。其中所記為青喬不同時期人生風景中所遇所感之創作，依據其詩歌創作的風格變化，可將之分為前、中、

〔註79〕 案：蘇東坡〈龜山〉：我生飄蕩去何求，再過龜山歲五周。身行萬里半天下，僧臥一庵初白頭。地隔中原勞北望，潮連滄海欲東遊。元嘉舊事無人記，故壘摧頹今在不？

〔註80〕 袁行雲：《清人詩集敘錄》（北京：人民文學出版社，2016 年 7 月北京第一版），頁 2519。

後三期﹝註81﹞，內容包括青喬自敘對兒時的記憶、個人的志願、與親
友、恩師的交遊、山水遊歷之記，抑或對當時國家鄉旅間所發生的時
事之記錄與留下感想。研究者將在第四章第三節中作詳實的介紹。其
中所收錄的〈苗妓詩〉﹝註82﹞是貝青喬於道光二十七年（1847）秋日
起，萬里遠遊黔滇之地，深入黔南歸化營苗寨時，多日考察當地風土
人情、民俗習尚，親身經歷所得之詩篇。全篇共六首，每首皆附有文
以注詩。詩中序一開篇，詩人便先描述苗寨之由來與前往之緣由。

> 前人謂夜郎之桑濮，在黃絲驛以東歸化營，風俗淫謬，
> 固亦不減古所云也。客有嫪戀於此者，暇日從而往觀。今
> 夕何夕，見此粲者，失笑遄返，雜綴成詩。﹝註83﹞

由此可見貝青喬多有冒險犯難之膽識與勇氣與不畏艱險的好奇心。詩
人入境隨俗，深刻體驗了苗族的婚喪喜慶、音樂舞蹈、飲食起居。詩
中介紹了苗族的文化風尚、歷史傳說，無異是一段精采奪目的第一手
遊歷紀錄。於是乎，清末宣統元年（1909），張廷華所著《香豔叢書》
特將此收錄其中，亦對之有所簡介。

> 吳下詩伯，首推貝子木。子木少負奇才，足跡半天下，
> 窮愁窠落以終。所著《半行庵稿》，多憂時感世之作，沈雄
> 堅卓，慷慨激昂，洵吳中之老名士也。稿中有《苗妓詩》
> 六章，足補陸次雲《峒溪纖志》所未備，爰鈔存之。春草
> 吟廬主跋。

上述對於貝青喬所著之〈苗妓詩〉給予正面肯定。以此貝青喬化身為
旅遊記者，詳實報導苗地風土，未見投以漢人儒家封建思想先入為主
的主觀意識，亦未對其有民族蠻夷之偏狹態度，能以開闊胸襟接納西
南少數民族相異之風俗。所記內容客觀述實、不帶偏見，難能可貴。

﹝註81﹞馬衛中：〈貝青喬新論〉《漢語言文學研究》（2012 年第 3 卷第 3 期），
頁 59。

﹝註82﹞王衛平主編：《貝青喬集（外一種）》（上海：上海古籍出版社，2013
年 4 月第一版），頁 67。全文收錄於本篇論文附錄二。

﹝註83﹞﹝清﹞貝青喬：《半行庵詩存稿》（清代詩文集彙編，國家清史編纂
委員會・文獻叢刊，同治五年刻版）卷三，頁 547。

其作品仍爲現今研究清末苗族習俗風尙重要且可貴之詩文史料。

二、《咄咄吟》

　　道光二十一年（1841），貝青喬時值而立之年，家國已受外患之禍三年有之，鴉片戰爭兵亂未止。道光皇帝命揚威將軍——奕經，駐節蘇州，青喬因故得以投效軍營、杖劍從軍，開啓爲期一年多的軍旅生涯。《咄咄吟》此部一百二十首大型組詩，便是於當時有感而發的紀錄。

> 野雉飛匿草田裏，知畏其首不畏尾。
> 陡然驚起復遠颷，終入庖人湯鑊底。
> 出門滿地皆網羅，白奪如爾椎埋何？
> 秋霖未集已先徙，有智不如蝗在柯。〈雜歌九章〉

外敵侵逼已是事實，若是無法面對敵人，保家衛國，就會如同上述詩人所言的野雉般，終入庖人湯鑊底，成爲刀俎魚肉。這是青喬所不願意的，他在詩中所展現的反而是面對戰事的積極態度，無畏無懼，表現了擊楫中流的壯烈英勇情懷。《咄咄吟》的成書，就是在這樣的報國情懷上醞釀而成的，然而，卻是悲痛、無奈、憤懣不平的記錄下軍中諸多醜態怪事。對於如此的衝擊，青喬在詩中不得不有所批判與諷刺。

> ……今僕不能稍事隱飾，有媿昔賢多矣，故於此書屢欲焚棄，乃朋好中有勸其存稿者，謂盛朝不嚴文禁，今者功罪既定，國法已伸，況人言籍籍，諱無可諱，不若直存之，爲後之用兵者告，俾知軍中之利病焉。[註84]

是故，此部詩集完整記錄下「浙東之役」中，前線軍隊將領的無知荒唐與落後腐朽，文恬武嬉的昏聵無能，種種禍國殃民的醜態盡被披露。其中，亦歌頌愛國志士、殺敵鄉勇的錚錚事蹟，除了感佩之情外，亦含有許多憤恨與不捨。此部詩集的成就與影響，致使貝青喬爲人所

〔註84〕王衛平主編：《貝青喬集（外一種）》（上海：上海古籍出版社，2013年 4 月第一版），頁 282。

知，甚至，晚清時人評價其為「晚清詩史」。就其本論文為貝青喬感時詩之研究，《咄咄吟》為重點探究對象，研究者於下述中將有詳細爬梳與介紹。

三、《爬疥漫錄》

《爬疥漫錄》為貝青喬晚年以筆記形式挾以詩錄所寫下的半自傳古文集，亦可說是一部史料筆記，文學體裁有著「詩文合一」的創作方式與特點〔註85〕。書中主要記敘時間為道光三十年（1850）至咸豐五年（1855），當時正值「太平天國」勢力席捲華中江南地區，長江下游無一處倖免，詩人家鄉蘇州亦因此淪陷。作品中以國家時事為經，作者親身之感為緯，記錄著下層知識分子對於國家戰事連年，社會動盪不安士子的家國之憂。中國近代文史學名家羅爾綱先生所著之《中國近代史資料續編·太平天國》一書中便收錄有《爬疥漫錄》一書，可見其書對於研究清朝晚年道咸同時期，太平天國中農民起義之事深具參考價值。

> 咸豐五年夏六月，僑寄徽州，左趾疥起成粒，爬之作瘍，余嗜飲，以為酒濕下注。既漸延及兩踝，或曰此疥瘡也，延宕醫治之，方藥雜投，不數日，疱綻膿流，滋蔓遍體，科跣臥床者累月，伏枕無聊，憤懷莫釋。因思蔡中郎所謂邊陲之患，手足之疥瘍；中原之困，胸背之癰疽。近以取譬，而天下事可知也。〔註86〕

由《爬疥漫錄》開篇所述可知，書名緣由是寓以貝青喬對國家的擔憂。青喬所處的時代環境，正值國家內憂外患而興兵多年，國運衰落而內外交困的多事之秋。身為知識分子，貝青喬有著強烈「國家興亡，匹夫有責」的士子時代責任。又加上，自身曾有身臨軍幕前線的相關經歷，於國於家之事，懷有著未敢忘憂國的救亡精神。因而，取自身體

〔註85〕馬衛中、陳國安：〈貝青喬《爬疥漫錄》論略〉，《文獻雙月刊》文史新探第六期（2015 年 11 月），頁 147。

〔註86〕王衛平主編：《貝青喬集（外一種）》（上海：上海古籍出版社，2013 年 4 月第一版），頁 325。

況之變，引發思考，譬以國家正臨之近憂，「憤懷莫釋」，正如其文。

　　誰爲醫國者，而始焉養癰，繼焉諱疾，卒至百孔千瘡，
潰敗而不可救藥如此哉？〔註87〕

慨嘆國家主持者養癰爲患之昏庸，鴕鳥心態之自欺，夜郎自大之短見。貝青喬身處亂世心情的感受既是苦澀、悲傷又挾有無奈、憤恨之感。然而，我們今日可從《咫疥漫錄》中得知清末國家政權之無能腐敗外，從書中我們亦可得知咸豐三年發生之太平天國「徽州之戰」之史事，詳實了解當時徽州的社會背景。「記有當時鹽、茶、典當三大商，徽州人居多，其社會貧富相懸太甚；記太平軍從武昌東下，沿江郡縣清朝官員，或鄉居，或舟宿，十九棄城不顧，池州知府龔某見太平軍到，設酒款待，銅陵知縣孫仁投降任總制；記太平天國驍將鐵公雞石祥貞戰死事；記四川兵都用紅帛纏腰，預備敗時用來扎頭，冒充太平軍逃生。」〔註88〕由此可見，此書內容之價值是爲研究太平天國時期之歷史提供一重要的依據。

〔註87〕王衛平主編：《貝青喬集（外一種）》（上海：上海古籍出版社，2013年4月第一版），頁325。
〔註88〕羅爾綱、王慶成主編：《中國近代史料叢刊續編·太平天國（五）》（廣西師範大學出版社，2004年版），頁439。

第四章　貝青喬詩歌感時意識之內容

　　貝青喬現存九百多首詩歌作品中，具有感時意識的詩作主要收錄於《咄咄吟》與《半行庵詩存稿》兩部詩集中。研究者於本章開篇先試論何謂「感時意識」，並將社會寫實詩派與之做異同比較，於是蒐羅兩部詩集中具備感時意識之詩歌，加以整理、分類、評析。

第一節　感時意識與社會寫實詩派的關聯

　　詩歌，除能表現詩人對當代客觀現實事物所遇所感之外，同一時刻，亦記錄著歷史。第一個真正把英詩看作歷史的英國文學家瓦爾頓認為：文學具有「忠實地記錄時代的特徵，以及保存最優美習俗的功能」〔註1〕，即所謂「詩歌比歷史更真實」。是故，詩人透過自身敏銳主觀的「感」，去感覺、感受、感知、感慨、感發所處世界已經發生或正在發生於生活中客觀的「時」，時態、時間、時事總總的經歷。情感因故反映在文學作品上，具備感時意識的表現於詩歌當中，因而記錄了詩人人生中經歷的過往抑或稱之為「史事」，據此，富有感時意識的詩歌油然而生。

　　「感時」一詞，最早名之於杜甫（712～770）的〈春望〉：

〔註1〕韋勒克、華倫著，王夢鷗、許國衡譯：《文學論——文學研究方法論》（臺北：志文出版社，1985年新潮大學叢書3），頁164。

　　　　國破山河在，城春草木深。

　　　　感時花濺淚，恨別鳥驚心。

　　　　烽火連三月，家書抵萬金。

　　　　白頭搔更短，渾欲不勝簪。

唐中期後，玄宗怠政，致使內政不修。天寶年間，戰事不輟，安祿
山、史思明等節度使帶領的叛軍軍隊攻入首都長安城，國破家亡、
生靈塗炭。曠日持久的戰爭，杜甫親歷其中，與家人的離散更使得
他抑鬱憔悴，感觸萬分，感傷時事之際，更期盼家書的到來，能與
家人重啓聯繫，但內心所願當時是何等不易。正所謂「百憂勞其心，
萬慮摧其形」，戰爭的緊張局勢使詩人感到驚慌失措，憂慮不已。過
度思慮之下致使白頭搔更短，渾欲不勝簪。於此，文學作品具備感
時意識是杜甫詩歌的寫作特色。杜甫一生憂時感事，詩歌多以憫懷
社稷蒼生爲主，因其詩歌創作理念與特色之故，「成爲中國古典詩人
中，最偉大的現實主義者之一」〔註2〕後被定義爲「社會寫實詩派」
開宗之師。

　　《文心雕龍・明詩》論南朝劉宋後，近人之詩風云：

　　　　宋初文咏，體有因格；莊、老告退，而山水方滋。儷
　　采百字之偶，爭價一句之奇；情必極貌以寫物，辭必窮力
　　而追新。此近世之所竟也。〔註3〕

據此可知，情必極貌以寫物，辭必窮力而追新。是爲寫實之義。文學
家在其文學作品中帶有感時意識，可說是作者表現出其浪漫敏銳的主
觀經驗感受，其中不一定具備有完全地寫實。換言之，詩歌具有感時
意識，不代表其作家必爲社會寫實詩派的服膺者，相對於研究者所謂
的「感時意識」，更多的是面對清末外力衝擊下，貝青喬「感時憂國」
的詩作表現。在《中國現代小說史》附錄二《現代中國文學的感時憂

〔註2〕劉大杰：《劉大杰古典文學論文選集》（湖南：人民出版社，1984 年
　　　第一版），頁 141。

〔註3〕（南朝梁）劉勰，陳志平譯注：《文心雕龍譯注》（上海：上海三聯書
　　　店，2014 年 1 月初版），頁 65。

國精神》裡，夏志清提出：「『感時憂國』和『道義上的使命感』是中國現代文學最重要的特點。」[註4] 其中「道義上的使命感」可說是多數中國士子人生中必修的人生課題。

　　清朝於乾隆之後，國勢日衰，直至道光、咸豐年間，在無情的砲火接連不輟攻擊中，蘇州地區出現了一群對國家社會具有「道義上的使命感」的文士，他們科場失意、懷才不遇，也因多數家貧為生計而奔波，於此統稱為「吳門寒士」[註5]，青喬亦在其中。生不逢時之遭遇，導致這批文士對國家社稷之事特別有所感受，具有「感時憂國」的內容便常現於其詩作當中，成為一重要課題。所謂，文學作品乃作者個人意志與情感之表現，更進一步可反映社會現實。漢武帝設立樂府官署，採集各地歌謠，其歌謠「皆感於哀樂，緣事而發，亦可以觀風俗、知厚薄云。」[註6] 此處「觀風俗」指的就是詩作中描寫之對象為當時當地之社會風俗，然而，一地之風俗亦反映一地之社會、政治、經濟、文化等長期現象。倘若，文士們詩歌創作的議題是圍繞有感於時事、時勢而發之內容，那便具有「感時意識」。

　　不過於此，研究者還是想確切區別「感時」與「寫實」之差別。

一、感時意識

　　如上述所論，「感時」是一種意識，是作者對於接觸種種外界事務因而產生的主觀的、自我的、個人的內心感受與想法，所以「感時」是具有浪漫情懷的，會因寫作者不同的背景、環境與考量點而產生不同的結果。例如，鴉片戰爭帶給中國士子的感受是：被侵略的、屈辱

[註4] 姚建彬、郭鳳華：〈「洞見」與「不察」──論夏志清、李歐梵、王德威眼中的感時憂國精神〉，《湖南社會科學》2017 年第四期，頁 158。

[註5] 馬衛中、楊曦：〈道咸詩壇吳門寒士詩人心態及詩歌創作〉，《蘇州大學學報・哲學社會科學版》2015 年 4 月，頁 150。

[註6] （東漢）班固：《漢書藝文志・詩賦略》（臺北：華聯出版社，民國 62 年）卷三十，頁 1756。

的、不義的、戕害的……，站在民族主義與愛國思想之下，當時詩人寫下「反帝救亡」爲主題的詩篇實爲大宗。然而，當跳出中國意識的框架時，面對同樣的史事，想當然就會有顯著的不同。所以，「感時」是具備時代性與地域性的。武衛華在其〈從鴉片戰爭詩歌的新變看中國第一批近代詩人的心態變異〉一文中指出：

> 由于中國古代是中華民族的多元融合期，在不同的歷史時期，所謂「國」與「國」之間、「民族」與「民族」之間的鬥爭，不能不說有正義與非正義，侵略與非侵略的劃分。而如果將其放在中華民族的多元融合統一的大背景下來看，從中國境內的任何一個民族都以炎黃子孫自居，取得政權之後都以正統繼承人（包括前朝是不同民族所建）自居的歷史事實來看，那麼綿延中國幾千年的古代紛爭完全是內部問題，無所謂敵我。〔註7〕

因此，角度與立場的變異會造成觀點與感受的差異，端看立足點爲何。所以，研究者認爲，文學始終來自於人類情感的抒發，感時是每個時代的課題，因爲參雜的變異條件太多，雖說詩詞可視爲一時代的歷史，但僅只於「歷史解釋」這部分，透過詩作，使我們可窺見當代人經歷史事時的眞實感受，卻不能視爲歷史的全貌。然而，有別於以往的「感時意識」詩歌，清末鴉片時期詩歌的發展是具突破性的。志士仁人們面對「中國三千年未有之大變局」進行反思，更甚，經由理性思維思考「師夷之長技以制夷」之法，呼喚中央變法圖強，釐清愛國與忠君之別。〔註8〕主觀的感時情感意識中，更增添了理性的分析與思維。

〔註7〕武衛華：〈從鴉片戰爭詩歌的新變看中國第一批近代詩人的心態變異〉，《齊魯學刊》第二期（1991年），頁20～21。

〔註8〕案：張瓊〈論近代愛國詩人對時局的反思〉一文中提到，改良主義運動時期的反思中，清末時人對于爲了挽救清王朝的統治危機，呼喚變法圖強。在民主革命時期的反思中，認識到暮氣沉沉的清朝衰朽反動的本質，對外賣國投靠、對內搜刮民脂民膏，因此衍生出愛國與忠君分離之意識。

二、社會寫實詩派

梁啟超在《中國韻文裏頭所表現的情感》定義「寫實派」：

> 作者把自己情感收起，純用客觀態度描寫別人情
> 感，作法要領，是要將客觀事實照原樣極忠實地寫出來，
> 還要寫得詳盡，因為如此，所以寫得多是幾個尋常人的
> 尋常行事或是社會上眾人共見的現象。截頭截尾單把一
> 部分狀態委細曲折傳出，簡單說，是專替人類作斷片的
> 寫照。〔註9〕

梁氏於此將寫實作了定義，即所謂：非情感、客觀、描寫他人情感、
比照事實忠實呈現、詳盡、多尋常事社會共見有六大特點。廖啟宏《中
國古典詩論中的寫實概念──以現代詮釋為研究進路》一文中，以此
為底本，又清楚的將梁氏所定義之「寫實派」詩歌的分析、歸納後，
表格如下〔註10〕：

寫實的定義	純用客觀、冷靜的態度來描寫他人情感。作法要領是要將外在事物照原樣極忠實地刻畫出來，並儘可能詳盡。
首篇寫實詩歌	無名氏〈孤兒行〉。
最具結構性的寫實詩歌	無名氏〈孔雀東南飛〉(〈焦仲卿妻〉)。
寫實詩歌的創作要訣及典範	以左思〈嬌女詩〉居冠，為「冷靜觀察，忠實描寫」的代表。
寫實風格的代表詩人	杜甫。 而杜詩更有「純寫實派」(如〈後出塞〉、〈麗人行〉、〈遭田父泥飲美嚴中丞〉)「半寫實派」(如〈羌村〉、〈北征〉)兩種風格。
寫實傳統壁壘的完成	白居易。 以其將理論與創作結合，並藉大量的作品群將寫實詩歌推向高峰。範例為〈秦中吟‧買花〉、〈新樂府‧賣碳翁〉等。

〔註9〕梁啟超：《中國韻文裏頭所表現的情感》（臺北：臺灣中華書局，民國
　　　65年12月臺三版），頁65。
〔註10〕廖啟宏：《中國古典詩論中的寫實概念──以現代詮釋為研究進路》
　　　（新北市：花木蘭文化出版社，2011年9月《古典文學研究輯刊》），
　　　三編第二冊，頁110。

於此，所謂寫實是在規範的情況下描寫「他人」情感，這是與「感時」情懷很大的相異點。感時意識是由內而外發酵的情感，而且是描寫作者「自身」緣事而發的情懷。明清時期，性靈派多侷限於個人平生不得志、抑鬱的抒發，格局有限。直至龔自珍始，詩人關注議題的視角改變了，龔氏曾言：

> 天教偽體領風花，一代材人有歲差。
>
> 我論文章恕中晚，略工感慨是名家。〔註11〕〈歌筵有乞書扇者〉

此處痛陳時下藝文作品便是感時意識之表現，其詩作題材大多為社會現實，而非個人榮辱升遷，具歷史感與時代感〔註12〕。然而，張際亮在其《答潘彥輔書》中指出「詩應與世運相休戚」〔註13〕，張氏曾云：

> 思乾坤之變，知古今之宜，觀萬物之理，備四時之氣。其心未嘗一日忘天下，而其身不同信於用也；其情未嘗一日忤天下，而其遇不能安而處也。其幽憂隱忍，慷慨頻印，發為詠歌〔註14〕。

清朝，大環境的被迫變革過程中，詩人有感而敏銳的思緒正與時代相連結，「感時傷世」因而為清末詩歌的重要時代特色，既是如實書寫社稷之動盪，亦感發胸中之塊壘，中國傳統詩學敘事的抒情功能亦於青喬的詩作中不乏表現。

〔註11〕劉逸生選注：《龔自珍詩選》（臺北：遠流出版社，2000年中國歷代詩人選集38），頁223。

〔註12〕鐘賢培：〈鴉片戰爭時期詩歌發展論略〉，《華南師範大學學報》社會科學版第三期（1986年），頁11。

〔註13〕鐘賢培：〈鴉片戰爭時期詩歌發展論略〉，《華南師範大學學報》社會科學版第三期（1986年），頁11。

〔註14〕〔清〕張際亮：《張亨甫文集六卷》（上海：上海古籍出版社，《國家清史編纂委員會・文獻叢刊》影印清同治六年建寧孔慶衜刻本），卷3，頁436。

第二節 《咄咄吟》感時意識之內容型態

> 道光二十一年十月二十日，揚威將軍奕經奉旨進剿寧
> 波英夷，道出吾蘇，駐節滄浪亭行館。僕投效軍門，荷蒙
> 收隸麾下，隨至浙中。〔註15〕

此爲《咄咄吟》組詩中作者貝青喬於開篇的自序。

　　鴉片戰爭爆發後，清朝面臨列強侵逼束手無策，戰事節節敗退，
無力抵擋。道光二十一年（1841），當英軍勢如破竹相繼侵占定海、
鎮海、寧波時，道光皇帝急敕，令其姪奕經爲揚威將軍，帶兵馳援江
蘇、浙江兩地。

> 嶺南高築受降城，鉞節批昌自敗盟。
> 仰見雷霆天怒赫，軒弧舜戚復東征。

> 英夷之擾我海疆也，自兩廣總督林則徐、閩浙總督鄧
> 廷楨、大學士琦善、伊里布或主戰，或主撫，兩載於茲，
> 終無成局。上乃斥林、鄧等四人，命靖逆將軍奕山、參贊
> 隆文、楊芳統大兵赴粵進剿之。戰稍鄰，英夷益猖獗，奕
> 山等遂竭帑藏，及洋商伍、潘等姓銀六百萬兩厚犒之，英
> 夷乃罷兵。時新任閩浙總督顏伯燾、浙江欽差裕謙猶主進
> 剿之議，故英夷自粵引兵而東，攻陷福建廈門。未幾，又
> 陷浙之定海、鎮海兩縣及寧波郡城，裕謙及四陣王錫朋、
> 鄭國鴻、葛雲飛、謝朝恩死之。事聞，上震怒，復命揚威
> 將軍奕經、參贊文蔚、特衣順，督師赴浙，並飭各省會勦
> 云。〔註16〕

貝青喬受到父親的鼓舞與影響，在軍隊行經蘇州，奉旨開營納士駐節
滄浪亭時，索性投筆從戎、仗劍從軍，實踐他的報國之志，展現其欲
殺敵立功的決心。於此，開啓了貝青喬不凡的一生，不同於同時期許
多具有憂國之思的愛國志士詩人們，曾經站在第一戰線的經歷，迫使

〔註15〕 王衛平主編：《貝青喬集（外一種）》（上海：上海古籍出版社，2013
　　　年4月第一版），頁179。

〔註16〕 王衛平主編：《貝青喬集（外一種）》（上海：上海古籍出版社，2013
　　　年4月第一版），頁185。

青喬透過親身體驗更能深刻了悟戰爭，並且從更多元的視角去發現、挖掘清政府與其組織內部的昏瞶，領導者騎墻兩端、戰和不定、決策失當、統治無方的無能。

> 軍旅之中，聽覩所及，有足長膽識者，暇輒紀以詩，
> 積久得若干首，加以小注，略述原委，分爲二卷，題曰《咄
> 咄吟》，言怪事也。〔註17〕

「咄咄怪事〔註18〕」語出《世說新語》，形容事情令人驚異，出人意表。《咄咄吟》實爲揭露貝青喬於揚威將軍麾下東征一年多期間親歷目睹軍帳中之「咄咄怪事」，過程中陸續蒐羅掌故，積累創作，後終凝成一百二十首的七言絕句大型組詩，每詩後又有小注略述原委，以文輔詩，各注以明本事。「以詩紀史，就詩作注」增強其詩作的記史性與提升文中事件紀錄之可信度。詩作中除揭露時弊外，亦不乏感時抒情之作。面對咄咄怪事頻頻出現在軍帳行旅中，詩人痛心喪氣之極，猶以戲謔、諷刺的口吻紀錄著「軼事從頭記，千秋作笑端」。〔註19〕無奈，「是役怪事特別多，且看將軍幕府中〔註20〕」，於此研究者將之區分爲四種型態，加以羅列說明。

一、慨嘆將領的昏瞶無能

（一）親小人、遠賢臣

> 銅柱爭思快勒名，參謀賓從聚如萍。
> 鳳皇池上絲綸客，贏得詩人賦《小星》。

〔註17〕王衛平主編：《貝青喬集（外一種）》（上海：上海古籍出版社，2013
年4月第一版），頁180。

〔註18〕案：《新譯世說新語》黜免第二十八第三則：殷中軍被廢，在信安，
終日恆書空作字。揚州吏民尋義逐之，竊視，唯作「咄咄怪事」四
字而已。（三民書局印行，1996年8月第一版），頁796。

〔註19〕王衛平主編：《貝青喬集（外一種）》（上海：上海古籍出版社，2013
年4月第一版），頁184。

〔註20〕趙杏根：論《咄咄吟》（寧夏大學學報，社會科學版，1984年第一期），
頁35。

　　初將軍隨員六人，郎中貫承蔭、員外阿彥達、御史胡
元博、主事楊熙、七品筆帖式聯芳、中書張炳鑛，奉旨帶
赴浙營，聽候差委，故六人恒以小欽差自居，提鎮以下進
見必長跽，相稱必曰大人。後並投效人員，主事陳宗元、
郭維鍵、指揮汪傅霖等，亦自附於大人之例。顧大人既多，
傾軋漸起，同列中中書官級最卑，或戲炳鑛曰小星。小星
謂星使之小者，或曰：端木詩傳、申培古魯詩，皆以為《小
星》，小臣奉使之詩。此用古經義。旋乃互相嘲謔，赫赫大
人，均稱小星矣。〔註21〕

先秦賢人墨子，生長於兵火倥偬、動盪不安的年代，歷經大環境的變
化，戰事不斷，面對各國政治勢力的競爭、消長，於此有著獨到的眼
光與深刻的見解。在其《墨子》一書被紀錄著這段闡述：

　　子墨子曰：「國有七患，七患者何？城郭溝池不可守，
而治宮室，一患也；邊國至境，四鄰莫救，二患也；先盡民
力無用之功，賞賜無能之人，民力盡於無用，財寶虛於待客，
三患也；仕者持祿，游者愛交，君脩法討臣，臣懾而不敢拂，
四患也；君自以為聖智，而不問事，自以為安強，而無守備，
四鄰謀之不知戒，五患也；所信者不忠，所忠者不信，六患
也；畜種菽粟，不足以食之，大臣不足以事之，賞賜不能喜，
誅罰不能威，七患也。以七患居國，必無社稷；以七患守城，
敵至國傾；七患之所當，國必有殃。」〔註22〕

由此可知，一國之不治與衰敗，必當有跡可循，先顯憂患，災禍爾
至。清朝末年道光時期的中國，面對挾以船堅炮利的入侵者，江南
戰地前線軍隊，於大敵當前，揚威將軍跟前的隨員六人卻欲滿足其
虛榮心，彼此相互爭名奪利，於幕中爾虞我詐、傾軋不已，戰事尚
未開打已先自亂陣腳。軍帳中有此等人，必為鑽營取媚之小人也，
然小人置國家危亡於不顧，只顧私己利益之滿足，甚為可惡。日後

〔註21〕王衛平主編：《貝青喬集（外一種）》（上海：上海古籍出版社，2013
　　　　年4月第一版），頁188。
〔註22〕馮成榮注譯：《墨子新注新譯》（臺北：馮同亮書坊印行，民國84年
　　　　初版），頁29。

的戰爭敗事，實則可以預見。

> 虎牙環立視耽耽，駭聽懸河坐上談。
> 昨日請纓今請劍，帳中原自有奇男。

> 　舉人臧紆青，宿遷人，將軍故友也，慷慨多大志。初將
> 軍出都時，或戰或撫，游移兩可。紆青極言歷年招撫毫無成
> 效，且恐有損國威，將軍之志乃決。及渡江後，聞浙中官弁
> 遇賊即潰，請將軍奏斬提督余步雲、知府黃晃、鄧廷彩、同
> 知舒恭受等各逃官，以立威望。將軍從其言，摺甫欲上，適
> 奉廷寄，批回浙撫劉韻珂、蘇撫梁章鉅二摺，傳旨申飭，用
> 是將軍惴惴自危，而請斬逃官之議遂寢。〔註23〕

貝青喬的利眼於軍帳中雖有見多如牛毛咄咄不堪的怪事，亦也可見軍
幕中鳳毛麟角之豪傑，此人抑是將軍帳下第一個直言之士，是謂「奇
男」〔註24〕。此詩紀錄著就是這樣一位具有豪情壯志，欲救國於危急
的忠義之士。雖說有著滿腔殺敵熱血，但昔為故友的帳中掌權人，今
已位高權重，是非不明，畏事膽縮。何以收納其逆耳忠言，無奈最終
只能鄙見軍中無紀的慘況日益加劇，卻也無能為力挽回頹勢。青喬在
短暫的軍旅生涯中與之相識相惜，更在其《半行庵詩存稿》卷二中留
有一首〈送臧孝廉紆青歸宿遷〉的詩，詩中「孱軀挺七尺，寸寸供折
磨。初時袍澤志，及此將云何？」〔註25〕帶著無限對臧紆青的不捨和
反映著對當權者無比昏聵的憤慨。軍帳中，賢人離，小人聚，是為其
一之咄咄怪事，可嘆哉。

（二）戰事未開，慶功為先，軍務不備，本末倒置

> 春盤臘酒夜讙呼，鈴閣喧傳下虎符。
> 好是畫師能點筆，指揮如意獻新圖。

〔註23〕王衛平主編：《貝青喬集（外一種）》（上海：上海古籍出版社，2013
　　　年4月第一版），頁189。

〔註24〕趙杏根：〈論《咄咄吟》〉（寧夏大學學報社會科學版，1984年第一期），
　　　頁38。

〔註25〕趙杏根：〈論《咄咄吟》〉（寧夏大學學報社會科學版，1984年第一期），
　　　頁34。

> 初將軍定期除夕開兵，特令張應雲爲前營總理，並將
> 各路兵勇分隊撥赴曹娥江，令應雲若何暗伏，若何明擊，
> 一一授以方略。是時捷音之至，若可計日而待也。幕客王
> 丹麓，工畫山水人物，元旦進《指揮如意圖》，積月而成，
> 筆法雅近北宋畫院中名手，將軍頗珍愛之，徧屬庵下題詠，
> 後爲文參贊攜去，長谿嶺之敗，不知終落誰手矣。〔註26〕

貝青喬於此紀錄了軍中開戰前所見細節，此刻表現了中國傳統，好似在重要事件發生前，人們可能以各種形式先求個吉利，期望能得到個好兆頭，使事情進行的順利，結局圓滿。因此，「指揮如意圖」於是產生，如同吉祥物，盼戰事如圖名所示。但在細讀之下，可見青喬心思，其中不單純是敘述事件的經過而已。「夜謹呼、喧傳」兩詞似乎表達了些許的不尋常。戰事未開，軍事將領卻群聚在「鈴閣」放心飲酒作樂，並且高調佈達開戰時機。其中呈現了幾個問題：其一、將軍何以對戰事如此胸有成竹？難道眞是勝券在握？可在戰前就寬心飲酒歡呼，還是實爲輕敵，夜郎自大卻不自知？再者，開兵之期應是戰前重要軍機，愈少人知道愈好，以防走漏風聲，甚是保密才對。然而，卻爲何是在歲末酒宴上作宣傳？好似已在佈達捷報之期，對戰事極爲樂觀。可見，這些重要軍官，面對戰爭的態度是輕浮、應付、不加謹愼，更或者是昏聵、無知、自大、輕敵的。

青喬又於注文中補述，「……是時捷音之至，若可計日而待也。」將軍對戰事滿滿的信心，更間接說明了奕經領兵的昏聵。文中所述，戰事在除夕開兵，但將軍卻在戰事應最緊急時刻，「元旦」收納「指揮如意圖」，況頗珍愛之地「徧屬庵下題詠」。前線士兵於戰場上拋頭顱、灑熱血的同時，後方指揮帷幄中，軍官卻忙著題詞吟詠，好不風雅，不可思議之至，軍務的本末倒置由此處可窺見一二。

放得文人出一頭，揮成露布墨花浮。

今朝又落孫山外，我自槐忙慣灑愁。

〔註26〕王衛平主編：《貝青喬集（外一種）》（上海：上海古籍出版社，2013年 4 月第一版），頁 195。

　　　　將軍幕下多文墨之士，開兵前十日，命擬作露布，共
　　　得三十餘篇。將軍甲乙之，首推舉人繆嘉穀，詳敘戰功，
　　　有聲有色，次同知何士祁，洋洋鉅篇，典麗喬皇，亦燕許
　　　大手筆也。〔註27〕

戰爭尚未開打，軍中卻已喜氣連連，將軍幕下文人墨士有聲有色詳敘
戰功於文，洋洋灑灑鉅篇呈上，頗是展現戰事已勝，慶功祝賀氛圍濃
烈。相對地，幕帳中卻不事守備亦未見對十日後迎戰之實質謀劃，將
士間罕有昂揚殺敵之鬥志與決心，是將軍中咄咄怪事又添一椿。

（三）禦敵戰術迷信、落後

　　　懿懿芬芬古殿幽，歲朝虔祀漢亭侯。
　　　颶風敢望神相助，一卦靈籤卜虎頭。

　　　西湖關帝廟最靈驗，元旦將軍往禱之，占一籤，中有
　　「不遇虎頭人一喚，全家誰保汝平安」之句。越三日，所
　　釣大金川八角碉屯土司阿木穰率其眾至，皆戴虎皮帽，將
　　軍喜，謂收功當在此，特厚賞之。於是軍中相效，有黃虎
　　頭、黑虎頭、白虎頭、飛虎頭等帽。及進兵，無驗，有獻
　　策者曰：「投虎頭骨於龍潭，可激龍起，擾沒夷船也。」卒
　　亦不驗。前歲六月，粵東尖沙嘴颶風大作，漂沒民寮數百
　　家，適夷船乘風駛入閩浙洋面，靖逆將軍奕山誤謂盡數沉
　　溺，遂以神助入奏，觀音、天后均加封號。〔註28〕

　　孫子曰：「……明君賢將，所以動而勝人，成功出于眾者，先知
也。先知者，不可取于鬼神，不可象于事，不可驗于度，必取于人。……」
〔註29〕是故，勝敵與否應來自於主帥對敵情的了解與否，而非占卜於
筮。子曰：「不語怪力亂神」。宗教信仰雖為靈心之補藥，但貴為聖賢

〔註27〕王衛平主編：《貝青喬集（外一種）》（上海：上海古籍出版社，2013
　　　　年4月第一版），頁195。
〔註28〕王衛平主編：《貝青喬集（外一種）》（上海：上海古籍出版社，2013
　　　　年4月第一版），頁195。
〔註29〕何新著：《孫子兵法新解——兵典》（北京：時事出版社，2007年2
　　　　月第一版），頁72。

之孔子，雖保守地未否認宗教現象之眞實性，卻也明確告戒諸門徒弟子，無法眼見與證實之事，不可輕易言渲染。十九世紀中期，世界已進入科學之年代，西方工業化國家實事求是，面對所遇之事，多理性思考尋求科學方法解決之。然此時期的中國，戰爭前線之軍事幕帳中，發號施令的主事者愚昧無知，卻陳舊著以近乎迷信的思維來面對戰事，求神問卜詢軍機，占籤得讖之際喜形於色而自鳴得意「特厚賞之」。此亦爲咄咄怪事之一例也。

> 郭門里柵路迢迢，到處紅黏小告條。
> 方說四寅期要密，漏師早有寺人貂。

> 將軍欲取虎頭之兆，因改期正月二十八日四更開兵，謂適遇壬寅年壬寅月戊寅日甲寅時也。師期不密，英夷聞之，轉出僞示，令居民屆期遷徙，毋得自懼兵火云云，並於城廂內外多貼四寅字小紙條。〔註30〕

前述青喬已記載，將軍問卜而有「虎頭之兆」，爲得吉兆於戰事，全然不顧前線敵情不明，帶領之軍隊訓練不足無以抗敵之關鍵要點，仍是妄改開兵之期。然而，既已定期欲伏擊於敵，方說師期要密，卻又滿城貼上紅條告示，深怕敵軍不知攻占欲襲之時日。咄咄怪事，令人費解。

> 天魔群舞駭心魂，兒戲從人笑棘門。
> 漫說狄家銅面具，良宵飛騎奪崑崙。

> 初杭家湖道宋國經欲以奇兵制勝，特向市中購買紙糊面具數百箇，募鄉勇三百四十二人，裝作鬼怪，私於內署晝夜演習之。及英夷陷乍浦，國經派都司羅建業、千總李金鼇帥往應援，時方白晝，跳舞而前。英夷以槍礮來擊，我兵耳目爲面具所蔽，不能格鬭，遂潰散。

古時作戰，兵將頭戴木製、金屬面具抑或頭盔，多是爲取得威攝作用，意使敵軍見其上圖像而受驚嚇，進而心生畏戰退縮之感。此處，宋國

〔註30〕王衛平主編：《貝青喬集（外一種）》（上海：上海古籍出版社，2013年4月第一版），頁198。

經欲以奇兵制勝，命士兵頭戴紙糊面具裝神弄鬼，白晝臨敵跳舞而前，因「耳目為面具所蔽」無法辨別敵況，亦無力抵抗洋槍洋砲之火攻，遂潰敗而逃。可見軍將中，尚欲以怪力亂神降敵者，屢出奇招，招招怪奇，卻無一奏效，軍略戰事視為兒戲，無將軍兵之命審慎看待，敗亦使然。

（四）和戰歧異不定，軍令朝三暮四

> 鐵錯何堪鑄六州？譁傳新令下江頭。
> 早知殺賊翻加罪，誤抱雄心赴國讐。

> 浙撫劉韻珂堅持和議，兵敗後，將軍亦以其議為是，
> 凡事必咨商而後行。初將軍進兵時，懸賞格於軍門，有能
> 生禽夷酋樸鼎喳等者，賞銀一萬兩，其餘無名白夷二百兩，
> 黑夷一百兩。鄉勇貪得賞銀，往往設法縛致之。而韻珂恐
> 多費賞銀，將來無以為賄和之資，遂勒令鄉勇呈繳器械，
> 逐回原籍，并欲修好於英夷，與將軍銜出示，中有「無
> 知之人，擅殺夷商」等語。文參贊見而憤曰：「吾等奉命進
> 勦，何得云擅殺？」行文詰問，韻珂無以答，不得已收回
> 告示，而和議又不決矣。〔註31〕

浙江巡撫劉韻珂於兵敗後畏敵求和，揚威將軍——奕經，亦從其言。將領無意再戰贏敵，欲與英夷和議，為求撙節軍中獎賞殺敵之開支，勒令鄉勇上繳兵械，並反誣鄉勇擅殺英商〔註32〕，而銜以告示「無知之人，擅殺夷商」等句。詩人於此亦表感慨說道：早知殺賊翻加罪，誤抱雄心赴國讐。昏憒誤國一心媚敵的將領們，舉棋不定之政令，全然辜負了抱以雄心壯志立願殺敵救國之鄉勇，令人慨嘆。

> 連環磩陣練成圖，奮勇曾經一告無？
> 原上調鷹壚下醉，就中閒煞黑雲都。

> 初欽差裕謙謂南人柔弱，奏請召募北勇，遣知府舒夢

〔註31〕王衛平主編：《貝青喬集（外一種）》（上海：上海古籍出版社，2013
　　　年4月第一版），頁249。

〔註32〕王飆：《詩歌史話》（北京：社會科學出版社，2009年9月），頁21。

齡等至河南、山東團練之。及裕謙死鎮海之難，浙撫劉韻
珂奏止之。將軍南下，仍主裕謙議，遣員分路召募。韻珂
終以為非，謂其人類皆北方無籍游民，勢必召之易而散之
難也。寧波敗後，韻珂持議益堅，急欲逐去之。而將軍謂
欲備再舉之用，且驟遣之，恐或散在閭閻，益多滋擾也，
遂留諸紹興凡三千三百餘人，令副將托金泰、參將劉天保、
同知李安中等三十九人分隊訓練之。越半載，撻槍、連環
子母槍、梅花槍均能嫻熟，人人謂可一戰，然而和議成矣。
九月十六、十八等日，給貲咨回原籍。軍中願打前敵者，
報明營務處，謂之告奮勇，得勝後可邀頭功。〔註33〕

在部隊中，軍令如山，何有朝三暮四之理。可惜的是，鴉片戰役發生
在晚清，通訊不發達，軍中將領對中國以外的局勢亦不熟悉，不管是
朝廷抑或在野，都有主戰派、主和派兩股勢力存在著。以至於，浙東
之役作戰到後期，前線將領、地方巡撫對用兵與否意見有了明顯的歧
異，召兵遣員成了磨耗軍中資源的模糊軍令。其中多少也參入了私人
間的傾軋鬥氣，揚威將軍——奕經與浙江巡撫——劉韻珂，兩人初對
戰事的見解就極為不同，主和主戰歧異不定，反倒是，意見總是相左。
只是，集成精銳部隊又有何用，和議已定，最後只能貲咨回原籍。貝
青喬於此頗帶無奈與諷刺地用了「原上調鷹爐下醉，就中閑煞黑雲
都。」兩句，以五代時期，楊行密親練的精銳部隊「黑雲都」之典故，
來意旨前線將領對戰事判斷的不明，軍令的否變，除了平白消磨軍中
資源外，更令奮勇報國者無所適從。於此，即使精銳奮勇如黑雲都，
強士兵將亦無用武之地，詩人只能感時傷世的徒留感嘆於詩詞中。

（五）決策失當，陷地失銀

　　金牛頓隔萬重山，一月猶稱火速還。

　　惱殺江風連夜急，又催雁信下雲間。

〔註33〕王衛平主編：《貝青喬集（外一種）》（上海：上海古籍出版社，2013
年4月第一版），頁278。

浙撫劉韻珂以將軍久駐蘇州，頗多疑忌，英夷陷奉化之信，故令驛中遲遞，延至二十七日，始自杭達蘇。將軍得報入奏，而韻珂之摺久已批回。將軍怒，嚴查遲遞之故，欲懲辦驛官，繼知旨出韻珂，乃遂隱忍中止，然已奉上諭申飭矣。將軍謂驛吏多貽誤，且來文每被私拆，恐有漏洩，派員別設水站，以通往來。既而進駐杭州，有密札詰問張應雲伏勇一事，特遣家丁尚祿齎往曹娥江，乃尚祿問路於驛吏，誤曹娥爲吳淞，遂北走松江府，迨其回營，而寧波已敗績矣。〔註34〕

浙江巡撫劉韻珂曾於英軍進犯前，屢請將軍進兵浙江，奕經卻以各路兵餉未到，又適屆嚴冬，無法刻期南下爲由，故駐札蘇州，揚威將軍奕經與浙江巡撫劉韻珂，兩人嫌隙因此產生。於後，韻珂又常於軍務上有意延遲、誤導。此等私仇卻使軍機貽誤，戰事不前。將軍本應及時斷然處理，以絕後患，沒想到本欲嚴查驛官遲遞之故，後卻又隱忍收手中止，致使後有寧波敗績而生。反映出，帶兵將領的躊躇懦弱，決策失當，戰事亦難以有成。

盧江小吏計偏奇，巧借紅毛一旅師。

道是兩頭都嘆毒，誰磨長劍斬肥遺。

陸心蘭，寧波府戶科猾吏也，平日經理漕運，家頗饒足。英夷陷寧城，其酋郭士立獲之，見其才幹老練，欲藉爲羽翼，特優禮之，並屬其招集市中游手，名爲紅毛鄉勇，人日給番銀半餅，嚴加訓練，以爲抗拒我兵之助。及張應雲總理前營，聞心蘭非甘心從賊，乃介同知舒恭受、知縣葉堃等密遣人句通之，而心蘭亦令其子文榮暨親戚呂美章至，矢言悔過之誠，並云夷酋托以心腹，紅毛鄉勇皆其管帶，若得餉銀五千兩，可買轉眾心，開兵時願縛夷酋以獻。應雲誤信之，發餉銀如數，飭爲內應。乃未及開兵，而心蘭先謁將軍於天花寺，報稱眾人利英夷日給多金，不肯爲

〔註34〕王衛平主編：《貝青喬集（外一種）》（上海：上海古籍出版社，2013年4月第一版），頁190。

我用，今幸脫歸，甘受死罪。將軍怒其誑，鎖諸轅門，旋以倉猝退兵，心蘭潛逸去，後亦不復追捕矣。初寧波多錢市，店主常與蘇、杭市儈預度錢價之低昂，以卜勝負，名曰拍盤。英夷陷城日，有恒豐店者，適當豎莊。豎莊者，謂積錢最足之時也。英夷擄之去，約二十六萬串，而彼法不用中國錢，且攜帶又不便，故每令心蘭易銀於村鎮間。及我進兵之有日也，心蘭給夷酋曰：「杭、紹錢價騰貴，可往易之。」遂攜錢六萬串而遁歸內地，此其賊中脫身之計也。僕聞之呂美章云。〔註35〕

寧波淪陷後，戰事亦為告急。城中相傳處處是漢奸，政府對於軍中細作防不慎防。然而，張應雲卻領帶漢奸頭目——陸心蘭，命其武裝漢奸部隊「紅毛鄉勇」，並給予厚金期盼反間於英夷部隊，為清軍帶來敵情以獲得戰事的勝利。結果不如預期，狡猾如狐的漢奸，其施以兩面手法，騙得巨款餉銀而脫身遁歸內地。張應雲運計之昏潰不明，猶為戰事屢敗緣由之一。

二、痛陳軍紀敗壞，官吏不良

（一）「得功之人，不必親在軍中」虛造戰功於名冊——張應雲

帳外交綏半死生，帳中早賀大功成。
赫蹏小紙尖如匕，疑是韠刀出鞘明。

方駱駝橋之望信也，忽一人手小紅旗，報稱前隊大勝，夷船已燒盡，請速拔營入城。言畢，返身即去。應雲面有喜色，即欲帶眾前往。僕謂來者不知誰何，宜姑俟之。然而文武隨員，已爭入拜賀，並紛紛於韡弰中出小紙條，謂有私親一二人，乞附名捷稟中。應運許之，出稟稿填入，令從九品蕭貢琅繕寫。僕始悟得功之人，不必親在軍中也。

〔註35〕王衛平主編：《貝青喬集（外一種）》（上海：上海古籍出版社，2013年4月第一版），頁215。

　　無何，敗信至，眾乃爽然。〔註36〕

張應雲原爲泗州知州，但奕經與之有師生之誼，故對其有破格提拔。〔註37〕這樣的「破格提拔」於軍中應爲見怪不怪之事，不僅僅有私相特例相輔，更甚，爲其私親虛造軍功於名捷稟中。青喬謂「僕始悟得功之人，不必親在軍中也」，如此之軍中紀律可謂引人嗤笑，戰事何有不敗之理？

（二）賄賂成習，上下交相賊──阿彥達

　　　　浪思功狀巧塡名，絳帳前頭費送迎。

　　　　寄語行裝須檢點，莫教胠篋誤先生。

　　　王少坪，忠州拔貢生也。凡欲得保舉者，都借拜老師
　　之名，介少坪行賄於阿彥達。阿彥達積聚贄儀既多，以紋
　　銀八千兩向市易黃金四伯，藏諸私篋，爲少坪乘間竊去。
　　阿彥達察知之，欲與爲難，又恐其訐發陰私，遂亦隱忍中
　　止。後保舉摺既上，上方以英夷來犯乍浦、上海等處，留
　　中不發，故諸人皆未邀恩賞，而少坪則享有多金矣。〔註38〕

軍中私相賄賂、官官相護，冒名書列於奏牘中等醜事詩人青喬記載不少。然揚威將軍軍帳下阿彥達時爲將軍跟前紅人，頗受重用，故屬受賄團隊中位居高階者，然欲得功名之書生，往往需向他捐輸求祿。只是，上下交相賊的後果是，阿彥達恐其陰私不法所獲被揭，最終投鼠忌器，只能「啞巴吃黃連」自我隱忍。

　　　　邯鄲一枕夢封侯，幾輩雕青怨費留。

　　　　爲問奇功成馬上，何如獻簡爛羊頭？

　　　將軍連奏鄭鼎臣、葉堃火攻船之捷，奉旨奕經賞戴雙眼
　　花翎，文蔚賞加頭品頂帶。既而英夷退出寧城，又奉旨著將
　　前後出力人員開單保舉，於是軍中人人思列名奏牘，仰邀恩

〔註36〕王衛平主編：《貝青喬集（外一種）》（上海：上海古籍出版社，2013年4月第一版），頁208。

〔註37〕趙杏根：〈論《咄咄吟》〉（寧夏大學學報社會科學版，1984年第一期），頁36。

〔註38〕王衛平主編：《貝青喬集（外一種）》（上海：上海古籍出版社，2013年4月第一版），頁253。

賞。將軍恐有冒濫，特令員外阿彥達逐一查明，而阿彥達乃
從中意爲去取，凡有厚賄者，均列優等，慫恿將軍保奏。將
軍嫌其人數太多，駁去十之三四，而摺稿係出阿彥達之手，
繕寫摺奏又係其門生王少坪，遂私行添加七十餘人，而軍中
實在出力者，半未列名焉。「費留」二字，見《孫子》。〔註39〕

《孫子兵法》第十二篇：火攻，有這麼一段文句：「夫戰勝攻取，而
不修其攻者，凶，命曰費留。故曰：明主慮之，良將修之。非利不動，
非得不用，非危不戰。〔註40〕」其中說到，賢明的君主與優秀的將領
都要在戰事發生前深思熟慮戰爭的價值，倘若，戰事已勝，獎賞有功
是非常必要的，若無善盡，軍中必有後患。然而，在青喬的記錄下猶
知軍帳中，實有戰功的軍士榮譽載歸後不一定可以得到合理的賞賜，
可謂：費留。反之，只要懂得行賄求祿於主掌奏牘者，雖未實際上戰
場殺敵，猶也能立功列名於奏牘中，仕祿亦可步步高升。

（三）浮報開支、挪用公帑、擅改帳冊，軍庫空虛

果否鄉兵練滿營？帳中書記最分明。
勞他寸厚軍家牒，避卻雷同撰姓名。

　　或獻策於張應雲曰：「北勇由他省咨來，實額實餉，無
從影射。不如兼募浙人爲南勇，可浮報一二，預爲他日報
銷地。應雲深然之，令紳士李維鏞、林誥、范上組、彭瑜
等領募造冊，呈報將軍，共九千餘人，人數既多，不及訓
練，並不及點驗。及三月間，將軍稔知其弊，急飭應雲全
數裁撤，而所費帑銀核算已及十餘萬兩。〔註41〕

百萬軍需下海疆，勞他笇庫互輸將。
不知計簿誰司筆？算法無從核九章。

〔註39〕 王衛平主編：《貝青喬集（外一種）》（上海：上海古籍出版社，2013
　　　　 年4月第一版），頁252。
〔註40〕 何新著：《孫子兵法新解──兵典》（北京：時事出版社，2007 年 2
　　　　 月初板），頁68。
〔註41〕 王衛平主編：《貝青喬集（外一種）》（上海：上海古籍出版社，2013
　　　　 年4月第一版），頁196。

初將軍之南下也，上命孫善寶、鄭祖琛、卞士雲、管
遹群四人管理糧臺。四人者，皆曾任布政司而有故在籍者
也。杭州爲大營糧臺，紹興爲前路糧臺，蘇州爲後路糧臺，
隨營者爲行營糧臺，四人分任之。凡戶部及各省撥到餉銀，
或一糧臺獨收之，或四糧臺分收之，既不知照將軍，并不
互相知照。支領餉銀者或稟白將軍，或稟白參贊，或徑向
糧臺出具領紙，而不稟白將軍、參贊。積至六月中，所費
幾不可稽考。於是浙撫劉韻珂奏參將軍濫用餉銀，將軍亦
實不知其數，特飭四糧臺及各隨員分造出入清冊合算之，
其數亦終不能符。蓋糧臺發銀，而領者乃以銀價合錢，領
者領錢，而糧臺乃以錢價合銀，中又雜以洋錢之時價，領銀
不及全鞘者，糧臺皆以九扣發給。遂至錯亂而不符也。將軍大疑，
設立核銷局於幕中，令僕等六人細查之，反覆詰對，越三
月始知撥到餉銀，除現存及解往江寧賄和湊用外，計將軍
及文參贊部下隨員張應雲支十七萬零，發南勇口糧及進兵各費。
何士祁支四十萬零，在紹興發大隊兵糧及管文參贊支應局。鄭鼎臣
支四十四萬零，發北勇口糧。胡元博、楊熙支十五萬零，段
洪恩、林詰諸人所領之款皆在內。其餘分入支應局及零星碎股共一
百六十四萬五千兩，將軍自支實一萬二千三百兩。〔註42〕

材官厚俸不傷廉，薪水都從例外添。

安得分肥到軍士，休教辛苦怨虀鹽。

《軍需則例》中載，出征文武員弁給發鹽菜及馬腳等
項銀，隨其官級之大小，日或伍六錢至三四兩不等。初將
軍未知此例，令糧臺酌給之。於是小欽差月支一百六十兩，
以次遞減，至生監猶月支三十兩，名爲薪水銀，此初進兵之例
也，兼有在後路糧臺既領而至前路糧臺重領者。後將軍知其弊，飭各糧臺查
明始發，於是非夤緣不可得矣。而武弁及兵勇仍照定例也。馬兵日
給鹽菜銀二錢，步兵日給銀一錢二分，鄉勇因欽差裕謙曾

〔註42〕王衛平主編：《貝青喬集（外一種）》（上海：上海古籍出版社，2013
年4月第一版），頁269。

　　經奏明，日給銀二錢。〔註43〕

揚威將軍帳下，官場老手材狼虎豹貪得無饜者，可謂此批腐吏。在昏潰的將軍領航下，面對眼前種種違反軍紀貪贓枉法的行為，始終睜一隻眼閉一隻眼的無視抑或默許著，編造鄉勇名冊，導致軍中財政混亂不堪，帳目收支出入不符。鉅額的軍費支出卻鮮少用於戰爭之中，青喬深知文恬武嬉的確所費不貲。戰事在即，外夷侵逼，無良官吏卻只顧中飽私囊大發國難財，蠶食鯨吞軍餉，且層層剝削低階士兵薪水，真可謂恬不知恥、無良至極。

（四）軍官自為癮君子，戰時癮至定若僧──張應雲

> 癮到材官定若僧，當前一任泰山崩。
> 鉛丸如雨烟如墨，尸臥穹廬吸一鐙。

> 　　駱駝橋距鎮、寧二城約二十餘里，故張應雲屯兵於此，以為兩路後應。廿八日夜半，瞭見二城火光燭天，勝負莫決，繼聞礮聲四起，或請於應雲曰：「我兵不帶槍礮，而今礮聲大作，恐或失利，急宜運赴前隊以助戰。」而應雲素吸鴉片烟，時方烟癮至，不能視事。及廿九日天明，探報四至，迄無確耗。日中，鎮海前隊劉天保等敗回，傍晚寧波前隊余步雲、李廷揚自慈谿帶兵至，知其並未進城，而段永福等已敗入大癮山，訛言蜂起，加以敗殘軍士乏食，哭聲震野。或謂宜再進，或謂宜速退，聚謀至黃昏不決，而英夷旋從樟市來犯，先焚我所棄火攻船以助聲勢，繼聞發槍礮豕突而至。我兵望風股慄，不敢接戰，咸向慈谿城退避，而應雲猶臥吸鴉片烟，半時許始踉蹌升輿而走。凡吸烟販烟者，英夷皆不殺。前歲陷定海，同知舒恭受被擄去，恭受向知縣事，頗得民心，故有以烟土納其懷中者。英夷搜獲之，嘉其能吸烟也，即遣歸內地。〔註44〕

〔註43〕王衛平主編：《貝青喬集（外一種）》（上海：上海古籍出版社，2013年4月第一版），頁272。

〔註44〕王衛平主編：《貝青喬集（外一種）》（上海：上海古籍出版社，2013年4月第一版），頁207。

鴉片戰爭至此，揚威將軍麾下軍帳咄咄怪事頻出，連最親信，浙東之役軍隊總指揮——張應雲，在部隊面臨戰事最為緊張時刻自身卻於帷幄中鴉片煙癮大作。說來實為諷刺，清朝與英國戰役的開啓緣由為鴉片的輸入侵害中國國人健康，害人不淺，深之為患，應當拒絕輸入。道光皇帝的敕令禁煙，林則徐廣州的燒毀，皆為戰事緣由的注記，此役明確的是為反煙而戰。然而，諷刺的是戰事前線帶兵將領卻是位「癮君子」，於戰爭勝負莫決之際，只能「尸臥穹廬吸一鐙」。

（五）驕兵怯將，拒絕後援己軍，引人訕笑——特依順

聽盡城頭咸策聲，居然犄角有奇兵。
萬松圍住樓臺影，颺出旌旗燿日明。

參贊特依順自粵來浙，與將軍議戰不合，遂令陝甘兵八百人自成一隊，駐萬松嶺，以防護杭城為名，日與幕友段洪惠等鳩集工匠，整理軍仗以為事。前有「寧城事宜，專責奕、文二臣：杭城事宜，專責劉、特二臣」之旨，故凡軍務，將軍不往告，特參贊亦不來問也。及英夷闌入錢塘江口，將軍部下祇河南小隊兵二百人，其餘大兵均在紹興，不及往調，遂請特參贊急赴江邊拒敵，而特依順不肯往，繼聞火輪退出龕山，始徐徐整隊至銀杏埠，而英夷已去遠矣。或題二十字於其營門曰：「賊到兵先走，兵來賊已空。可憐兵與賊，何日得相逢？」特依順見之，亦弗怪也。然其部伍整齊，旗旄鮮明，亦軍中所僅見云。時大段英夷皆在鼈子門外，駛入龕、赭二山內者祇一火輪船，從以十餘小杉板船而已。〔註45〕

戰事前線士兵臨陣脫逃，懼敵、畏兵無不都是軍中大忌，然而，青喬此則感嘆的是連帶兵將領亦有如此心態。面對我軍戰事告急大敵將至，參贊特依順竟拒絕帶兵支援前線抗敵，「繼聞火輪退出龕山，始徐徐整隊至銀杏埠，而英夷已去遠矣。」此等行徑除見死不救耗損軍力之外，亦有損軍威，遭人民譏諷，難怪其營門上被題詩曰：「賊

〔註45〕王衛平主編：《貝青喬集（外一種）》（上海：上海古籍出版社，2013年4月第一版），頁255。

到兵先走，兵來賊已空。可憐兵與賊，何日得相逢？」事至如此仍見怪不怪，不思羞愧。軍節敗壞，上至如此，更枉論下層軍官、士兵。

（六）為求自肥，欺瞞瀆職——支應局

> 載得殘戈斷鏃來，請功人自笑邨獃。
> 留連鏡水稽山畔，一月鳥蓬不敢開。

> 凡軍械，除兵弁自帶外，餘皆在支應局，按名給發。寧波敗後，拋棄滿塗，帶歸者十無三四也。民人趙國慶、連飛鵷等冀邀獎賞，於慈谿、鄞、鎮間收羅大礮、檯槍、鳥槍、長矛、短刀、鏡鐮等數百具，裝載三船，至紹興呈諸大營請功。將軍飭支應局驗收，而支應局利在再造可侵漁工價，固不以來獻者為有功也，遲之月餘，始申稟將軍，謂諸器毀壞，不堪再用，今姑收之，似可無庸獎賞。國慶等乃悔恨而去。紹興船有白蓬、鳥蓬兩名。〔註46〕

戰場上，兵慌、馬亂，死生皆繫於一夕之間，士兵為求自保，很多時候棄械只求便逃，如此之舉亦不外乎人之常情。青喬在此詩後的補述，猶言可見寧波之役，兵敗逃亡之狼狽，以致於「棄械滿塗」，其中亦反映出清兵抗敵之無力的結果。民間小老百姓為求獎賞，沿途撿拾棄械。可以想見，兵與民之間角色的衝突，你丟我撿，實為諷刺。只是，勝負乃兵家常事，若是能檢討過失，再接再厲，更甚撿回可用棄械，實際補強兵器上的瑕疵，或許次役會有一番作為。然而，事實卻是不然，支應局官員為求自肥，有利可圖，居然欺瞞上報，無以回收棄械的結果，除了百姓辛勞無賞可領，日後更是要浪費許多民脂民膏再鑄兵器，難怪，大清國面對外敵會屢戰屢敗，其理已明，而清政府統領之下的官僚組織，其腐敗早已深入脊髓、病入膏肓。

〔註46〕王衛平主編：《貝青喬集（外一種）》（上海：上海古籍出版社，2013年4月第一版），頁217。

三、感佩忠臣、猛將、鄉勇

（一）驍勇善戰金川猛將──阿木穰

壇碉腥峒鬱崔嵬，萬里迢遙赴敵來。

奮取蠻弧誇捷足，百身轟入一聲雷。

> 金川八角碉屯土司阿木穰爲寧波西門頭敵，其部下最爲驍勇，善用鳥槍，擊人於百布之外，無不中者。乃自軍中有不許輕易用礮之令，並鳥槍亦不攜帶，祇以短兵器接戰。初英夷於西門月城內，潛掘深坑，設伏地雷火礮，及屯兵進攻，城門洞開，佯若無備。總翼長段永福誤謂夷人已竄，遂令我兵按隊而入，甫及月城，機動礮發，我兵蒼黃四走，適街巷湫隘，不能退避，遂多傷亡，而屯兵首罹其禍，自阿木穰以下，共死一百人云。〔註47〕

道光二十一年，清朝中央政府從藏族聚居地調派遠征軍二千，金川八角碉屯土司阿木穰帶領之藏軍迢迢萬里耗時三月開赴東南沿海，欲偕同清軍保家衛國對抗英夷。〔註48〕甬城之戰中，這批藏族勇士驍勇善戰無畏無懼於外敵之砲利，以百步穿楊之勢襲擊強敵，然而卻因軍中紀律之圍限，無法身繫有利之兵器──鳥槍，猶如飛鳥無翼、獵豹無足，以致臨戰時無法施展，僅以短兵相接，徒有殺敵之決心仍難逃血灑疆場全軍覆沒之命運。青喬爲此記事感慨，亦讚嘆此批遠征軍的英勇頑強、至死不屈的戰鬥精神和崇高的民族氣節〔註49〕。

（二）臨敵不屈，赴死就義之忠臣──王國英

后土皇天實鑒之，錚錚南八是男兒。

歸元雙目猶含怒，想見銜髭飲刃時。

〔註47〕王衛平主編：《貝青喬集（外一種）》（上海：上海古籍出版社，2013年4月第一版），頁202。

〔註48〕龔維琳：〈血戰甬城的藏羌族勇士（上）〉，《寧波通訊》（2012年6月），頁50。

〔註49〕王娟：〈貝青喬《咄咄吟》組詩所反映的社會內容〉，《綜合天地》（2008年5月），頁105。

四川守備王國英，攻寧波西門，於地雷轟擊時，帥眾
奮入月城，適遇夷首郭士立於故紳吳鑑堂門下，烟燄中挺
刃而進，欲手擊之，左腿誤中火箭，遂被執。其部下傳聞
異辭，謹謂國英已降賊。及三月間，我兵有自賊中歸者，
挈其屍至，僕亦在紹興營中親見之，面目如生，髮後枚子，
字迹猶未模糊，故知爲國英無疑。蓋接戰時，我兵被傷未
死者，夷人咸醫藥之，頗以小恩相結，欲其歸後，煽播謠
言，以懈我軍心。凡我兵誤被愚弄，受其厚贈而歸者，五
十四人，而國英獨能守義，痛罵不屈而死，於是群言始熄。
將軍以國英死狀據實入奏，旋奉旨照例賜卹。其子錫文以
千總儘先拔補。〔註50〕

文中記載四川守備王國英，雖因傷而被英夷所伏，卻能在英人軍帳中
不被所施小惠收買而動搖易幟，反而堅定其愛國心志、忠貞不屈實爲
人可佩。然而，當其屍首挈歸而至，青喬亦在紹興營中親眼見之，先
前部下之訛傳謂其已降賊之謠言於是不攻自破，群言始息。

（三）彌留之際猶念殺敵之鄉勇──謝寶樹

　　頭敵蒼黃奮一呼，飛丸創重血模糊。
　　憐伊到死雄心在，臥問鯨鯢殲盡無。

金川土守備哈克里攻奪招寶山礮臺，群夷用大礮俯
擊，而火性炎上，不能命中。屯兵登山最趨疾，猱升而上，
搶入威遠城。群夷將遁，適一夷船自金雞山翦江而至，用
礮仰擊。哈克里遂不支，退下山麓，遇前鋒策應轟廷楷，
相與布陣，將赴鏖戰。時夷兵數不及三百，見我兵眾，不
敢衝突，相持久之。鄉勇頭目謝寶樹奮怒先進，誤中礮子，
仆入深澗中，餘眾見而欲遁。時劉天保、凌長星已自鎮海
城下敗去，廷楷恐腹背受敵，遂亦棄營退歸駱駝橋。謝寶
樹者，河南祥符縣廩生也，善技擊，誤入紅鬍子教，縣官

〔註50〕王衛平主編：《貝青喬集（外一種）》（上海：上海古籍出版社，2013
　　年4月第一版），頁204。

欲補之，故竄名鄉勇籍中，思立功以贖罪。及被傷，為其
同伴搶歸，鉛子深入腹中，謀出之而無術也，呻吟一晝夜
而死。臨絕時，大聲問其同伴曰：「寧波得勝仗否？夷船為
我燒盡否？我則已矣，諸君何不去殺賊耶？」僕適聞之，
不禁淚下。〔註51〕

上述二則亦是青喬對勇帥之記事，對烈士之吟詠。四川清軍守備王國
英、鄉勇頭目謝寶樹，都是有著無比勇氣鐵錚錚的漢子，戰事前線
面對強敵當前寧死不屈，最終為國捐軀、守義殉難，青喬將之記錄
其實。

　　古今舉凡戰事之中，性命的死或身體的傷可說是兵家常事，全
然無可避免。然而，在鉛彈已入腹血流不止痛苦呻吟徹夜後，面臨
死亡將至時，仍急急催促同袍上前殺敵，掛心戰事是否得勝，城牆
是否堅守的鄉勇首領——謝寶樹，其情景在青喬妙筆陳述之下，歷
歷在目令人鼻酸。

四、憂憤民心離散——漢奸充斥，兵民相忌

　　　　哀囚詩成別樣愁，遷來怒氣血橫流。
　　　　浪花洪卷杉青閘，知為私讐為國讐。

　　　　興販鴉片烟可獲重利，閩、廣商人大半以此為業。自嚴
　　　禁販烟之後，遂甘心與英夷狼狽為奸。乍浦一海口，閩、廣
　　　人十居五六。方我兵與英夷接仗時，市中各店夥放火相應，
　　　襲殺我兵，故我兵深銜之。及遁歸嘉興，譁謂閩、廣人均係
　　　漢奸，見市肆招牌有福建字樣者，轟入憤殺，一市大鬨。適
　　　欽差大臣耆英帶兵過嘉興，聞之疑為敗兵已變，開礮勒捕，
　　　格殺五十餘人於城外杉青閘下，水為之赤。〔註52〕

〔註51〕王衛平主編：《貝青喬集（外一種）》（上海：上海古籍出版社，2013
　　　年4月第一版），頁205。
〔註52〕王衛平主編：《貝青喬集（外一種）》（上海：上海古籍出版社，2013
　　　年4月第一版），頁257。

愛國之情，想必多數人皆有之。「覆巢之下無完卵」的道理可想多數人也都了解。然而，既是明瞭個人與國家存有著唇亡齒寒之關係，為何大敵當前，閩、廣商人卻為求私利而自甘與英夷狼狽為奸，理由為何值得深究。除了興販鴉片可獲重利之誘因，清末民心對於國家官僚腐敗的不信任感，致使抗清意識再起之外，亦對戰時清兵軍隊侵擾民戶，軍紀敗壞亦多感厭惡。於是乎，雙方互相仇恨彼此，均求藉機洩一己之恨，是故，油然而生的悲劇，記載於青喬筆下。

五、浙東之役大敗，感時歸鄉

> 回首何堪此建旄？檻車一輛去南濠。
>
> 只餘八百孤寒淚，灑上元戎舊錦袍。

> 十一月初十日，接到兵部廷寄，奉上諭，奕經著來京候旨。惟時營中各員，紛紛請將軍給發咨文，或回軍，或回省，或回籍，咸欲辭去。二十三日，營中又傳言，有上諭著將軍仍折回浙江辦理報銷事，營員復有喜色，而不知傳言之何自來也。二更後，始於印務處檢出兵部廷寄。蓋凡文書由驛遞到，先交印務處開拆，然後呈諸將軍。時管理印務之員，方整頓歸裝，無心於公事，故遲至一日始查出來文。至於傳言之起，則由錫山驛吏私行拆開也。將軍遂由無錫啟行而南。二十七日，忽於蘇州南濠埭次，又奉到上諭，以將軍勞師糜餉，拏問進京，交宗人府圈禁，文參贊交刑部監禁，於事營員皆恐禍之及己也，悄然星散，惟幕中書生輩相送至鎮江而別。〔註53〕

浙東之戰，最後的敗績早在詩人如實積累記錄軍中諸多咄咄怪事之下，顯而易見，自然而然。只是，青喬回首過往，胸懷殺敵壯志，投身軍旅為建軍功。如今戰事已敗，國家失城陷地，同袍死傷無數，朝廷清算戰責，人人皆如驚弓之鳥「恐禍之及己，悄然星散」，於此，

〔註53〕王衛平主編：《貝青喬集（外一種）》（上海：上海古籍出版社，2013年4月第一版），頁281。

詩人感慨萬分，黯然歸家。

> 終南翦崇志猶存，青阪吟成盡淚痕。
> 恰有邊情難下筆，半關公論半私恩。

> 昔賢受人知遇，心感恩門，所作書文，往往詞多迴護。
> 今僕不能稍事隱飾，有媿昔賢多矣，故於此書屢欲焚棄，
> 乃朋好中有勸其存稿者，謂盛朝不嚴文禁，今者功罪既定，
> 國法已伸，況人言籍籍，諱無可諱，不若直存之，爲後之
> 用兵者告，俾知軍中之利病焉。姑從其言，錄之如右。若
> 非所見聞，概弗敢及也。僕始從軍時，有以《鍾進士殺鬼
> 圖》贈行者，故有首句云。〔註54〕

《咄咄吟》的書成，雖說是一吐詩人心中對年餘從軍旅，其間所見所聞經歷「離奇怪事」而產生的不快與憤懣，並實名揭露了軍旅中諸位尸位素餐，擅權濫職的軍中大將與官吏令人不齒且醜陋之面目。但是，卻也著實爲詩人帶來了隱藏的憂患，如此對軍中醜事的直言與披露，於其年代，的確可能爲貝青喬引來殺身之禍，令人惶悚，於是乎，寫與不寫亦實爲兩難。即便如此，當時的文人對國家社會的存亡是有著「國家興亡，匹夫有責」的使命感，雖說當時已無機會可再踏上前線殺敵敗兵，但記錄史事，如實呈現，對人對事的反躬自省，是多麼具備實用性及價值。最終，青喬於友人勸說下成功留存了此浩浩大作，知其軍中利病得失，期望能爲後世軍隊之借鏡。更亦成就了貝青喬「詩史」之定位，可謂詩人一生中最重要且最具價值性的傳世之作。

第三節 《半行庵詩存稿》感時意識之內容型態

貝青喬一生中許多感時傷世之詩作，除了收錄於上節所述的《咄咄吟》外，《半行庵詩存稿》這部詩作集成，亦所在多有，內容包括

〔註54〕王衛平主編：《貝青喬集（外一種）》（上海：上海古籍出版社，2013年4月第一版），頁282。

青喬自敘對兒時的記憶、個人的志願、與親友、恩師的交遊、山水遊歷之記，抑或對當時國家鄉旅間所發生的時事之記錄與留下感想，題材包羅萬象。實因貝青喬開闊的人生經歷與視野，研究者在前述文章中多有引述，內容精妙。於此，研究者為貼近研究主題，勿使產生偏離，是故，揀選詩集中最具感時傷世意識詩作，作為以下研究之論述。

一、國運多舛，半生行險

就貝青喬在《咅行庵詩存稿》的自序中寫道「余初不解吟事，年二十八遇朱丈綬，聞其緒論，始粗識師承。」由此推之青喬之詩作應於此時開始有所累積。雖自序中寫道：然畏難未學也。但仍能從其遺留的詩當中對應至時代事件，而始得大約寫作年分，於此，研究者依其敘述，訂出詩人寫作前半生作品。

> 登壇授鉞壯南征，不信和戎早定盟。
> 海上鯨鯢猶跋浪，帳前戈甲自銷兵。
> 羌酋唾手成三窟，壯士彎弓望四明。
> 獨有籌邊樓上客，偏教萬里壞長城。〈辛丑正月感
> 事〉〔註55〕

道光二十年（1840），中國面臨第一場外敵的侵擾，經過近一年的你來我往、短兵相接，戰爭結果使清朝內部和談派的人士紛紛嶄露頭角。同年年末，欽差大臣琦善奉命至廣東處理戰務，替代掉主戰派之林則徐。道光二十一年（1841），辛丑年正月，青喬寫下了這首感時詩，批判朝廷的畏戰，自貶身價，辜負了懷有著豐沛豪情欲盼殺敵南征的壯士們。

〔註55〕王衛平主編：《貝青喬集（外一種）》卷一（上海：上海古籍出版社，2013 年 4 月第一版），頁 22。

〈雜歌九章〉〔註56〕

第一章	北風吹決黃河口，汴梁城外蕩如藪。 又驚閩浙軍書來，廈門甬江兩不守。 是時吾蘇樂有餘，彼憂天者人謂愚。 八月同慶聖壽節，笙歌夜夜喧街衢。
第二章	實我倉穀城我城，倡議乃有鄉先生。 又聞大吏議防堵，六門設兵三百名。 錢江郵報寇氛遠，三日聚謀謀漸緩。 天邊星使紛南馳，火速辦差置行館。
第三章	有客有客議團練，肝膽照人人不見。 或言避城或避山，皇皇遑欲棄鄉縣。 壯夫有血吹不凉，酌酒誰與歌同裳？ 三更起拔長劍舞，雄雞喔喔天雨霜。
第四章	野雉飛匿草田裏，知畏其首不畏尾。 陡然驚起復遠颺，終入庖人湯鑊底。 出門滿地皆網羅，白奪如爾椎埋何？ 秋霖未集巳先徙，有智不如螳在柯。
第五章	朝見兵船海上去，浙東議戰要防禦。 暮見兵船海上來，粵東議和仍撤回。 兵船來往日如織，官符捉船船戶匿。 商旅坐愁行路難，江湖滿地生荊棘。
第六章	兵災水災相比連，斗米五百青銅錢。 救荒有例免關稅，日望漢陽來米船。 霜風凜凜雨霙霙，黃雀苦飢啄菜甲。 此時民愁官亦愁，糧艘巳下丹徒閘。
第七章	吸烟者絞販烟殺，禁絕烟匪有嚴法。 爰書三載下縣官，縣官奉行編保甲。 黃流滾滾源不澄，閭閻積嗜終莫懲。 兵塵日近烟日賤，白晝尸臥開帷燈。

〔註56〕王衛平主編：《貝青喬集（外一種）》卷一（上海：上海古籍出版社，2013年4月第一版），頁23。

第八章	豫東築隄河之滸，一寸黃金一寸土。 海疆籌餉兼募兵，司農捐例新頒行。 富兒慕義爭報國，上賞優至二千石。 嗟爾下士棲蓬蒿，閉門臥讀劉蕡策。
第九章	楄無完襦甑無粟，老妻瑣瑣辦冬蓄。 汝飢汝寒且勿言，世上瘡痍紛滿目。 風棱刮面霜葉枯，敗牗歌出聲烏烏。 唐衢有淚不敢哭，痛飲一醉求模糊。

〈雜歌九章〉是青喬參加浙東戰役前對當時國家戰事與民間感事氛圍的描述。道光帝於道光二十一年（1841）正月初五下詔對英宣戰，同年七月起，英國侵華艦隊接連攻陷廈門、鎮海、寧波、吳淞、鎮江、進逼江寧。青喬於蘇州聞軍書至，廈門與甬江已淪陷。詩人深知這場戰役勢必將繼續延燒下去，憂心忡忡英國侵華艦隊的北侵。然而，蘇州實因地理位置屬華中，地利之故，城內尚未感受軍事的威脅。時值八月聖壽節，城內慶祝如故，夜夜笙歌歡度節慶。怎知城外百公里遠處英國侵華艦隊正整裝待發往北駛來。由此可見詩人對國家面臨外敵入侵之事，感受是敏銳且深具憂患意識的。青喬於詩中循序漸進的描述城內軍隊的對應方案，其中有主戰派建議加緊軍隊的團練迎敵備戰，卻也有主和派畏敵有退守「避城、避山」之議。然而，人禍尚未解決，天災接連來擾「兵災水災相比連，斗米五百青銅錢」，物資的缺乏致使米價飆升，百姓期盼糧船盡速來援補給，民愁官亦愁。最後，告誡家中可能因糧食短缺而飢腸轆轆的妻子：「汝飢汝寒且勿言，世上瘡痍紛滿目」。詩人如此無私的心態，可當之為仁者，心繫天下蒼生實為難得。

> 縣門晝不開，市橋斷人走。
> 慘此姚江濱，寇退猶未久。
> 焚郭留殘塵，燎原堆積櫪。
> 歸鳥號空巢，燹痕滿林阜。
> 番舶昨來窺，駕潮恣騰踩。

雷轟沸一城，莫敢登陴守。
縣尉出犒師，兵危釋杯酒。
飛白大帥營，奇功侈滿口。
問其折衝才，甘言善低首。
早使鄰邑侯，失地增沮怛。
征客停短橈，揖問江干叟。
攘攘探丸徒，乘亂寢相狃。
逃戶炊煙空，劫掠盡雞狗。
刑禁官不知，一任盜成藪。
聞戒心回皇，啓行日昏黝。
凜彼宵炬光，刀仗闞蓬牖。〈過餘姚縣〉〔註57〕

道光二十一年（1840）十一月初八，青喬過餘姚縣，縣門城外多數民
居已被夷爲平地，滿目瘡痍之景象映入詩人眼簾，實感唏噓。城中橋
梁幹道亦被英人砲轟毀壞，交通中斷。時知縣適因事赴省，典史唯諾
聽命於英夷，屈居下位。

乾雪積原野，燿日開老晴。
崎嶇走間道，冒凍凡幾程。
江楫朝潛渡，雲梯暮繼城。
城中十萬戶，雞犬宵不聲。
詭語恃鄉導，微服窺敵營。
始知帷幄內，群議徒縱橫。
決勝在百步，十步有變更。
憑諜遙憶度，焉測彼我情。
審機豫能定，應變猝或驚。
安得蔡州將，夜半馳神兵。
遊魂夢顛倒，搘枕翦厥生。
腐儒臨虎穴，命擲鴻毛輕。
憤血中自熱，外壓寒氣平。

〔註57〕王衛平主編：《貝青喬集（外一種）》卷二（上海：上海古籍出版社，2013 年 4 月第一版），頁 26。

> 草屬賤冰沍，荻炬引路明。
>
> 出險就荒堠，邏卒角亂鳴。〈入寧波城〉〔註58〕

青喬於浙東軍旅時期中有過一次微服深入虎穴偵探敵情的驚險經歷。〈入寧波城〉就是在描述當時的景況，蹈死涉險於虎口，必須要有高度的警覺與冷靜的態度來面對瞬息猝變的局勢，詩人這時早已將生死置之於度外了，唯望能迅速窺得有效敵情，返營回告將軍，助其運籌帷幄，制敵於勝。

二、丁憂除服，萬里踏足

此時期的貝青喬，剛褪去了因傳統禮節而守喪三年的孝服，緊接迎面而來的便是生活最現實的問題。詩人為求果腹溫飽，於是開始進入了人生的另一個階段——橐筆依人、浪跡天涯、為人幕僚的生活。青喬輕裝簡行，其足跡遍及黔、滇、蜀西南之地，先後歷時三年，飽受逆旅之苦。所到之處多為幽僻荒境、人跡罕至之地，詩人以詩記時、感事而發，可謂「境苦而詩益工」。是故，此時期的詩文亦多山水遊歷之作。

> 程生買婢貴筑，有楊姓攜女至，貌若甚戚者，問之，曰：「今遇科場，細民皆有徭役，即擔糞奴亦不免。吾業種菜，例輸十餘金，家貧無以應，故鬻女也。」余聞而惻然，詩之，以為當事告。
>
> 官中一粒穀，民間一塊肉。
>
> 官中一把蔬，民間一女奴。
>
> 嗟爾菜傭甚矣憊，何堪官帖遭苛派！
>
> 聞說秋科已迫期，急攜幼女街頭賣。
>
> 爾不聞卜式輸財千萬緡，居然手板腰拖紳。
>
> 儒酸入試矮簷底，堯舜僻典無能陳。
>
> 槐忙杏鬧復何事？老圃西風愁殺人。〈鬻女謠〉〔註59〕

〔註58〕王衛平主編：《貝青喬集（外一種）》卷二（上海：上海古籍出版社，2013 年 4 月第一版），頁 26。

〔註59〕王衛平主編：《貝青喬集（外一種）》卷四（上海：上海古籍出版社，2013 年 4 月第一版），頁 83。

清末官場腐敗，對百姓苛刻雜稅、巧立名目者甚多矣。賦稅、傜役的繁重，壓得人民縮衣節食仍無以為繼，最後只能悲嘆地販賣自己的骨肉給人當奴隸，除能達到減輕家中人口、經濟壓力之外，亦可彌補家中早已捉襟見肘的窘況。鬻女求生，令人感慨萬千。面對當前的朝廷，抵禦外侮無力，壓迫人民積極，本末倒置可真謂怪奇也。貝青喬本著「人飢己飢，人溺己溺」的仁者情懷，批判當局不知民間疾苦，「官中一粒穀，民間一塊肉。官中一把蔬，民間一女奴」，貴在上位的中央朝廷、地方官府收刮民脂民膏，開銷揮霍、奢侈浪費，與鬻女求生的情景產生強烈對比，感時傷懷憤懣不滿之情油然而生。既而厭棄官場文化，「儒酸入試矮檐底，堯舜僻典無能陳。」兩句可見詩人鄙惡科舉考試制度之下產生的腐儒。

> 舁我兩輿夫，同姓相伯仲。
> 少者性尤黠，出語每微中。
> 自云有薄田，豪奪莫由訟。
> 訟之官弗聽，一紙杳如夢。
> 吾儕是小人，朝夕愁飢凍。
> 官爾飫粱肉，心力為誰用？
> 昨忽遷官去，沿途捉人送。
> 行囊置何物？沈沈壓肩痛。
> 官初蒞邊郡，攢眉嘆屢空。
> 何以去時裝？輒比來時重。
> 聽此輿夫言，宛似詩人諷。
> 呼之就村壚，驪飲宵一鬨。〔註60〕〈輿夫嘆〉

透過青喬生花的妙筆，我們能夠感受到時代下百姓們對於公權力的不彰，身受不公義之事卻訴訟無門，官府公開收賄貪贓枉法的腐敗，十分無奈，卻無力改變。「吾儕是小人，朝夕愁飢凍。官爾飫粱肉，心力為誰用？」運用詩句映襯、對比的手法表現出百姓為求苟活於世，

〔註60〕 王衛平主編：《貝青喬集（外一種）》卷四（上海：上海古籍出版社，2013年4月第一版），頁86。

而求果腹之安，然而收刮民脂民膏的官員，責任何在？

> 縣堂藝藝擂大鼓，縣官朝衙諭屠戶。
> 爾設屠肆利萬千，宜有贏餘獻官府。
> 朝獻生羶肩，暮獻爛羊頭。
> 此是公膳有常例，今當日獻銀一流。
> 犬驚嚛，牛觳觫，日炙縣堂風肅肅。
> 屠戶夜起四脫逃，縣官親自操屠刀。
> 縣門快大嚼，縣署盈大庖，買肉勿嫌官價高。
> 爾民三月不知味，嘗及一臠恩已叨。
> 我過山城偶駐馬，聞此堂堂肉食者。
> 是時四野方啼飢，草根掘盡土如赭。〔註61〕〈官肉謠〉

連續三首對當代官衙的諷刺詩，明白揭露其擅權濫職，子曰：「苛政猛於虎」。官府堂堂向百姓索討，使得屠戶「朝獻生羶肩，暮獻爛羊頭」，官戶仍無所饜飽，致使人民無力承擔，夜起四逃。爾後，官府作起了賣肉的生意，壟斷市場，肉價飆漲。無論詩人記錄此事是否為真，其所表現出，真所謂「庖有肥肉，廄有肥馬。民有飢色，路有餓莩。」令人不勝唏噓。

三、東流歸鄉，悲憤滿懷

　　青喬滇遊三年後，於道光三十年（1850）春，順長江之水東遊返鄉。時正值拜上帝會於廣西起事，燎原之勢致使國內政治局勢動盪，內憂外患，民無安寧之日。詩人所到之處，皆可見可聞民不聊生之事典型的在發生。感時憫民之作，提筆而詠，期間除了感傷、憤懣、無奈之外，只能用文字記錄、討伐無能的政府，而以紓解。

> 飢戶一簞粥，蠲戶百石穀。
> 朝聞飢戶嗁，暮聞蠲戶哭。
> 城中派蠲何擾擾？城外發振何草草！
> 堂皇坐者顧而嘻，盡瘁民依心可表。

〔註61〕王衛平主編：《貝青喬集（外一種）》卷四（上海：上海古籍出版社，2013年4月第一版），頁88。

心可表，情弗矜。

蠲户含烟賣田産，飢户糜骨塡溝塍。

明年荒政敘勞績，拜章入奏官高升。〔註62〕〈蠲振謠〉

何謂：官逼民反？兵逼民亂。青喬以下詩作〈哀甬東〉便是即爲適切
的例子與陳述。詩人先以短文說明原由，「怪哉此事，爰記以詩」。中
外歷史上，因政府強加增稅，以致人民疲於負荷，最終引發抗爭的事
件所在多有。然而，外侮未除，禍起蕭牆。清朝軍員藉平亂民之事，
入民居擾民、傷民、欺民更甚淫掠婦孺，軍紀蕩然無存，敗壞至極，
引發公憤，實爲可惡。兵民相互爲敵，兵不護民，民不敬兵，英夷驚
異之，不解其理。

鄞縣賦額浮徵逾倍，東鄉眾户闋求減價，當事謂爲亂
民，檄兵往剿。丁壯懼而逃，惟婦稚在室，淫掠之。於是四
鄉公憤，併力出拒，兵民互傷以千數。怪哉此事，爰記以詩。

海氛甫戢兵又起，祇爲官中急追比。

狼烽一夕紅過江，血染連村成戰壘。

耕男饁婦猛一省，髑髏飲冤死猶警。

往時催科笞在臀，今時催科刃在頸。

嗟爾不許官取盈，堂堂師出誠有名。

島夷旁睨大驚詫，此軍獨敢鋒鏑攖。〔註63〕〈哀甬東〉

青喬晚期詩歌的創作中，對國事、軍事之議題著墨甚多，甚至以下所
收錄〈感時述事九首〉便是帶有典型詩史觀，以不同面向與角度去陳
述、感發政治議題，批判軍中腐敗，哀憐前線戰士英勇殺敵，馬革裹
屍最終一無所獲；幕府帳下顢頇無能者多，短視鑽營自身獨利。詩人
透過自身經驗作出發，體悟更爲深切，詩作眼光更爲獨到，立論更爲
精闢。「島夷旁睨大驚詫，此軍獨敢鋒鏑攖。」兩句道出人民與官府
關係的惡劣，此等情形只能見笑於英軍眼中。

〔註62〕王衛平主編：《貝青喬集（外一種）》卷五，（上海：上海古籍出版社，
2013 年 4 月第一版），頁 118。

〔註63〕王衛平主編：《貝青喬集（外一種）》卷五（上海：上海古籍出版社，
2013 年 4 月第一版），頁 131。

〈感時述事九首〉〔註64〕

詩　名	內　文
征勦	鳴笳吹角來天上，撻伐頻年屢易將。 頡頏意氣互登壇，走馬惟聞四催餉。 虎毛玉帳酣睡中，邊烽騰入中原紅。 叱吒風雲聲滿紙，披讀露布皆奇功。 養癰積漸成漏脯，臣罪何堪擢髮數？ 檻車甫見囚，建纛旋鳴騶。 請室復何辱？籌筆亦何憂？死者廟食生封侯。
防堵	外寇防邊隅，內變防環堵。 兩戒山河一統中，各展閫才嚴守土。 積年征繕備賊來，幾回無風自揚埃。 一旦兵塵漲郊藪，倉卒登陴旋卻走。 記自梧野窺衡湘，爭扼水隘防荊揚。 水防既潰陸防急，防豫防冀防徐梁。 坐令九州盡恇擾，賊梳兵櫛無完疆。
徵調	有唐府兵制一改，紛紛徵發騷四海。 兵額濫召募，兵差急征徭，縣次續食星程遙。 部曲不知誰素將？暫隸旄麾隨所向。 恣跳踉，過境蝗；潛潰走，喪家狗。 傳驛來，逃伍回，行間紀律何喧豗。 徵調君不見漠北藩侯來助順，海東蠻戶進觀釁。 師行艦步亂沸騰，幾處人煙隨劫燼？
收復	都城雄踞屹若磐，下邑城小如彈丸。 環攻直搗兩不下，濠塹中結妖巢安。 間一合圍誇戰克，振旅入城無一賊。 多少殘區棄不收？黔黎髮漸長盈尺。 君不聞兵打城，堅如鐵；賊撲城，脆如雪。 一城未復一城亡，閫司芨舍多徬徨。 起視金湯日割據，狗腳有朕稱天王。

〔註64〕王衛平主編：《貝青喬集（外一種）》卷六（上海：上海古籍出版社，2013 年 4 月第一版），頁 139。

團練	義旗結連村，戰鼓震盈野，江湖大有誓師者。 何物搢紳稱先生？手捧詔版心忪營。 哄堂傳令雜市儈，官私兩部蛙亂鳴。 問伊軍國知甚事？漁獵閭閻勢熏熾。 紛挐烏眾嬉滿城，醉夢萬家衽席寄。 晝徵逐，宵游巡，瀟棘兒戲非其倫。 迎降藉口保鄉里，更有傾家款敵人。
捐輸	紓難捐兵餉，免禍捐賊糧。 借端百法廣恫喝，奴輩利財各肺腸。 銅山金穴厚封殖，焚身當逐灰飛揚。 算及窮氓抑何苦？稱提估籍恣搜攄。 刮盡脂膏徧地瘡，供養輿儓縱歌舞。 軍儲日以竭，寇氛日以鬘，微求符蝶紛如毛。 捉錢令史摸金尉，分肥買貴方嘈嘈。
援納	爛如都尉羊，賤如職方狗，名器之濫古亦有。 不圖籌國重納粟，是何腳色盡熏沐？ 一行作吏如行商，市道浸淫透朝局。 西園價頻減，東銓例廣推，匡時良策無他為。 士林流傳多謬種，書香銅臭一氣隨風吹。 獨惜華途競巧進，繡野先遭賊殘蹢。 疆臣拜職出天閽，露棲無地赴方鎮。
保舉	戡亂知難望時彥，詔許冊功亟登薦。 鼓舞人心草澤中，倘有英奇起寒賤。 那教口惠盧市恩？復起夤緣路一綫。 志士同仇瀝肝腑，健兒渴賞奮干櫓。 禮羅義激兩無聞，漫說生才不如古。 君不見轅門嘈沓交蠅營，瑣瑣姻婭首竄名。 告身百道到臧獲，獐頭鼠腦影長纓。
賜卹	建崇祠，議隆諡，俎豆馨香表死事。 古人殉國何堂堂！慷慨從容辨難易。 何期計畫無復之？婢妾自經亦稱義。 青燐碧血幾戰場，幸蒙請卹皆國殤。 沈沈寸丹究何在？容或腐骨騰幽光。 野史何人親訪察？平生此志常冀豁。 會見名山書出時，九原姦魄遭誅殺。

　　前述揀選的詩歌中，多感時憤懣之作，詩人對於官場文化的不滿，反映在其作品，諷刺意味濃厚。然亂世中，仍是有殺身成仁、義無反顧之忠君愛國之士，青喬透過其詩筆將之記錄並歌頌其英勇。

　　貝青喬此部詩作集成中，具有感時意識詩作的呈現，主要是隨詩人經歷的時間軸推衍下而有不同的嬗變，不過貝青喬詩作的主要課題還是縈繞在戰爭與內亂帶給人民的影響，緣事而發，情真意摯，足以看見詩人生命之軌跡。

第五章　貝青喬感時意識之藝術手法與評價

　　貝青喬透過其個人經歷與銳利的獨特視角創作出以詩記史之作品，因而有晚清少陵詩史之稱，然而其詩作中所運用的藝術手法與構思更是甚為巧妙特出。本章就其感時意識詩歌創作之藝術手法作為論述內容，亦以晚清詩人與現代研究者對其詩作的評價，呈現出青喬詩歌傳世的價值所在。

第一節　貝青喬感時意識之藝術手法

　　詩歌創作之於青喬而言是對目之所觸、身之所遇、心之所感的抒發，「遇益困，憤懣欲有言〔註1〕」青喬曾在《半行庵詩存稿》自序中有這樣的陳述。正所謂「憤怒出詩人」，對於生活中身與心經歷種種不預期的苦難，詩人除了承受之外，更反芻於詩歌當中，磨礪出動人的作品。

　　張炳翔《留月簃詩話》云：「子木嘗問詩法於朱仲環綬。仲環卒後十餘年，子木繼起，詩稱吳下。平日於本朝詩人中，最服膺蔣心餘、黃仲則、舒鐵雲三家，故其詩氣息自近之。」〔註2〕

〔註1〕王衛平主編：《貝青喬集（外一種）》（上海：上海古籍出版社，2013年4月第一版），頁3。

〔註2〕王衛平主編：《貝青喬集（外一種）》（上海：上海古籍出版社，2013年4月第一版），頁23。

據此，貝青喬詩作的寫作風格因其傳襲於朱仲環，然而葉廷琯在其《蛻翁所見詩錄》中對朱綬有這樣的評價：

> 吳中詩教，自沈宗伯以別偽親雅之旨提倡，後學遵守。數千年弗替。其後作者惑於時賢專尚性靈之說，於是空疏不學者流但以天趣相矜，而古人義法蔑棄無遺，柔媚纖佻，風雅幾於掃地。有志者欲挽救之，而力或未勝。酉生天資開敏，幼即嗜詩。弱冠爲諸生，益肆力于學，而能綜大要，不是瑣屑。於詩尤殫精竭慮爲之，痛掃時調，力崇正聲，以振興詩學自任。所作揚忠表烈，感時弔古諸篇，芬芳惻悱，沉鬱豪宕，視古名家可以抗手。〔註3〕

可見朱綬所作詩歌都有其功能性，非無病呻吟，欲痛掃當時性靈詩派的空疏，力崇正聲，以振興詩學自任。是故，多揚忠表烈、感時弔古之作，著眼於關心民間疾苦，詩作現實性強烈。於是乎，朱氏這樣的創作精神影響了貝青喬日後詩歌作品中感時意識的萌發，使其作品「力擋乾嘉以來吳下靡靡詩風，走上了經世致用，關心國事民情的現實主義道路，詩風剛健沉鬱〔註4〕」。又敘「平日於本朝詩人中，最服膺蔣心餘〔註5〕、黃仲則〔註6〕、舒鐵雲三家。」蔣心餘與袁枚、趙翼合稱爲江右三大家，蔣氏早年詩學杜甫後襲黃庭堅，詩題多關心民

〔註3〕 錢仲聯：《清詩紀事》叁，（南京：鳳凰出版社，2004 年 4 月），頁 2424。

〔註4〕 寧夏江、魏中林：〈論貝青喬的詩歌〉，《蘇州大學學報》哲學社會科學版第二期（2008 年 3 月），頁 69。

〔註5〕 案：蔣士銓（1725～1784）字心餘，又字苕生，號清客，江西人，三十二歲登進士第。士銓爲人重情義，爲世所稱。他在文學方面，詩詞曲文都很擅長，也正因爲不專攻詩，在三大家中詩才較弱。他的詩，古體勝於近體，而七古又較五古爲佳。節錄於：金榮華、邱燮友、傅錫壬、皮述民等合著《中國文學史初稿》，（萬卷樓出版，民國 91 年 10 月初版），頁 1104。

〔註6〕 案：黃景仁（1749～1783）字仲則，江蘇武進人。他是個懷才不遇，貧困一生的短命詩人。他雖然只活了三十四歲，但卻留下了《兩當軒詩集》二十二卷，供後人追念。集中感懷身世，記敘貧病落魄的詩句，隨處可見。節錄於：金榮華、邱燮友、傅錫壬、皮述民等合著《中國文學史初稿》，（萬卷樓出版，民國 91 年 10 月初版），頁 1105。

間疾苦，筆力堅勁，詩歌創作反映社會現實。黃仲則工於詩，多愁善感專於吟詠性情，詩學李白較多，袁枚對其有高度讚賞，然因一生落魄，詩作不乏感時傷世之作。可見貝青喬富有感時意識的詩作，其詩氣息自近之。

一、《咄咄吟》

在貝青喬《咄咄吟》組詩中，研究者究其文體結構、語法修辭與多元風格三方面，探討其詩作的藝術風格。

（一）文體結構

《咄咄吟》為七言絕句大型組詩結構，其文體結構則取法於宋朝劉子翬《汴京紀事》及汪元量《湖州歌》，上述作品皆是七言絕句組詩之作。其中，《汴京紀事》為二十首、《湖州歌》有九十八首〔註7〕，相較於此，貝青喬的《咄咄吟》一百二十首是為更大型的組詩，異於前二例的還有，《咄咄吟》每首詩後皆有作注說明本事，詩注彼此相輔，卻又各自獨立。

> 《咄咄吟》採用一詩一注的方式來展開內容。詩側重於表現個人的主觀感受，突出印象最深，最有意味的某一片斷，而注則詳詩所略，以敘述某一事件的過程為主。光讀詩而不明事件的全部真相，光讀注也會覺得缺乏神彩，嚼蠟無味。所以《咄咄吟》中的詩和注是一個不可分割的有機體。〔註8〕

然而，詩後所注以古文形式呈現，亦可見詩人文筆之流暢。敘明事件始末未見其冗長，客觀述說情節亦句句精要。詩中所記為浙東之戰之緣起、過程與結束，貝青喬於奕經將軍軍幕中所見、所聞、所感，雖記事時間長達一年多，卻不會因一詩一注的文體結構，而使詩文間缺乏連貫性，截斷了文氣。「由於有注相輔，所以詩作可以省去許多過渡

〔註7〕趙杏根：〈論《咄咄吟》〉，《寧夏大學學報》社會科學版，第一期（1984年），頁38。

〔註8〕馬亞中：《中國近代詩歌史》（臺北：臺灣學生書局印行，民國81年6月初版），頁232。

性的表述，進行高度的濃縮，從而可集中筆墨，突出重點。」〔註9〕
《咄咄吟》其詩文特出的文體結構加以內容亦全爲紀實之作，著實爲
之奠下較高的史料價值。

（二）語法修辭

《咄咄吟》詩作中，較常使用的語法修辭爲對比映襯及倒反修
辭，以表現出對事件或人物濃烈的諷刺意味。

第一類：對比映襯法。

> 不見前行鐵裲襠，腰間誰插箭盈房？
>
> 皮牌張出屏風樣，倚作長城萬里牆。〔註10〕

貝青喬入軍中所見怪事甚多，其中一件便是上述兵勇作戰的配備。除
了不見該有的武裝配備外，連作戰時的防禦裝備於此處都像兒戲般。
注中所云「皮牌編竹如屏，蒙牛皮二層，謂可禦礮，然僕曾親見演試，
礮勁牌弱，一擊則連牌飛去，蓋一無用之物耳。」如此大意視人命如
草芥。於是乎，詩人以皮牌對比萬里長城牆，好來諷刺所見此等離奇
怪事。

> 郭門里柵路迢迢，到處紅黏小告條。
>
> 方說四寅期要密，漏師早有寺人貂。〔註11〕

浙東之役，奕經欲取虎頭之兆因而更改開兵之期，然而，如此軍中
機密，卻在「此地無銀三百兩」粗略的手段下揭示。是故，此處詩
人以「方說四寅期要密」卻又在郭門里柵「到處紅黏小告條」兩句
裡道出緣由，從鮮明的對比中可見軍將之顢頇，如此「咄咄怪事」
亦爲罕見。

> 帳外交綏半死生，帳中早賀大功成。

〔註9〕馬亞中：《中國近代詩歌史》（臺北：臺灣學生書局印行，民國81年
6月初版），頁233。

〔註10〕王衛平主編：《貝青喬集（外一種）》咄咄吟（上海：上海古籍出版
社，2013年4月第一版），頁200。

〔註11〕王衛平主編：《貝青喬集（外一種）》咄咄吟（上海：上海古籍出版
社，2013年4月第一版），頁198。

　　　　　赫蹏小紙尖如匕，疑是犇刀出鞘明。〔註12〕

揚威將軍麾下軍隊於駱駝橋與敵軍交戰，戰事尚未結束，軍帳中已開始爭先乞附名於捷稟中，張應雲虛造名於功冊。貝青喬始悟，軍中得戰功之人，不必親在軍中，於是詩人以「帳外交綏半死生，帳中早賀大功成」兩句對比出，戰場殺敵求生、帳中慶賀求名，所表現的場景是如此生動，對比中帶有強烈的諷刺意味，對於軍帳中有此等無恥賊人，詩人亦也參雜著填膺的哀憤。

　　第二類：倒反修辭法。

　　　即為所說出的話與實際意思相違背，反語即意在反面。貝喬於《咄咄吟》中用了不少反語來諷刺軍幕中顢頇無能的幕僚，最好的例子莫過於對張應雲的反諷。

　　　　　剌史風流繡幄開，居然將將有奇才。
　　　　　莫嫌輕借留侯箸，請得專征節鉞來。〔註13〕

此處「奇才」二字，正是在諷刺軍隊駐紮曹娥江時，張應雲雖貴為前營總理，卻毫無魄力統御各路兵勇甚至各省前來的帶兵官，而需將軍令劍終才服眾。真可謂軍中的怪奇之才。

　　　　　同病憐他守土官，瀕危可奈送迎難！
　　　　　何人替覓長生藥？一劑神醫壯膽丸。〔註14〕

貝青喬於此以戲謔的倒反手法諷刺各政府官員，無恥官吏，聞敵至，避敵畏戰。於是乎，軍隊駐節無錫時，於營門上被黏有匿名帖說道：「醫國先生出售壯膽丸，下注云：「一治大將軍擁兵不進，一治各督撫束手無策，一治各武員臨陣退走，一治州縣官棄城不守。……善與賊避，時人謂之迎送伯。〔註15〕」。

〔註12〕王衛平主編：《貝青喬集（外一種）》咄咄吟（上海：上海古籍出版
　　　　社，2013年4月第一版），頁208。
〔註13〕王衛平主編：《貝青喬集（外一種）》咄咄吟（上海：上海古籍出版
　　　　社，2013年4月第一版），頁196。
〔註14〕王衛平主編：《貝青喬集（外一種）》咄咄吟（上海：上海古籍出版
　　　　社，2013年4月第一版），頁273。
〔註15〕王衛平主編：《貝青喬集（外一種）》咄咄吟（上海：上海古籍出版

百萬軍需下海疆，勞他筦庫互輸將。

不知計簿誰司筆？算法無從核九章。〔註16〕

青喬於奕經幕中曾入核銷局查造兵勇糧餉清冊，反覆詰對，經過三個月才理出頭緒。其中明白，軍中餉銀多為人所挪用或虛報，詩人於此以通俗亦不雕琢字句，直接了當述明。其中「不知計簿誰司筆？」是為疑語，但於此當可視為反語，詩人想說的並非誰竄改了軍帳中的糧餉清冊，而是透過此句表達出，曾竄改清冊者何其多，甚至其中多為高級軍官司筆。

（三）多元風格

《咄咄吟》中一百二十首詩，詩作內容相異，風格亦相異，呈現多樣藝術風貌。有氣象壯闊、有悲情傷感、有沉鬱無奈亦有氣憤不平等風格多變、氣象萬千，時能鎔鑄方言俗語，民謠口諺以至新詞入詩〔註17〕，儘管如此，皆不影響其結構縝密性。除外，寧夏江在其〈一首反映鴉片戰爭的新聞詩〉的單篇論文中提到認為《咄咄吟》這樣的大型組詩具有即時性、紀實性、文學性等特點，其書寫表現了：客觀公正的實錄精神、用事實說話的態度、駕馭戰爭全局的眼光、精煉生動的人物特寫〔註18〕，有如今日的報導文學。

二、《半行庵詩存稿》

論《半行庵詩存稿》可謂青喬一生軌跡可尋處。然而透過對其感時詩作的欣賞，可以反觀青喬的內心，詩歌如同一面鏡子，照映出作者心中所感、意中所念。嘉道時期，清朝內外交困、兵禍連連，文人感時憂世的情緒典型的移轉於其文學作品中。透過貝青喬的詩歌，我

社，2013 年 4 月第一版），頁 274。

〔註16〕王衛平主編：《貝青喬集（外一種）》咄咄吟（上海：上海古籍出版社，2013 年 4 月第一版），頁 269。

〔註17〕錢仲聯：《近代詩鈔》（南京：江蘇古籍出版社，1993 年 3 月），頁 317。

〔註18〕寧夏江：〈一首反映鴉片戰爭的新聞詩〉，《軍事記者》，（2012 年 4 月），頁 57～58。

們可以窺見其反映了滿清王朝於風雨飄搖中已無法維持腐朽的統治。〔註19〕甚至，在其感時詩中可見詩人哀憫人民生活於水深火熱中，政府加諸於民的苛捐雜稅，橫爭暴斂，致使官逼民反，人民的鬱憤填膺其來有自。據此，羅列出貝青喬於《半行庵詩存稿》感時詩中所表現出的藝術風格：

（一）文體結構

《半行庵詩存稿》凡八百三十首中包羅了許多類型的文體，其中包括七言絕句、五言律詩、七言律詩、五言古詩、七言古詩、樂府詩、誄文（僅一首），亦有如《咄咄吟》一詩一注之形式，可見詩人之多才。研究者以本論文中有引述過之詩文，挑選一二，以下列表舉例供參：

文體	卷軸	詩題	詩文內容	收錄於本論文頁數
七言絕句	卷七	感事二絕	錢神自古貴堪矜，犢鼻相如借力曾。問價不須西邸去，市中都有辨銅丞。	頁 124
	卷七	感事二絕	竭澤漁誰賴尾憐？緡錢算到野塘邊。苦無德壽宮旗號，抽稅何由免糞船？	頁 124
五言律詩	卷二	贈歸州刺使劉鴻庚	談士群相告，憐才此有人。夜闌投刺急，境迫贈詩真。醇味千觴酒，溫情一榻春。耒陽逢地主，杜老正沉淪。	頁 37
	卷六	移家至浙西作	吳儂安享久，風鶴忽相驚。堠火傳千里，炊煙散一城。介推偕母隱，冀缺挈妻耕。遁跡辭鄉土，時危去住輕。	頁 39
七言律詩	卷二	將赴京兆試留別	渾拚浪跡滿關河，入海叢中過一更。敢道士流多負俗，漫思吾輩亦登科。懸金快聽燕臺價，對酒難禁易水歌。此去名心緣底切，高堂霜鬢漸將皤。	頁 35

〔註19〕寧夏江、魏中林：〈論貝青喬的詩歌〉，《蘇州大學學報》哲學社會科學版第二期（2008 年 3 月），頁 68。

	卷二	書懷	銜恤三年廢嘯歌，料量身事奈愁何？ 慰情書札天涯少，入夢親朋地下多。 氣短俠腸隨病減，創深堅骨耐貧磨。 冬林媿爾蒼松色，歷劫冰天不改柯。	頁36
五言古詩	卷六	禹杭感舊	林翠不改色，一路西溪邊。 幾折到關市，步屢重流連。 阿父昔游幕，舉室曾來遷。 一瞬三十載，掃跡如飄烟。 故居認門徑，分罫犁作田。 兒戲舊栽柳，百尺池東偏。 猶記弱好弄，盤馬戲廣阡。 阿父爲驚笑，縱轡兒防顛。 此事如昨日，此恨遂終天。 水程一宵宿，風樹雙淚連。	頁34
	卷六	乙卯仲冬歸自浙西過葉丈廷琯齋出示去年病中摘句懷人詩讀竟意別觸倒用自題原韻	世事方多故，民生漸不聊。 里中君息影，江上我歸橈。 出處虛千古，悲歡併一宵。 祇餘吟興在，老去許愁消。 高詠昇平日，追懷信罕儔。 春林紛吐豔，烟海浩生漚。 各抱名山志，俄成逝水愁。 多君塵劫外，特向蠹餘搜。	頁55
七言古詩	卷二	再下新灘	我生不免溺人笑，如此險塗再三蹈。 衹聞山賊乘人危，枉聘灘師作鄉導。 前駕大船觸石沈，今復小船當石臨。 放船大小異趨避，最防一石衝雞心。 凜慄峽行守語忌，紛紛魚腹葬無地。 他年誓鑿此石平，敢告山神無怒睨。 嗚呼除患力弗振！生還幸荷天赦仁。 迴首三重風浪裏，龍門放過一詩人。	頁37
	卷三	林師書來存問兼贈白金詩以鳴謝	海內龍門入望遙，卻從遠徼仰星軺。 溫公洛下名增重，裴令淮西謗乍消。 閫外鐃歌騰六詔，階前干羽格三苗。 菁林都在春風裏，翻使中原羨峒猺。	頁47

			吳儂無限舊輿情，婦稚茅檐徧頌聲。 一自蜺旌河上去，重聽鴈戶澤中鳴。 商愁宵警常停販，農困官租欲輟耕。 底事瘡痍紛滿眼？難將功罪問羊城。 天上剛風一霎間，荷戈西出玉門關。 三邊動色思籌筆，四海同聲慶賜環。 入覲尙須依北闕，救時休便臥東山。 畸人不解諛詞頌，爲向韓門特破慳。 孤寒八百首重迴，獨荷南金遠賜來。 知己一人零有涕，讀書十載報無埃。 糧艘弊重京儲急，番舶兵驕海市開。 祇共徐揚諸父老，盼公移節大江隈。	
樂府詩	卷四	官肉謠	縣堂鼕鼕擂大鼓，縣官朝衙諭屠戶。 爾設屠肆利萬千，宜有贏餘獻官府。 朝獻生彘肩，暮獻爛羊頭。 此是公膳有常例，今當日獻銀一流。 犬驚嗥，牛觳觫，日炙縣堂風蕭蕭。 屠戶夜起四脫逃，縣官親自操屠刀。 縣門快大嚼，縣署盈大庖，買肉勿嫌官價高。 爾民三月不知味，嘗及一臠恩已叨。 我過山城偶駐馬，聞此堂堂肉食者。 是時四野方啼飢，草根掘盡土如赭。	頁105
	卷五	蠲振謠	飢戶一簞粥，蠲戶百石穀。 朝聞飢戶嗁，暮聞蠲戶哭。 城中派蠲何擾擾？城外發振何草草！ 堂皇坐者顧而嘻，盡瘁民依心可表。 心可表，情弗矜。 蠲戶含烟賣田產，飢戶麋骨填溝塍。 明年荒政敘勞績，拜章入奏官高升。	頁105
誄文 （僅一）	卷六	林文忠 公誄詞	一代新朝政，歡聲動紫樞。 世方開運會，公遽殉馳驅。 王事嗟何盬？臣身信已劬。 竭誠天北闕，留憤海東隅。 烟毒財傾府，兵塵火走鑪。 戎勳將唱凱，吏議竟罹辜。	頁50

犀照然臨渚，狼奔納入郛。
金牌逮節鎮，鐵券錫羌奴。
割地紛開市，尋盟擅縱俘。
先皇遺誓箭，嗣主奮威弧。
四罪終遭殛，群工為辨誣。
風雲拱繡陛，日月麗瓊都。
連牘爭延薦，臨軒特允俞。
宸衷堅倚重，眾望切來蘇。
解綬初歸里，徵書早在途。
禮隆心倍藎，食少體成臞。
病榻調停藥，雕輪促駕蒲。
進思陳稼穡，處肯懸枌榆。
適警潢池叛，宜加涿野誅。
使臣齎尺柬，私第拜兵符。
力疾趨灘水，行營過粵禺。
救圍遑敢緩，醫國奈先痡。
夜冷飛星隕，秋高大樹枯。
武鄉臨表泣，宗澤渡河呼。
氣短騰槽馬，聲揚集幕烏。
讖成坡落鳳，妖長戍鳴狐。
藤峽懸軍待，榕城返櫬扶。
應知藐躬瘁，翻覺厚恩孤。
黼座精求治，盈廷顯作模。
健旋時局轉，雄振武功膚。
頌勒浯溪石，詩賡慶曆圖。
中興欣有象，良弼契尤孚。
特召頒三節，顓征賜百茲。
聖襟垂展俟，神馭跨箕徂。
幸值龍飛瑞，虛承驥率需。
昌期真負負，大用祇區區。
迴憶嚴疆靖，咸蒙闓澤敷。
菑官嚴簠簋，弭盜肅萑苻。
寒畯揚眉盛，編氓鼓腹娛。
年饑忘菜色，春暖護棠株。
去謫荒郵遠，旋看沃野蕪。
鼠殘郊食黍，鴻餒澤棲蘆。

			餉迫西隄給，糧疲北漕輸。 江鄉空杼柚，河澀費茭芻。 島戶潛營窟，山猺莽負嵎。 和戎多魏絳，攘狄少夷吾。 再起籌帷幄，初經燿火荼。 旌麾新色變，鐃吹故音嗚。 按部民歌袴，迎師路挈壺。 敵驚纔碎膽，天奪倏捐軀。 裹革終彎輈，攀髯繼鼎湖。 九原遺憾在，四海替人無。 杜廈多才彥，韓門有豎儒。 罷駑充下駟，啄菢及羈雛。 灞上曾磨盾，階前復濫竽。 三年親槀戟，萬里歷嶔嶇。 喜躍聞傳檄，依投願執殳。 偏教私設位，何自祭當衢？ 扼腕聽輿論，推心惜廟謨。 宏材施未盡，千古怨洪爐。	
一詩一注	卷四	鬻女謠	程生買婢貴筑，有楊姓攜女至，貌若甚戚者，問之，曰：「今遇科場，細民皆有徭役，即擔糞奴亦不免。吾業種菜，例輸十餘金，家貧無以應，故鬻女也。」余聞而惻然，詩之，以為當事告。 官中一粒穀，民間一塊肉。 官中一把蔬，民間一女奴。 嗟爾榮傭甚矣憊，何堪官帖遭苛派！ 聞說秋科已迫期，急攜幼女街頭賣。 爾不聞卜式輸財千萬緡， 居然手板腰拖紳。 儒酸入試矮檐底，堯舜僻典無能陳。 槐忙杏鬧復何事？老圃西風愁殺人。	頁103
	卷六	哀甬東	鄞縣賦額浮徵逾倍，東鄉眾戶籲求減價，當事謂為亂民，檄兵往剿。丁壯懼而逃，惟婦稚在室，淫掠之。於是四鄉公憤，併力出拒，兵民互傷以千數。怪哉此事，爰記以詩。	頁106

| | | | 海氛甫戢兵又起，祇爲官中急追比。
狼烽一夕紅過江，血染連村成戰壘。
耕男餉婦猛一省，髑髏飲冤死猶警。
往時催科笞在臀，今時催科刃在頸。
嗟爾不許官取盈，堂堂師出誠有名。
島夷旁睨大驚詫，此軍獨敢鋒鏑攖。 |

上述列表中可見《半行庵詩存稿》包羅詩種之繁多，詩人依其心中感發，據其文體功能，以多樣的文體結構就詩論述，駕馭有佳，實爲詩作能手。

（二）取材閭閻

道咸時期，內外交逼，國頹家破，外力入侵頻仍，天災人禍不斷，種種因素都使人民生活頗爲困頓，而貝青喬是關注人民的，正是如此他時懷著以社稷蒼生爲念且有著顆民胞物與之心，於是乎詩人以「詩史」〔註20〕的態度，將自身於鄉里間所見之聽聞，眞實之事件，透過信史的品格，信而有徵地記錄了下來。是故，貝青喬的「詩史」情懷，造就了其《半行庵詩存稿》中取材於閭閻的藝術特點，就其詩中亦表現出詩作的現實性、通俗性及議論性。例如，前述所引〈哀甬東〉中，詩人直指清政府的竭澤而漁與軍隊軍紀的敗壞、素質的低落，因而引發群眾的暴動，眞實的陳述使事件歷歷在目，現實感強烈。然而，若以貝青喬詩歌中具感時意識詩作來討論，更無疑可見地，其作品中有深刻的經世精神。經世派重視的是詩歌對於當世的實用性，甚至是把藝術視野投向更廣大的芸芸眾生中，泛化於社會現實的描述，於是，寫出來的作品要「老嫗能解」明白如話、通俗易懂。青喬曾遊於琵琶

〔註20〕按：「詩史」或是直接敘述時事，詩中所記的事，對詩人來說是時事，對後人來說則爲史事，以詩敘述史事，「亦詩亦史」，或是廣闊、全面性地反映某一時期的現實情況。雖然不是直接敘述時事，但眞實的反映那個時代的精神和整體風貌。不論是否直接敘述時事，也不論這種反映是明顯還是隱晦，都必須具有歷史的眞實性、可信性，必須具備「信史」的品格。

寧夏江：《貝青喬詩歌研究》（中國：暨南大學碩士論文），頁40。

亭時寫下〈琵琶亭下作〉這首詩來懷想白居易，其詩寫道：

> 昔獨白傅潯陽篇，興發欲泛潯陽船。
> 今果乘風江上至，快酬宿願三十年。
> 琵琶亭子屹然在，詩魂酒魂何處邊？
> 但見城郭淨如畫，斜陽一抹蓬窗前。
> 湓浦迢迢歌秋雨，柴桑脈脈升井烟。
> 匡廬倒影浴江水，翻出九派青娟娟。
> 櫛風沐雨露真面，雲中五老仙乎仙。
> 登高曠覽忽失笑，古人所見無乃偏。
> 領此佳郡歎淪謫，宦游何地方欣然？
> 忠州花柳詎勝此？乃招巴樂開妓筵。
> 戀戀杭州亦復爾，吳娘一曲情纏綿。
> 何獨江州慘無懌？坐對商婦雙淚漣。
> 三州我各訪游跡，窟窩豈必分媸妍？
> 始知古人興所觸，眼前景物皆蹏筌。
> 偶焉酒悲亦至性，後人悉用加言詮？
> 我生蜉蝣一旦暮，風流安得相後先？
> 一麾出守無此福，萬里行邁誰相牽？
> 擬向江山作地主，青衫慘黯難留連。
> 今夜歸帆泊沙際，萍飄梗斷強自憐。
> 鄰舫淒淒江月白，岸燈閃閃春風顛。
> 山歌村笛聲四絕，況思纖手鳴幺絃。
> 詩成姑俟老嫗解，重與半格翻新編。〔註21〕

其詩中，除了對白居易詩歌有所評價之外，「詩成姑俟老嫗解，重與半格翻新編」兩句猶可見青喬對自己的詩歌創作亦有相當的期許。據此，可見《半行庵詩存稿》中長短句如樂府詩般的作品：

> 江北荒，江南擾。
> 流民來，居民惱。

〔註21〕王衛平主編：《貝青喬集（外一種）》半行庵詩存稿，卷六（上海：上海古籍出版社，2013 年 4 月第一版），頁 112。

　　前者擔，後者提。

　　老者哭，少者啼。

　　爺娘兄弟子女妻，填街塞巷號寒飢。

　　飢腸轆轆鳴，鳴急無停聲。

　　昨日丹陽路，今日金閶城。

　　城中煌煌憲諭出，禁止流民不許入。〈流民謠〉〔註22〕

詩中運用通俗易懂的詞句，表達庶民百姓心中共同的苦痛。戰爭的無情，使其流離失所，無所溫飽。以「江北荒、江南擾」帶出，國家遇上天災人禍時，各地間物資相輸、人民流轉，其實有著唇亡齒寒之密切關係，表現出同為一家國，死生常相繫的緊密性。政府無力，飢民嚎啼，詩人以「昨日丹陽路，今日金閶城」誇飾出流民因躲避戰禍，披星戴月，顛沛流離，日夜遷徙之無奈。更令人傷感的是，落井下石的城中諭令，無情截斷了流民的生路。

　　貝青喬取材於閭閻的感時詩中，除了可見上述現實性、通俗性的藝術特點外，詩作內容中不時地也注入了自我的價值觀，評判了時事。《論語‧季氏》：「天下有道，則庶人不議。」議者，評判是非也。文人志士受到時代環境氛圍的影響，其反映於藝術作品當中。中國知識分子自古以來特有的道德意識與文化情結，使其有獨特的文人憂患意識，故能於國家清平時保有居安思危之念，國家危難時提出批判時政、救國圖強之法。透過「議」闡論作者的主觀意識，而通過「論」來彰顯客觀過程。據此，以下研究者試舉其例書之：

　　錢神自古貴堪矜，犢鼻相如借力曾。

　　問價不須西邸去，市中都有辨銅丞。

　　竭澤漁誰賴尾憐？緡錢算到野塘邊。

　　苦無德壽宮旗號，抽稅何由免糞船？〈感事二絕〉卷

七〔註23〕

〔註22〕王衛平主編：《貝青喬集（外一種）》半行庵詩存稿，卷六（上海：上海古籍出版社，2013年4月第一版），頁22。

〔註23〕王衛平主編：《貝青喬集（外一種）》半行庵詩存稿，卷六（上海：

貝青喬通過論述批判清政府對人民的戕害，特別是稅收的額加，來反映出政府不是為民著想的，經濟上的策略致使人民生活在水深火熱之中，運用了譴責、諷諭的態度與筆法，來凸顯出詩歌所表現的議論性。

（三）多元風格

《文心雕龍》中的〈體性篇〉說道：一個作家的作品風格，文章體制，與其自身的才性是有所關聯的。

> 夫情動而言形，理發而文見，蓋沿隱以至顯，因內而附外者也。〔註24〕

文學作品的產生，是來自於作家自身情感的觸動而產生思想，觸發的思想轉化為文字，「情動而辭發」作品應運而生。所以，作品是作家情感與思想的具體呈現。但是，一個作家因為先天的才氣與後天的學習差異，會造成其作品風格於不同年齡、環境、經歷時而有所差別。貝青喬一生行跡浪蕩，坎坷曲折，在其「行百里半天下」的《半行庵詩存稿》詩集中猶為可見這樣深刻的道理。生命中諸多的經歷更為他在詩文創作上增添了許多材料。論其《半行庵詩存稿》中具有感時意識的詩文，內容無論為感時敘事、感時傷世、感時抒懷，皆可猶見其天生的才氣吐納英華於其中。正可謂：才為盟主，學為輔佐。所以，關懷國家大事，放眼黎民百姓這樣的議題，在貝青喬一生創作中，從未缺席。

綜觀貝青喬《半行庵詩存稿》詩集，詩文風格是多元的。詩文中關懷社稷的諸多憫民詩中表現出憂愁、哀憤、慷慨激昂的情緒；寫山水詩又給人氣象萬千，壯闊之感；懷古詩中又見沉鬱幽思之情；描述西南風土民情詩時擯古競今，新奇有趣；交際酬唱詩可見才敏，而韻味暢流；寫誄文綴辭尤繁，情深意摯。以上內容都在在表現出貝青喬深厚的才學，一生中行跡之萬里、見識之廣博、經歷

上海古籍出版社，2013 年 4 月第一版），頁 151。

〔註24〕王忠林著：《文心雕龍析論》，（臺北：三民書局，民國 87 年 3 月初版），頁 402。

之繁多，在經世思想影響下促成也造就了詩人於詩文創作中雄健、沉鬱之多元風格。

第二節　晚清文人志士對其詩歌之評價

　　晚清，烽火交織、內外交困的時代，中國文人對外力侵逼感到憤恨與仇視，亦對國家政權感到不滿，進而併發出失望的情緒。與此同時，文人肩負起「先天下之憂而憂，後天下之樂而樂」的職責，透過詩筆展現出來，具備民胞物與與同仇敵愾的感時意識便更加被注意與彰顯。特別在鴉片戰爭後期，經世派的感時詩歌如雨後春筍般的湧現。貝青喬的《咄咄吟》實為一個好例子，石破天驚的打開了愛國詩潮，但這樣的愛國意識不再如同以往的尊君、頌君為內容，反而是重新啟動了民族精神，批判、諷刺滿清腐敗的政權與統治的無能。然而，詩人是透過《咄咄吟》的傳世而被中國文人社會所認識，打開了其於吳中地區的詩名。本節，依據這樣的背景下，研究者列舉在晚清時代下，文人志士對青喬的評價。從《咄咄吟》的題詞與序文中可見貝青喬「詩史」的定位是被認識與肯定的。

一、晚清時人──《咄咄吟》題詞與序文

序號	題詞者	題詞內文
1	鵑紅詞客	昨從海上駕帆來，甲辰夏，余自閩還吳，由海道而行。親見飛濤卷礮臺。 番舶晝開軍鼓靜，舟山秋霽陣雲開。 亦知議戰非長策，可惜安邊少將才。 回首沙場成一嘅，如麻白骨蔽荒萊。 書生似爾膽眞豪，上馬曾揮殺賊刀。 「詩史」一編傳杜甫，良家十郡感陳濤。 蠻奴蝴蝶新番陣，上將鴛鴦別演韜。 孤負封侯年少夢，園花空黯舊征袍。 豈無上計策陳平？已報黃金鑄幣成。 壯志何難成破釜？奇功容易說翻城。

		半江木葉秋鳴角，一嶺梅花夜撤兵。 終是金川軍力奮，頭顱五百送田橫。 鄧征西更杜征南，可解猿公劍術參。 籌筆未成吾輩老，犁庭有策幾人諳？ 詩眞自足垂懲勸，權在何妨使詐貪？ 不解文臣偏惜死，酬功聖主最恩覃。〔註25〕
2	無際盦主	濁酒難澆磈礧平，撫膺往事歎無成。 和戎果否收全效？聞道中朝厭論兵。 一番游戲棘門軍，坐嘯胡牀待策勳。 遼海歸來雙鬢改，上書應悔學劉蕡。 杜甫蒼涼詠八哀，戰場親見國殤來。 行閒功皋模糊甚，合讓詩人有「史才」。 鐙前拍手唱鳥鳥，贏得隨身一劍孤。 儻幸羌村長穩住，閉門種菜計非迂。〔註26〕
3	鷗波老漁	慷慨從軍樂，悲歌行路難。 正愁兵氣惡，那得賊心寒？ 詩已妖骨漏，刑偏愛將寬。 此中成敗局，冷眼有人看。 浪說翻城策，同糜報國身。 英才誤庸帥，敗績見完人。 帶汁逃羞蔦，張巨怒奮巡。 忠魂奇句慰，斗大走青燐。 幕府清流集，軍門廣廈開。 鳳鳴驚一士，狗盜笑群才。 義旅官能冒，奇功世共猜。指補陀洋之捷。 勞君磨盾記，抵得策勳回。 並海鋒纏挫，橫江燄又驚。 帳中方坐嘯，城下已聯盟。 券合藏金匱，錢難算水衡。 空教投筆者，「詩史」擅才名。〔註27〕

〔註25〕王衛平主編：《貝青喬集（外一種）》半行庵詩存稿（上海：上海古籍出版社，2013年4月第一版），頁182。

〔註26〕王衛平主編：《貝青喬集（外一種）》半行庵詩存稿（上海：上海古籍出版社，2013年4月第一版），頁183。

〔註27〕王衛平主編：《貝青喬集（外一種）》半行庵詩存稿（上海：上海古籍出版社，2013年4月第一版），頁182。

4	炳燭子	孰挂東南半壁傾？頻煩節鉞寄專征。
		似聞幕府英流集，卻讓書生力請纓。
		爭思賞博爛羊頭，幾見渠殲血髑髏？
		閒煞羽書磨盾鼻，壯心聊付管城侯。
		秋窗鐙火一編披，憤激詼諧並有之。
		魋髻未禽裁露布，禍牙將祭漏師期。
		不勤還能就撫無？浙西蹂躪又東吳。
		局中功罪分明甚，賴有才人記事珠。〔註28〕
5	蓮花庵居士	東南鎖鑰竟如何？偏是儒生感慨多。
		「詩史」即今功罪定，羽書當日見譌訛。
		空煩白簡彈房琯，又費黃金下尉佗。
		戎馬場中經歷久，請纓壯志轉消磨。
		海氣沈山不放青，礮車聲怒卷飛霆。
		荒村夜宿陰燐暗，廢壘春耕戰血腥。
		幕府籌邊餘涕淚，封疆報國在調停。
		歸來收拾躬刀夢，且閉柴門讀武經。〔註29〕
6	看雲僧	拔見出門去，行轅力請纓。
		防邊無健將，殺賊有書生。
		冷眼軍前事，傷心城下盟。
		誰憐磨盾墨？空博著書名。
		節鉞專征日，胡牀坐嘯時。
		狎朋參將略，姦吏漏師期。
		霸棘軍如戲，陳陶死可悲。
		駱駝橋上望，戰血洗江湄。
		一蹶勢難振，三軍氣不揚。
		催輸投鼠雀，媚敵獻牛羊。
		紅粉藏官舫，青燐泣戰場。
		和戎真上策，從此息兵訪。
		軼事從頭記，千秋作笑端。
		然犀情畢現，談虎膽猶寒。

〔註28〕王衛平主編：《貝青喬集（外一種）》半行庵詩存稿（上海：上海古籍出版社，2013年4月第一版），頁182。

〔註29〕王衛平主編：《貝青喬集（外一種）》半行庵詩存稿（上海：上海古籍出版社，2013年4月第一版），頁182。

| | | 兵旅何年整？邊才自古難。 |
| | | 殘編須護惜，休與外人看。〔註30〕 |

　　上述六首《咄咄吟》題詞中，就有四首述有「詩史」之詞，其餘兩首雖未直接寫出，但究其詩中深意，對青喬亦有相同定位之認可。葉廷琯在其《蛻翁所見詩錄感逝集》中云：

　　　「（子木）中年以諸生獻策揚威將軍戎幕，獲邀錄用。曾奉命入甯波城，探視夷兵情形及進剿路徑，隻身冒險往還，人皆服其膽略。將軍重其才，旋又委司文案。方將保敘授職，乃以和議撤師。僅作《咄咄吟》二卷，詳記軍中事實於詩註中，可稱詩史。」〔註31〕

曾赴戰事前線，青喬身歷其境的軍旅經驗，在同時代的文人中，是罕有的，青喬更曾在《咄咄吟》篇末敘說「若非所見聞，概弗敢及也」字句，再次強調自己所言非假，絕對是眞實發生於所處軍中，就如同當代報導文學。是故，詩人眞切的經驗記錄對當代是頗具意義的。貝青喬在時代的激盪下曾於《咄咄吟・自序》中云：

　　　渴毫狂吸墨池傾，灑徧蠻雲總不平。

　　　嵩目陳濤多少恨，翻教詩史浪傳名。〔註32〕

據此，青喬亦期許自己能將《咄咄吟》傳世。組詩中除揭露了清帝國的「金玉其外敗絮其中」之外，亦期望能達到警惕後人之功效，盼能避免軍中再有因咄咄怪事者，以致誤國兵敗之悲劇重演。青喬因《咄咄吟》而顯名於世，其詩眾所矚目亦屬當然，然而，要讀懂貝青喬，亦不可偏廢紀錄詩人一生行跡所得力作──《半行庵詩存稿》之評價，於此，研究者收錄惲世臨與黃富民於詩中所留之序，來窺見時人對其評價。

〔註30〕王衛平主編：《貝青喬集（外一種）》半行庵詩存稿（上海：上海古籍出版社，2013 年 4 月第一版），頁 182。

〔註31〕錢仲聯：《清詩紀事》叄，道光朝卷（南京：鳳凰出版社 2004 年 4 月），頁 2717。

〔註32〕王衛平主編：《貝青喬集（外一種）》半行庵詩存稿（上海：上海古籍出版社，2013 年 4 月第一版），頁 284。

題序者	序之內文
惲世臨	有言貝子子木遺集者，將鳩貲付刻。索其詩讀之，覺其有異，乃終其卷，且反覆之，不忍舍。美哉詩乎！其數十年寢食於此者乎！其沈雄堅卓，胎息於少陵，無一字一句錘鍊而成者乎！得江山之助與其胸中奇氣相摩盪以出之者乎！余於是知有子木，且知是為子木之詩。〔註33〕
黃富民	汪謝城孝廉觸暑枉過，出一編示予，則吳門貝明經遺詩，其友葉翁調生與同志將為付刊者也。逭暑無術，以北窗讀之。苦心孤詣，蓋篤於詩，亦達於世故者。貝子中年從戎浙水，繼復幕遊滇、黔，梯空縋幽，星飯水宿，不廢鉛槧。境苦而詩益工，實能鎚鑿天險，雕鐫世態。倚船唇而構想，磨盾鼻以嘔心。語奇而卓，筆紆能達。言之有物，義婦勸懲。不戾於風人之旨，不乖乎古作者之心，勤矣哉！〔註34〕

於序中所言可知，作序者與詩人關係並不密切，甚至可能還互不相識，卻只因受託寫序而細讀貝青喬詩作後，大力讚許給予好評。是故，青喬在詩作之成就，或許因礙於終生未取得進士功名而致使名聲傳播有所囿限，實為可惜。但換個角度來說，一則以喜的是，可見對青喬才幹的評價是最公平、真實無欺的，作序者於當代並未受到人情或詩人官職名聲的壓力，而有感受最真切的評價。

二、葉廷琯——《感逝集》

葉廷琯《感逝集》：「子木抱經濟才，熟諳武備諸事。詩文特其餘技，顧英思偉論，時時見於篇章，蓋其蘊蓄者宏，不肯以文人自域。惟一生寨遇，未獲展布。……詩境得山川之助，益臻奇偉，同人無不斂手推服。……茲選存二百三十四首，每一展誦，惜其才、悲其遇，輒不禁欲呵壁問天耳。」〔註35〕

〔註33〕 王衛平主編：《貝青喬集（外一種）》半行庵詩存稿（上海：上海古籍出版社，2013年4月第一版），頁376。

〔註34〕 王衛平主編：《貝青喬集（外一種）》半行庵詩存稿（上海：上海古籍出版社，2013年4月第一版），頁377。

〔註35〕 〔清〕葉廷琯：《感逝集》（光緒六年潘氏滂喜齋刻，中國哲學書電子化計畫，哈佛燕京圖書館掃描本），頁301～303。

青喬的詩名得以流傳，除了其自身詩作的價值是被肯定與認可之外，其中，與青喬一生交從甚密的葉丈——葉廷琯，更是推波助瀾重要的功勞者，抑是青喬一生中重要的伯樂。《半行庵詩存稿・自序》中，青喬說到：「於初不解吟事，年二八遇朱大綬，聞其緒論，始粗識師承，然畏難未學也。閱十年，遇益困，憤懣欲有言，葉丈廷琯從而激獎之，遂委志於詩……。」〔註36〕。人的一生中，若有幸能遇上一位心靈相通的知音，抑或能欣賞、挖掘自身才智的伯樂，的確是死而無憾了。然而，在貝青喬與葉廷琯的忘年交遊中，可見其為青喬於詩歌中的精神導師，人生明燈。青喬詩作的出版更賴葉廷琯以往的收集與到處奔波蒐羅舊作得以完成，除了證明其是位「惜才愛才」之人之外，更重要的是，貝青喬的確是匹日行千里難能可貴又貨真確切的千里馬。

三、王韜——《瀛壖雜志》

王韜（1828～1897），字紫銓，號仲弢，晚號天南遯叟，長州（今屬蘇州）人。〔註37〕為中國近代最早利用報刊宣揚政治意識、報導西方新知之文士。其所著之《瀛壖雜誌》中有如下的記載：

> 吳縣貝青喬，字子木。工於詩，跌宕有奇氣，忠義激發，溢於言表，蓋辦香於老杜者。生平具幹濟才，遊食諸侯，足跡幾半天下。壯年嘗佐揚威奕將軍戎幕，不避艱險，冀有所樹立，顧卒無所成功。嘗於磨盾草檄之暇，著有《咄咄吟》二卷，具載當時軍中利病，識者以為不媿少陵詩史。從軍既罷，往游京師，既復之浙、之黔、之滇、之蜀，然皆落寞無所遇，而憔悴婉篤，一發之於詩，固深得於江山之助，非徒窮而後工也。〔註38〕

〔註36〕王衛平主編：《貝青喬集（外一種）》半行庵詩存稿（上海：上海古籍出版社，2013年4月第一版），頁3。

〔註37〕馬積高、黃鈞主編：《中國古代文學史》明清4，（臺北：萬卷樓圖書有限公司，民國87年7月初版），頁461。

〔註38〕〔清〕王韜：《瀛壖雜志》卷四（臺北：新文豐出版公司，民國85年叢書集成三編卷七十九），頁374。

於此，透過學貫中西的經世作家──王韜，對青喬的高度評價，可知，詩人作詩通過豐沛的忠義之情而迸發，進一步展現其跌宕有奇氣的詩情。所謂士人「先天下之憂而憂，後天下之樂而樂」的感時憂國志士情節與精神，直抒胸臆於其詩中。其中亦不乏遊幕期間，眼見文恬武嬉、軍備廢弛心中備受衝擊，所感而作，《咄咄吟》具載當時軍中利病，識者以為不媿少陵詩史。更在滇遊三年的過程中窮愁寒苦，仍是能寄情於山水中，得有江山之靈氣，進而寫出許多不朽之作。

四、張廷華──《香豔叢書》

清末宣統元年張廷華著《香豔叢書》二十卷，叢書中所選輯的書籍詩文穿插並無朝代先後之序，所收錄作品時代從隋朝至晚清。採輯無體例限制，詩、詞、樂府、曲、賦皆有。題材內容以女性議題為主，涉及男女愛情或文詞較為使人醉心蕩魄而豔情的作品，且多為未經刊刻問世的作品。叢書內詩文所刊行的版本均為藏書家秘本、名人校訂本，彌足珍貴，是故，若其間有所疑義仍不改其原貌，以保存原版之可貴。其中收錄貝青喬〈苗妓詩〉，並稱揚子木之成就。

> 吳下詩伯，首推貝子木。子木少負奇才，足跡半天下，窮愁窶落以終。所著《半行庵稿》，多憂時感世之作，沈雄堅卓，慷慨激昂，洵吳中之老名士也。稿中有《苗妓詩》六章，足補陸次雲《峒溪纖志》所未備，爰鈔存之。春草吟廬主跋。〔註39〕

其中所提及《半行庵詩存稿》的內容為憂時感世之作，並褒揚其作品風格為「沈雄堅卓，慷慨激昂」，堪稱為吳下詩伯，可見張廷華對貝青喬是肯定的，對其詩作評價甚高。並認為，收錄於《半行庵詩存稿》中的六首〈苗妓詩〉足以彌補康熙年間文士陸次雲〔註40〕所著《峒溪

〔註39〕〔清〕張廷華：《香豔叢書》中國哲學電子書計畫 https://ctext.org/wiki.pl?if=gb&chapter=271178&searchu=%E8%8B%97

〔註40〕案：陸次雲，字雲士，號北墅，生卒年不詳。浙江錢塘人。康熙十八年（1679）舉博學鴻儒科，未中，罷歸。次年於郟縣（河南），後於江陰（江蘇）當知縣，頗有政績。績學能詩，著有《八紘繹史》、

纖志》〔註41〕對苗俗的記載，因其書中言詞較簡略，且對苗俗的紀錄頗有主觀偏見。然而，清末對於苗地之敘述相關書籍並不多見，是故，貝青喬的〈苗妓詩〉中詩文相注的體例，便更詳加的對苗俗有了一番說明，且為作者親身經歷，更具說服力，提升了其詩之價值。

第三節　民初迄今研究學者對其詩歌的評價

1995 年，蘇州大學建立了「江蘇省吳文化研究基地」〔註42〕有系統性的搜羅、整理吳地相關文獻資料。然而，蘇州抑是吳文化的核心之地，自古富足豐饒，文風鼎盛，蘇州文人雅士之相關研究便如火如荼的開展。

一、劉大杰──《中國文學發展史》

劉大杰（1904～1977）於其著作《中國文學發展史》下冊中認為，道咸年間，清朝朝政的腐敗與對人民的橫爭暴斂已在中國形成危險的民族反抗危機。太平天國之亂反映民心思變與對外來資本主義壓迫的反動。然而，在這國家危殆之際，詩歌更有莫大的變化，其特點是：鄙棄前期詩歌發展重形式、格律之風，更反對尊唐宗宋的派別成見。內容改以愛國傷時情懷，此時，貝青喬的詩歌便具有這般特徵，對於貝青喬的作品有高度的評價，其云：

> 《哫哫吟》中一百多首詩，幾乎都是佳作，上面所錄的十幾首，都是不看注解就可以瞭解的。運用絕句形式，廣闊的反映時事內容，抒發愛國思想，其筆力真可與龔自珍媲美。在《哫哫吟》的注文內，還雜有不少古體與律詩，

《八紘荒史》、《湖蠕雜記》、《北墅緒言》、《澄江集》等。

〔註41〕案：清陸次雲撰。此書分為三卷。上卷所錄為中國西南少數民族之民族族史與部別源流，中卷為風俗雜記，下卷記其珍奇動、植物之類別。

〔註42〕江蘇省吳文化研究基地：〈江蘇省吳文化研究基地〉（地方文化網，地方文化叢刊，2014 年 4 月 1 日更新），http://www.dfwhck.com/Article/yjjg/201404/129.html

如《雜歌》九章、《留別家人作》六首、《入寧波城》、《駱
駝橋記事詩》、《逾長溪嶺投宿村農徐光治家》、《歸里十日
與客的約重赴戎幕詩以寄懷》五首諸詩，描繪了抗敵鬥爭
時期的生活內容，表達了愛國熱情，都是激動人心的好作
品。〔註43〕

二、錢仲聯——《近代詩鈔》

　　錢仲聯（1908～2003），中國近代國學大師，學識淵博通達，學
養浩瀚廣袤。於清詩著力最深，是為當代清詩研究巨擘，亦是一位詩、
詞家〔註44〕，其著作等身、宏論卓識。著有《清詩紀事》、《近代詩鈔》、
《夢苕庵詩話》等大型詩作研究集。曾云：「貝青喬，是鴉片戰爭詩
人中最了不起的人，應在姚燮之上。」〔註45〕，其對青喬的評價甚高，
內容引文如下：

　　　　貝青喬抱經濟才，熟諳武備，他不只是「拔劍出門去，
行轅力請纓」的愛國志士，而且是「戎馬場中經歷久」具
有豐富的戰爭生活經驗。他遊食幕府，欲有所建樹，然懷
抱終未得施展，義憤激發，溢於篇章，他的詩歌，善於繼
承，勇於創新，早年嘗受師法於朱綬，於清人詩推服蔣士
銓、黃景仁、舒位三位，可知其得力所在。《咄咄吟》一
百二十首，是他的力作。形式上為七絕之大型組詩，每首
詩有詳細的富有文學風味的自注，增強了作品的真實性。
始終除了熱情歌頌鴉片戰爭時期英勇抗敵的部分將吏與
人民外，大量揭露敵寇的橫暴、清政府官吏的昏瞶，總的
反映了清帝國的落後與腐敗，字字為血淚所凝成，無愧為

〔註43〕劉大杰：《中國文學發展史》下（臺北：華正書局，民國100年9月
　　　　3版），頁1406。
〔註44〕案：王元化為之壽序有云：「吾民族所承受之文化，為一種人文主義
　　　　之教育，賢者多以文學創造為旨歸，而傳統文學創造之主流，端在
　　　　詩歌一脈，虞山夢苕庵錢公仲聯先生，一代詩豪也。」
〔註45〕魏中林：《錢仲聯講論清詩》（南京：蘇州大學出版社，2004年4月
　　　　初版），頁115。

時代的鏡子、一朝的詩史。不但思想性強，藝術性亦高。
敍事狀物，形象生動，語言精練而自然，時能鎔鑄方言俗
語、民謠口諺以至新詞以入詩。論其體制，則上承宋人劉
子翬《汴京紀事》、汪元量《湖州歌》等而來，於清人則
上承龔自珍、下開黃遵憲兩家《己亥雜詩》之類詩作，在
近代詩歌史上有其一定的地位。游雲南、貴州、四川時，
詩境得江山之助，刻劃奇險，獨闢蠻叢，顯得能手的無所
不有。〔註46〕

錢仲聯對貝青喬的了解是深刻的，甚至在其《道咸詩壇點將錄》中將
其列入「馬軍五虎大將」〔註47〕之一，命名為「天猛星霹靂火秦明」：

　　天猛星霹靂火秦明　　貝青喬

　　海鷹昔破關，鬼燈萬家黑，

　　軍中咄咄吟，天挺此雄特。

　　復庄怡志堂，詩史共生色。〔註48〕

囿於時代也出特於時代。錢仲聯點出在晚清，戰亂國頹之際，貝青喬
的詩文就如一盞明燈，雄特挺立，更再次肯定了貝青喬於時代中「詩
史」之地位。

三、嚴迪昌——《清詩史》

　　嚴迪昌（1936～2003），名傾海內外清代文學研究學者，曾於蘇
州大學文學院擔任教授、南京大學中文系講師，著作等身。諸多舊作
中，《清詩史》堪稱其學術生涯重點代表作之一，對清代遺民詩的整
理頗具規模。認為青喬在一定程度上對當時文壇必有一番影響，對其
評點，收錄如下：

〔註46〕錢仲聯：《近代詩鈔》（南京：江蘇古籍出版社，1993 年 3 月），頁
　　　　316、317。
〔註47〕案：依錢仲聯之意，馬軍五虎大將為：天勇星大刀關勝——曾國藩、
　　　　天雄星豹子頭林沖——陳沆、天威星雙鞭呼延灼——鄭珍、天立星
　　　　雙槍將董平——何紹基、天猛星霹靂火秦明——貝青喬。
〔註48〕錢仲聯：《夢苕庵清代文學論集·論近代詩四十家》（濟南：齊魯書
　　　　社，1983 年 9 月第一版），頁 141。

《半行庵詩存稿》和《咄咄吟》已非一般的未脫風雅
息氣的詩集，從一定程度上說，貝青喬的詩具有戰鬥的投
槍和匕首作用，較之不痛不癢的程式化的詩文字來，光輝
得多。〔註49〕

於此，嚴迪昌認爲晚清時期許多文人詩詞可能多含附庸風雅之氣，雖
寫憫民，卻不一定人在民間與民同苦。然而，貝青喬卻有著在戰亂中
家破人亡的切身之痛，更是因戰亂有著爲求溫飽四處流離的經驗，憫
民抑也抒懷。其敘寫軍中怪事，亦爲親身經歷，除了把所見聞明白寫
下之外，更是直書相關人等姓名，強烈的批判、諷刺，著實較之不痛
不癢的程度化詩文，來的較具現實性與警惕感。

四、趙杏根——〈論《咄咄吟》〉

趙杏根（1956～），現任中國蘇州大學文學院教授、美國阿帕拉
契亞州立大學外國語言文學系客座教授、臺北東吳大學中國文學系客
座教授，曾於 1984 年《寧夏大學學報》社會科學版第一期發表過一
篇論文——〈論《咄咄吟》〉。其文認爲在萬馬齊暗的道光朝，貝青喬
冒著生命危險，暴露於可能被政治迫害的風險中，青喬做了最壞打算
「儻教詩獄烏臺起，臣軾何妨竄海南？〔註50〕」以表決心，進而，寫
下並保存了《咄咄吟》，只爲「爲後之用兵者告，俾知軍中之利病焉
〔註51〕」，詩人的勇氣絕對比別人來得大得多。於是乎，文末對貝青
喬之評價，引文如下：

《咄咄吟》閃耀著愛國主義光芒。更值得注意的是，
貝青喬親身參加東征之役，熟悉內幕，又有藝術家的勇氣，
因而就對清王朝在鴉片戰爭中從各方面暴露出來的腐朽性

〔註49〕嚴迪昌：《清詩史》下冊（北京：人民文學出版社，2011 年 11 月北
京第一版），頁 942。

〔註50〕王衛平主編：《貝青喬集（外一種）》半行庵詩存稿（上海：上海古
籍出版社，2013 年 4 月第一版），頁 284。

〔註51〕王衛平主編：《貝青喬集（外一種）》半行庵詩存稿（上海：上海古
籍出版社，2013 年 4 月第一版），頁 282。

　　揭露之充分、諷刺之辛辣而言《咄咄吟》實爲當時詩壇之
　　冠。《咄咄吟》結構宏大而緊密完整、諷刺藝術高超、藝術
　　風格多樣，在藝術上也是有一定成就的。因此，《咄咄吟》
　　作爲反映奕經東征之役的史詩，是我國文學史上反對帝國
　　主義主題的最早優秀作品之一，在近代詩歌史上占有重要
　　的地位。〔註52〕

據此，貝青喬的詩歌價值已不言而喻。

〔註52〕趙杏根：〈論《咄咄吟》〉《寧夏大學學報》社會科學版第 1 期（1984
　　　年），頁 40。

第六章 結 論

　　「晚清」，這個特殊的時代，對中國詩界來說，除了背負著延續中國古詩壇傳統的宿命之外，本身也面臨世界在物質、思想上的巨大變革，而如此的變革，對當時晚清的中國，則是產生無力抵抗，莫大的衝擊。面對如此劇烈的外力震盪，中國是在準備不周地情況下，被迫倉皇迎戰的。其中，多少也包括了帶有夜郎自大的天朝觀，而造成對敵方的小覷，於是乎，戰爭中對西方的發展與敵情的種種誤解，荒謬的現象更是不可細數的發生著。例如：洋人士兵因綁腿，而膝不能屈，所以戰爭發生時，只要清軍能近身將之推倒，使其無法爬起，就能迫使喪失戰鬥力，如此便能克敵致勝。這樣的謬傳竟連忠良有識的林則徐仍是相信。於是乎，井中之蛙的滿清竟挾以無比的勇氣，氣勢浩蕩的迎戰了外敵。雞蛋碰石頭的戰役，最終，清政府抗撫狼狽，在連連戰敗進而無力反擊之下，城下乞盟，割地賠款，簽署喪權辱國的不平等條約等一一實現，因而也失了民心，顯露出國勢的衰頹，領政者的失策無能與不適。

　　清初錢謙益論詩嘗言：

　　　　夫詩者，言其志之所知也。志之所之，盈于情，奮于氣，而擊發于境風識浪，奔昏交湊之時世，于是乎朝廟亦詩，愁悲亦詩，燕好亦詩，窮苦亦詩，春意亦詩，秋悲亦

詩，吳詠亦詩，越吟亦詩，勞歌亦詩，相春亦詩。〔註1〕

清詩是繼唐詩、宋詩之後，又是另一個別開生面詩歌的朝代，其作者與詩集數〔註2〕量眾多，題材內容亦十分多元。然而，晚清，更是中國詩壇上一個從傳統過渡到現代的重要時期。鴉片戰爭過程中救亡圖存之聲競起，愛國志士透過寫詩表現政治意識、抒發感時憂國之情思，更甚透過詩語承載對腐敗政權不滿之情緒進而顯露反抗意念。詩文於此成爲讀書人思想之載體，情感之依歸。

大舜云：「詩言志，歌永言。」聖謨所析，義已明矣。是以「在心爲志，發言爲詩」；舒文載實，其在茲乎？故詩者，持也，持人情性。〔註3〕

世亂澆漓的時代，貝青喬仗劍從軍實爲不易，「文能草檄武刀槊」他的經歷不是當代經世派詩人尋常擁有的。然而，「位卑未敢忘憂國」〔註4〕的青喬，雖然一生功名僅止於明經，未有仕進的機會，但對於國事仍充滿著豐沛的熱情。錢仲聯先生說其「是寫有關鴉片戰爭詩歌數量最多的人」，讀青喬的詩除了品味其文學才能亦能了解當代政治發展、民生狀態，作品具備重要的文學、史學價值。然而，青喬的文學作品，總論來說是具備以下三大特點的：

一、開創性

詩人的文學作品中，《咄咄吟》的大型組詩，以及一詩一注的文體結構，如同史詩般的寫作方式，車輻相湊，相輔相成，於晚清時期是較爲特出的；內容中，秉筆直書，載名道姓，抑是少有的。《半行

〔註1〕馬亞中：〈試說清詩力破唐宋之餘地〉，《蘇州大學學報》哲學社會科學版第3期（1985年），頁79。

〔註2〕馬亞中：〈試說清詩力破唐宋之餘地〉，《蘇州大學學報》哲學社會科學版第3期（1985年），頁79。

〔註3〕戚良德：《文心雕龍校注通譯》（上海：上海古籍出版社，2008年12月），頁54。

〔註4〕案：南宋陸游〈病起書懷〉：病骨支離紗帽寬，孤臣萬里客江干。位卑未敢忘憂國，事定猶須待闔棺。天地神靈扶廟社，京華父老望和鑾。出師一表通今古，夜半挑燈更細看。

庵詩存稿》詩集的文體、風格是多樣的，絕句、律詩、樂府詩、古體詩、誄文，所在多有。「夫情致異區，文變殊術，莫不因情立體，即體成勢者也。」〔註5〕，亦因其一生多變的經歷，坎坷刻苦，卻又格局壯闊，風格多元。作品《爬疥漫錄》更為現今研究晚清太平天國時期，重要的筆記資料，內容極為詳實。是故，貝青喬在其作品中展現的文體、內容與風格都在在具有時代的開創性，不容忽視。

二、批判性

《咄咄吟》為何是貝青喬現今流傳作品中，最為人所知，相關研究資料最豐富的詩集呢？不外乎其感時敘事、直抒胸臆，不畏當代朝政的特色最為顯露。詩人善用對比、映襯、倒反手法，諷刺服役於奕經軍帳中時，其間所見聞之咄咄怪事，許多離奇內容令人瞠目不解，卻又對前線將領的昏昧誤國，感到極為憤慨。義正嚴詞中，帶有強烈的批評性，鏗鏘有力，儼然「少陵詩史」。

三、現實性

貝青喬詩作中，帶有濃厚的經世思想。許多作品中可見杜甫詩影，胎息少陵的詩人，詩作題材有許多關心民瘼的現實議題，詩文少有無病之呻吟，關注現實。《咄咄吟》自序中有言：「昔賢受人知遇，心感恩門，所作書文，往往詞多迴護。今僕不能稍事隱飾，有媿昔賢多矣。」〔註6〕所以在記史上，貝青喬秉公論述，理性客觀如實紀錄，不假私情。

晚清多事之秋，朝祚搖搖欲墜，貝青喬正視國家危機、憂心民瘼，作《咄咄吟》置一己得失於度外，警惕世人，表現出亂世中最崇高的志士情懷，也親身體現志士文人對社會責任的自我承擔與覺醒。板蕩

〔註5〕王忠林著：《文心雕龍析論》，（臺北：三民書局，民國87年3月初版），頁430。

〔註6〕王衛平主編：《貝青喬集（外一種）》半行庵詩存稿（上海：上海古籍出版社，2013年4月第一版），頁282。

時代有如此正聲，蒐羅掌故、揭露時弊，具教化之效〔註7〕實爲難能可貴。其高尚情操與精彩的人生閱歷透過《半行庵詩存稿》詩文作品的流傳，使今人得以了解。深感惋惜的是，貝青喬或許囿於功名不彰，故無法顯名於晚清當代，甚爲可惜。研究者今日的研究論文，期望能稍稍解開世人對貝青喬的不識。野人獻曝、拋磚引玉，此篇論文的寫作，繼而盼望學界能有更多學者，願進一步研析貝青喬諸多膾炙人口的名篇佳作，使貝青喬的詩文作品在晚清詩文研究領域中，能有一番拓展。

〔註7〕梁嘉祥：《鴉片戰爭詩研究》（臺北：淡江大學中國文學學系碩士在職專班碩士論文，民國97年1月），頁140。

參考文獻

（依出版年月排序）

一、專書

（一）古籍

1. 《大清仁宗（嘉慶）睿實錄》，〔清〕嘉慶十六年六月丙子，臺北：華聯出版，民國 53 年。

2. 《清實錄》，〔清〕第三十七冊，北京：中華出版 1986 年。

3. 《卷施閣文甲集》，〔清〕洪亮吉撰，清光緒三年 1877 年續修四庫全書本。

4. 《竹葉亭雜記》，〔清〕姚元之撰，續修四庫全書本。

5. 《半行庵詩存稿》，〔清〕貝青喬撰，續修四庫全書，集，別集類。

6. 《張亨甫文集六卷》，〔清〕張際亮，上海：上海古籍出版社，《國家清史編纂委員會・文獻叢刊》影印清同治六年建寧孔慶衢刻本。

7. 《感逝集》，〔清〕葉廷琯撰，光緒六年潘氏滂喜齋刻，中國哲學書電子化計畫，哈佛燕京圖書館掃描本。

8. 《瀛壖雜志，乘查筆記》合訂本，〔清〕王紫詮、斌椿撰，臺北：華文書局印行中華文史叢書，第十二輯（清光緒十年，同治五年刊本影印）。

9. 《農病，雲中集》，〔清〕劉淳撰，光緒癸未賜倚堂刻本。

10. 《咄咄吟》，〔清〕貝青喬撰，清代詩文集彙編，國家清史編纂委員會・文獻叢刊，民國三年吳興劉氏刻嘉業堂叢書本。

11. 《夷氛聞記》，〔清〕梁廷枏撰，臺北：中華書局出版，1959 年 9 月。

12. 《清史洪秀全載記增訂本》，簡又文撰，臺北：大中國印刷廠承印，民國 56 年。

13. 《汪悔翁乙丙日記》，〔清〕汪士鐸撰，新北市：文海出版社，民國 57 年。

14. 《漢書藝文志》（東漢）班固撰，臺北：華聯出版社，民國 62 年。

15. 《中國韻文裏頭所表現的情感》，梁啓超撰，臺北：臺灣中華書局，民國 65 年。

16. 《曾國藩全集》，〔清〕曾國藩撰，湖南：岳麓書社出版，1985 年。

17. 《瀛壖雜志》，〔清〕王韜撰，臺北：新文豐出版公司，民國 85 年。

18. 《林則徐全集》第八冊信札，北京：海峽文藝出版社 2001 年 10 月。

19. 《賊情彙纂》，〔清〕張德堅撰，上海：上海古籍出版社，2002 年。

20. 《射鷹樓詩話》，〔清〕林昌彝撰，上海：上海古籍出版社，2002 年 3 月。

（二）今籍

1. 《鴉片戰爭研究（資料篇）》，佐佐木正哉撰，臺北：文海出版社，1982 年 7 月。

2. 《劉大杰古典文學論文選集》，劉大杰撰，湖南：湖南人民出版社，1984 年。

3. 《林則徐年譜增訂本》，來新夏撰，上海：上海人民出版社，1985 年 7 月。

4. 《文學論──文學研究方法論》，韋勒克、華倫著，王夢鷗、許國衡譯，臺北：志文出版社，1985 年。

5. 《中國近代現代史論集，中國近代現代歷史的演進》，李國祈撰，臺北：臺灣商務印書館發行，民國 75 年 4 月。

6. 《中國近代現代史論集──第一編　鴉片戰爭與英法聯軍》，蔣廷黻撰，臺北：臺灣商務印書館，75 年 4 月。

7. 《中國近代現代史論集，中國近代現代歷史的演進》，李國祈撰，臺北：臺灣商務印書館發行，民國 75 年 4 月。

8. 《夢苕庵清代文學論集・論近代詩四十家》，錢仲聯撰，濟南：齊魯書社，1983 年。

9. 《近代中國史綱》，郭廷以撰，香港：香港中文大學出版社，1989 年。

10. 《近代詩鈔》，錢仲聯撰，江蘇：江蘇古籍出版社第一版，1993 年。

11. 《中國近代詩歌史》，馬亞中撰，臺北：臺灣學生書局印行，民國 81 年 6 月。

12. 《墨子新注新譯》，馮成榮注譯，臺北：馮同亮書坊印行，民國 84 年。

13. 《文心雕龍析論》，王忠林著，臺北：三民書局，民國 87 年 3 月初版。

14. 《中國古代文學史》，明清 4，馬積高、黃鈞主編，臺北：萬卷樓圖書有限公司，民國 87 年 7 月。

15. 《龔自珍詩選》，劉逸生選注，臺北：遠流出版社，1990 年初版。

16. 《詞與物：人文科學考古學》，米歇爾‧傅柯著，莫偉明譯，上海：上海三聯出版社，2001 年。

17. 《中國近代史話 1840～1919 第二卷鴉片戰爭》，夏以溶主編，鄧紹輝著，臺北：雲南人民出版社，2001 年 5 月。

18. 《中國近代史料叢刊續編‧太平天國（五）》，羅爾綱、王慶成主編，廣西：廣西師範大學出版社，2004 年。

19. 《清詩紀事》，錢仲聯撰，南京：鳳凰出版社，2004 年 4 月。

20. 《鴉片戰爭，一個帝國的沉迷和另一個帝國的墮落》，特拉維斯‧黑尼斯三世、佛蘭克‧薩奈羅著，周輝榮譯，臺北：三聯書店出版，2005 年 8 月。

21. 《清宣宗道光事典》，陳捷先主編、余新中編著，臺北：遠流出版社，2006 年。

22. 《孫子兵法新解──兵典》，何新撰，臺北：時事出版社，2007 年 2 月。

23. 《文心雕龍校注通譯》，戚良德撰，上海：上海古籍出版社，2008 年。

24. 《中國百年國難文學史》，王向遠等撰，上海：上海人民出版社，2010 年。

25. 《當天朝遭遇帝國，大戰略視野下的鴉片戰爭》，王鼎杰撰，重慶：重慶大學出版社，2010 年 9 月。

26. 《清代詩文集彙編 563，知止堂詩錄十二卷》，〔清〕朱綬撰，上海：上海古籍出版，2010 年 12 月。

27. 《中國古典詩論中的寫實概念──以現代詮釋為研究進路》，廖啓宏撰，新北市：花木蘭文化出版社，2011 年 9 月。

28. 《清詩史》，嚴迪昌撰，北京：人民文學出版社，2011 年 11 月。

29. 《貝青喬集》，〔清〕貝青喬撰，王衛平主編，上海：上海古籍出版社，2013 年。

30. 《鴉片戰爭──毒品、夢想與中國建構》，藍詩玲著，潘勛譯，臺北：八旗文化出版，2016 年。

31. 《清人詩集敘錄》，袁行雲撰，北京：人民出版社 2016 年 7 月，國家清史編纂委員會文獻叢刊，清道光二十至二十二年董國華刻本。

32. 《中國近代經濟社會史研究集刊,太平天國革命前的人口壓迫問題》,羅爾綱撰,臺北:中央研究院社會科學研究所出版。

二、單篇論文

1. 〈論《咄咄吟》〉,趙杏根撰,《寧夏大學學報・社會科學版》,1984年第1期。

2. 〈試說清詩力破唐宋之餘地〉,馬亞中,《蘇州大學學報・哲學社會科學版》第3期,1985年。

3. 〈鴉片戰爭時期詩歌發展論略〉,鐘賢培撰,《華南師範大學學報》社會科學版第3期,1986年。

4. 〈從鴉片戰爭詩歌的新變看中國第一批近代詩人的心態變異〉,武衛華撰,《齊魯學刊》第2期,1991年。

5. 〈論鴉片戰爭期間愛國詩歌之特色〉,周雲龍撰,《錦州師院學報》哲學社會科學版,1992年第2期。

6. 〈鴉片戰爭時期愛國詩潮簡析〉,張德鴻,《民族藝術研究》,1997年第三期。

7. 〈論中國歷代詩歌愛國主題的內容及其嬗變〉,周柳燕,《吉首大學學報》社會科學版,1998年第4期。

8. 〈論寒士詩群文化心態的衍變〉,陳玉蘭撰,《浙江社會科學》文學研究,2000年第3期,2000年5月。

9. 〈滇游鑿鴻荒,山水為生色〉,寧夏江撰,《貴州文史叢刊》,2004年第4期。

10. 〈鴉片戰爭時期愛國詩潮中經世派的詩歌〉,寧夏江撰,《韶關學院學報・社會科學》,第28卷第5期,2007年5月。

11. 〈論貝青喬的詩歌〉,寧夏江、魏中林撰,《蘇州大學學報・哲學社會科學版》,2008年3月第2期。

12. 〈貝青喬《咄咄吟》組詩所反映的社會內容〉,王娟撰,《綜合天地》,2008年5月號。

13. 〈中國古典文學研究的現代視域與方法——「百年論學」學術對談〉,顏崑陽、蔡英俊撰,《政大中文學報》第9期,2008年6月。

14. 〈論嘉道學術精神對詩學思想的影響〉,于慧撰,《泰山學院學報》第30卷第5期,2008年9月。

15. 〈鴉片戰爭與江南社會:清季詩歌的雙重「意象」〉朱季康《中國社會科學報》,2010年10月第002版。

16. 〈貝聿銘與吳中貝氏紀念館〉，平龍根，《中國文化報》城市空間，2010 年 12 月 31 日第 007 版。

17. 〈一首反映鴉片戰爭的新聞詩〉，寧夏江，《軍事記者》，2012 年 4 月。

18. 〈血戰甬城的藏羌族勇士（上）〉，龔維琳撰，《寧波通訊》，2012 年 6 月號。

19. 〈貝青喬新論〉，馬衛中撰，《漢語言文學研究》，2012 年第 3 卷第 3 期。

20. 〈論近代愛國詩人對時局的反思〉，張琼撰，《雲夢學刊》第 34 卷第 4 期 2013 年 7 月。

21. 〈道咸詩壇吳門寒士詩人心態及詩歌創作〉，馬衛中、楊曦撰，《蘇州大學學報‧哲學社會科學版》，2015 年 4 月。

22. 〈貝青喬《爬沙漫錄》論略〉，馬衛中、陳國安撰，《文獻雙月刊‧文史新探》，2015 年 11 月第 6 期。

23. 〈「洞見」與「不察」——論夏志清、李歐梵、王德威眼中的感時憂國精神〉，姚建彬、郭風華撰，《湖南社會科學》，2017 年第 4 期。

24. 〈晚清重大歷史事件與詩歌關係研究的回顧與反思〉，張兵撰，《第九屆中國韻文學國際學術研討會會議論文集上冊》，2017 年 11 月。

三、學位論文

1. 《貝青喬詩歌研究》，寧夏江撰，廣州：暨南大學中國古代文學所碩士論文，2004 年。

2. 《李東陽詩歌研究》，吳青蓮撰，臺北：中國文化大學中文所碩士論文，民國 100 年。

3. 《鴉片戰爭詩研究》，梁嘉祥撰，臺北：淡江大學中國文學學系碩士在職專班碩士論文，民國 97 年 1 月。

4. 《清乾嘉閨閣社群詩作研究》，張元懷，臺北：文化大學中國文學所碩士論文，民國 98 年 6 月。

5. 《時代悲音：晚清（1841～1894）詩歌「憂患」主題研究》，張馨潔，彰化：國立彰化師範大學中國文學系碩士論文，民國 104 年。

6. 《吳中貝氏家族研究》，李志強，上海：上海師範大學人文與傳播學院研究所碩士論文，2016 年。

附　錄

一、貝青喬生平年表簡曆 [註 1]

西元	清朝紀年	天干地支年	歲數	重要記事/經歷	詩　作
1810	嘉慶十五年	庚午	一	正月初七未時生於江蘇吳縣。	
1833	道光十三年	癸巳	二十三	林則徐於蘇州主政，蘇州大水，林則徐行「担粥法」賑災，貝氏一家響應救災。	〈雨中作〉、〈悲廠民〉
1834	道光十四年	甲午	二十四	與朱綬同舟於毘陵。	
1840	道光二十年	庚子	三十	英軍佔定海，北上天津。道光帝任命琦善為欽差大臣，林則徐被革職。	〈有懷〉、〈出胥口至東山翠峰寺循吟風岡上莫釐峰頂〉
1841	道光二十一年	辛丑	三十一	道光帝命奕經駐節蘇州，貝青喬杖劍從軍。	〈雜歌九章〉、〈別家人作六首〉、《咄咄吟》

[註 1] 案：本表係參酌寧夏江《貝青喬詩歌研究》暨南大學 2004 年碩士論文中〈貝青喬年表簡編〉加以修改、補充而成。

1842	道光二十二年	壬寅	三十二	清朝與英軍簽訂〈南京條約〉。道光帝以奕經勞師糜餉，諭令將之拏問進京，交宗人府圈禁。 於年，青喬帶領鄉勇赴前敵，又幫辦文案，入核銷局查造兵勇糧餉清冊，將軍被逮，又命列軍務始末，繕具親供，備刑部入奏。後使歸籍。	〈駱駝橋紀事〉、〈慈谿大寶山過金華協鎮朱貴及其子昭南陣亡處〉、〈過長溪寺投嶺下農家宿〉、〈軍中雜誄詩〉、〈送臧孝廉紆青歸宿遷〉、《咄咄吟》
1843	道光二十三年	癸卯	三十三	赴京兆試途中，收得家書知父親逝世，未應試隨即折返奔喪。	〈自編軍中記事詩二卷為咄咄吟朋舊多題贈之作賦此為答〉、〈將赴京兆試留別〉
1845	道光二十五年	乙巳	三十五	書《咄咄吟》自跋，作述懷絕句五首。	〈人日偶題〉、〈贈徐晉鎔〉
1847	道光二十七年	丁未	三十七	中秋後二夜登舟壯游黔地，年末抵貴陽。除夕夜與吳通守廣生宴飲。	〈將之黔南留別〉、〈中秋後二夜登舟作〉、〈初抵貴陽〉、〈除夕吳通守廣生招飲〉
1848	道光二十八年	戊申	三十八	得家書知其好友張鴻基卒。坎坷崎嶇終至盤州歸化營，得林師來信並贈白金。	〈得家書悼張大鴻基〉、〈初抵歸化營程七鍾英顧二文彬自里門書來問近況賦此答之〉、〈林師書來存問兼贈白金師以鳴謝〉、〈歲暮懷人〉
1849	道光二十九年	己酉	三十九	正月至苗寨觀禮，作〈跳月歌〉記之，後入大文山礦區遊歷。離開歸化營入滇途中因失道夜晚投宿苗寨。後與林師於白水巖瀑布會面。秋自珍州返貴陽，遂由巴蜀沿長江東流	〈跳月歌〉、〈白水巖觀瀑侍林師作〉、〈侍林師行轅談讌翌日賦詩呈謝即以告歸〉、〈輿行避道快覩異境寄程丈

				返鄉。於新灘遇船難，行李俱失，後返歸州投靠刺史劉鴻庚。後再下新灘沿長江東下，除夕至湖北荊州沙市。	庭鷺〉、〈鷿女謠〉、〈客有自郢中來者備言荊鄂諸郡邑被水情狀令人慘不忍聞余不日將歸經其地既憫天災復憂道梗唏然成詠〉、〈輿夫嘆〉、〈官肉謠〉
1850	道光三十年	庚戌	四十	沿江東下得滇信林師因病謝政。春返蘇州，自黔蜀歸家閱十九日旋赴浙西游幕。聞林師辭世，作詩悼之。 拜上帝會廣西起事。	〈自題南游小草即示故園諸子〉、〈蠲振謠〉、〈禹航感舊〉、〈林文忠公誄詞〉
1851	咸豐元年	辛亥	四十一	於浙江返回吳中，後赴廣西桂嶺，時遇太平天國亂事，緣事而作〈桂嶺〉。	〈桂嶺〉、〈閩中秋示諸弟〉、〈蓬門〉
1852	咸豐二年	壬子	四十二	浙江鄞縣東鄉賦額浮徵逾倍，鄉眾鬧求減價，清政府鎮壓之。而有憫民之作〈哀甬東〉。 赴南京秋試，落第。	〈哀甬東〉、〈野興〉、〈咏史〉、〈闈中對策既畢硯有餘墨書二絕於號壁〉
1853	咸豐三年	癸丑	四十三	太平軍於南京建都，是為天京。	〈六泉季父積善西院探梅遺墨〉、〈歸里後江庚設飲即席呈徐晉鎔、管蘭滋〉、〈除夕〉
1854	咸豐四年	甲寅	四十四	年初至上海，後為避亂舉家遷移至浙西。	〈青浦縣舟夜〉、〈滬瀆旅感〉、〈移家至浙西作〉
1855	咸豐五年	乙卯	四十五	舉家再遷移歸鄉。	〈村家即目〉、〈漢室〉、〈中秋月夜感賦〉、〈旅感〉

1856	咸豐六年	丙辰	四十六	至浙江天目山遊歷。	〈湖上感舊〉、〈自紹魯村入天目山輿中作〉、〈獅子古院〉
1857	咸豐七年	丁巳	四十七	年初游幕於浙江姚江、四明地區，後歸家不久又赴京津。	〈姚江道中寄懷故園二三同志〉、〈四明感賦〉、〈歸家作〉、〈美蘇州刺史煥捕斬潮州游匪出同嚴大咸作〉、〈邀青閣夜〉
1858	咸豐八年	戊午	四十八	英法聯軍抵天津。青喬至安徽宣城游幕。	〈遣悶〉、〈偕葉丈訪覺阿上人能濟庵〉、〈偶感〉、〈宣城書感〉
1859	咸豐九年	己未	四十九	青喬再次回到浙江游幕，秋後歸鄉。	〈元旦口號〉、〈錢江曉發〉、〈金華〉、〈括蒼道中〉、〈雜謠〉
1860	咸豐十年	庚申	五十	太平軍攻陷蘇州，時青喬於宣城協助軍務，聞訊立即歸家，後於眾多難民中喜與家人相聚。舉家避難暫住於太湖東山白沙村。	〈蘇城之變予方佐戎宛陵聞警馳歸徧地賊氛實不知家在何所也訪尋三日始遇於太湖長沙山中事出非望誌幸成詩〉、〈移家洞庭東山白沙村感賦〉、〈宣州道中〉
1861	咸豐十一年	辛酉	五十一	舉家移至杭州，十一月二十八日，太平軍攻破杭州省城。青喬家破人亡，與母親亦失散，不知所蹤。	〈圍城雜詠〉、〈糠粥謠〉〈餓殍行〉、〈十一月二十七日夜起書憤〉、〈辛酉除夜〉
1862	同治元年	壬戌	五十二	青喬回至杭州舊地尋覓高堂未果，滿是懷恨、悲痛萬分。應葉廷琯之邀欲赴申江，途中遇兵亂而折返。	〈過杭城舊寓〉、〈重入杭城作〉、〈紀夢〉、〈溷跡金閶詩以當哭〉、〈示長女楚姑〉、〈壬戌除夕〉

| 1863 | 同治二年 | 癸亥 | 五十三 | 赴保定，就直隸總督劉長佑之聘，因病卒於途中。 | 〈初抵申江晤葉丈廷琯賦贈〉、〈就館保陽將由海道北上留別滬瀆諸友〉 |

二、本篇論文中所收錄貝青喬之詩歌彙整

（一）《半行庵詩存稿》

序號	卷軸	詩題	詩文內容	收錄於本論文頁數
1	卷六	禹杭感舊	林翠不改色，一路西溪邊。 幾折到關市，步屧重流連。 阿父昔游幕，舉室曾來遷。 一瞬三十載，掃跡如飄烟。 故居認門徑，分畛犁作田。 兒戲舊栽柳，百尺池東偏。 猶記弱好弄，盤馬戲廣阡。 阿父為驚笑，縱彎兒防顛。 此事如昨日，此恨遂終天。 水程一宵宿，風樹雙淚漣。	34
2	卷二	將赴京兆試留別	渾拚浪跡滿關河，入海叢中過一更。 敢道士流多負俗，漫思吾輩亦登科。 懸金快聽燕臺價，對酒難禁易水歌。 此去名心緣底切，高堂霜鬢漸將皤。	35
3	卷二	書懷	衘恤三年廢嘯歌，料量身事奈愁何？ 慰情書札天涯少，入夢親朋地下多。 氣短俠腸隨病減，創深堅骨耐貧磨。 多林媿爾蒼松色，歷劫冰天不改柯。	36
4	卷二	將之黔南留別	吹簫難憶十年事，負米俄成萬里身。 滾滾滄流催客去，茫茫世態向誰真？ 久拚溫飽違初志，終怪風霜煉此人。 道出湘中騷怨地，轉須呵壁問靈均。	36

5	卷二	除夕吳通守廣生招飲	四壁燈圍一室春，鄉情濃人綺筵新。 嚴宣觴政僮旁笑，醉吐花茵主不瞋。 若果百年皆此夕，何妨萬里作羈人？ 酒酣忽憶茅衡畔，米券煤遍愿老親。	36
6	卷二	贈歸州刺史劉鴻庚	談士群相告，憐才此有人。 夜闌投刺急，境迫贈詩真。 醇味千觴酒，溫情一榻春。 耒陽逢地主，杜老正沉淪。	37
7	卷二	再下新灘	我生不免溺人笑，如此險塗再三蹈。 祉聞山賊乘人危，枉聘灘師作鄉導。 前駕大船觸石沈，今復小船當石臨。 放船大小異趨避，最防一石衝雞心。 凜稟峽行守語忌，紛紛魚腹葬無地。 他年誓鑿此石平，敢告山神無怒睨。 嗚呼除患力弗振！生還幸荷天赦仁。 迴首三重風浪裏，龍門放過一詩人。	37
8	卷二	歸自黔蜀閱十九日復有浙西之役慨成二詩	遠遊候三載，里居僅兩旬。 飢驅不遑息，行色催踉輪。 母髮梳有雪，婦手炊無薪。 歲荒或凍餒，歸與共苦辛。 乃復迫離緒，歡聚無幾辰。 眎家若傳舍，樓止多逡巡。 草草埋吟篋，茫茫逐征塵。 此行祉千里，稍慰閭望人。	38
			親故聞我至，紛來扣門牖。 知我又將行，悽情各低首。 睠此衡宇歡，何事四方走？ 奢士不易居，酸士尤難守。 蠻中一歲糧，吳下一宵酒。 久棲枯涸鄉，歸駭俗何阜。 外炫繢益華，中柄蠹將朽。 憂悴凋故顏，家食慚吾友。	38

9	卷六	蓬門	蓬門纔見卸征輪，忽又郵程迫去津。 在客祇思歸奉母，到家仍復出依人。 聚難惟囑書頻寄，別慣方知淚最眞。 禁得薄游能幾度？驚心親鬢頓如銀。	38
10	卷六	桂嶺	桂嶺風煙百戰中，苦無消息問南鴻。 更番露布傳三捷，依舊風聲駭八公。 遠服徵兵傾列郡，中原轉餉困司農。 大星飛墜軍興始，更望何人振武功？	39、52
11	卷六	移家至浙西作	吳儂安享久，風鶴忽相驚。 堠火傳千里，炊煙散一城。 介推偕母隱，冀缺挈妻耕。 遁跡辭鄉土，時危去住輕。	39
12	卷八	蘇城之變予方佐戎宛陵聞警馳歸徧地賊氛時不知家在何所也訪尋三日始遇於太湖長沙山中事出非望誌幸成詩	一室病莫興，藁臥方滿地。 門外刀戟叢，游子尋蹤至。 萬家慘離散，飄聚偶然遂。 互述兵劫苦，旁聽亦垂淚。 扶挈共親串，一舸此奔避。 衣裝剽掠餘，血漬猶在袂。 枕藉煬突旁，皮肉困宵蚋。 不早竊負逃，兒罪將焉諉。 見兒幸生還，阿母翻解慰。 因思在遠愁，千里充賊騎。 長驅入武林，勢疾若鷹鷙。 既退皆荒墟，虺蝮恣吞噬。 阿母指空閭，道梗阻歸侍。 及此一抑搔，在險亦神庇。 南濠吾祖居，迴望徒隕涕。 前臘家祭畢，別母御征轡。 瀕行頗不祥，含悽出里第。 孰知從此辭？永作燹場棄。 追懷舊吳俗，軍興益奢麗。 上游踞餓虎，耽耽日相伺。 大帥擁甲眠，勝算柙深閟。	40

			環寇十萬師，坐待長圍斃。 抹焚用脂膏，反風吹愈熾。 竄卒紛倒戈，叛臣旋易幟。 所恃一將星，陡向朱方墜。 狂鋒猛拉朽，何無一屏蔽？ 毘陵扼要衝，累年矜繕備。 捧頭率先逃，誰實隳疆事。 顧念田賦區，京漕資給餽。 竊恐國本虛，妖祲纏幽冀。 貪狼森吐芒，威弧須正位。 熒惑入斗躔，天闕示星異。 野臣昧象緯，杞憂倍竦企。 卻聞草澤中，白帕爭起誓。 養士二百年，蚩蚩獨明義。 我抱將母懷，且抑同仇志。 明當重播遷，虜地殊危惴。 是夜燔潰川，紅雲半湖曀。	
13	卷八	移家洞庭東山白沙村感賦	狂颷東逼海塵揚，牛角山河暮氣涼。 毀室鴉隨零雨集，乘軒鶴帶遠雲翔。 采芝何處深堪隱？負米邅愁險備嘗。 獨怪南州灰劫裏，吳宮花草尚餘香。	41
14	卷八	餓殍行	酣嬉閫政神扶持，烽警薄郛仍臥治。 坐令狂寇斷糧道，公私求食皆餒而。 萬方羅掘窮周遭，飛走潛蟄無倖逃。 苦恨冬植未萌甲，枯荄瘠葉難登庖。 富而祿盡死閨幃，貧兒凍仆死坊曲。 藁葬不及遑論棺，葦席蒲囊罄家蓄。 慘悽鬼氣街百條，餓鴉下伺風蕭蕭。 登陴起望敵糧峙，飽嬉餘粒隨營拋。	41
15	卷八	新市遇從孫文龍留飯	黃塵蔽天地，征路晝昏昏。 驚定家何在？創餘骨僅存。 卑微艱得死，患難易爲恩。 此既高堂上，憑誰進一餐？	42

16	卷八	過杭城舊寓	被驅忍便殉萊衣，草際留暉尚竊希。 陟屺久教心膽碎，望衡返若夢魂飛。 係纍往跡思逾痛，負罪餘生死亦非。 慘絕鄰居皆蕩盡，更無翁嫗問依稀。	42
17	卷八	申江之行遠道海虞適逢獻城納款兵賊交訌舟子驚懼而返追恨成詩	無奈羈孤力不任，於菟窟裏漫哀吟。 避鉤差免登枯肆，經繳猶難出故林。 浙水虛懸江革淚，海雲應識管寧心。 何當雪夜揮降將？掃出淮西路肅森。	43
18	卷一	林師則徐遣戍西口道出吾蘇走送呈詩	荷戈急嚴譴，王程難久羈。 祭軷爭遠送，私悃難曉離。 請公暫停駕，聽我陳此詩。 公昔撫吳日，甄孕靡或遺。 賓館羅俊彥，採及樗散姿。 階前盈尺地，許我揚雙眉。 見公勤坐理，萬彙臻繁禧。 實心非異政，鋟入民肝脾。 是時歲屢歉，舉目多創痍。 開誠乳赤子，悉隱籲彤墀。 坐我衽與席，起我溺與飢。 至今諸父老，述之猶涕洟。 昨日聞公至，渾舍爭來窺。 挽船塞河沚，攀轅擁路歧。 遮留三晝夜，罔顧官限遲。 喜公春滿面，惜公霜滿髭。 謂公鎮南服，上契天心知。 島烟流大毒，一炬良所宜。 何爲罣吏議，褫職投邊陲。 顓蒙昧無識，未免生然疑。 我欲告以故，亦復拙言辭。 惟云君子過，日月有盈虧。 圓魄施夜彩，蟇蝦朵其頤。	46

			麒麟地上鬥，曜靈有食之。 仰觀得其象，四海皆嗟咨。 安用戎車側，眾口憤所私。 獨此別時景，難爲去後思。 愁使岸旁柳，攀折無遺枝。 幸勿中夜發，輕裝潛遠移。 迢迢天山路，漠漠青海湄。 我知萬家夢，今夕先公馳。 而況門下士，贈別將何持？ 賜環定有日，負笈詎無時？ 行矣貞所德，昌辰以爲期。	
19	卷三	林師書來存問兼贈白金詩以鳴謝	海內龍門入望遙，卻從遠徼仰星軺。 溫公洛下名增重，裴令淮西謗乍消。 闉外鐃歌騰六詔，階前干羽格三苗。 箐林都在春風裏，翻使中原羨峒猺。 吳儂無限舊輿情，婦稚茅簷徧頌聲。 一自蜿旌河上去，重聽鴈戶澤中鳴。 商愁宵警常停販，農困官租欲輟耕。 底事瘡痍紛滿眼？難將功罪問羊城。 天上剛風一霎間，荷戈西出玉門關。 三邊動色思籌筆，四海同聲慶賜環。 入覲尚須依北闕，救時休便臥東山。 畸人不解諛詞頌，爲向韓門特破慳。 孤寒八百首重迴，獨荷南金遠賜來。 知己一人零有涕，讀書十載報無埃。 糧艘弊重京儲急，番舶兵驕海市開。 祇共徐揚諸父老，盼公移節大江隈。	47
20	卷三	寄酬林師昆明節署	黑白惟從局外看，偏教嵩木歎無端。 心深莫道旁觀易，名重應知末路難。 破甑邊情誰復顧？漏巵財力漸將乾。 一身久繫蒼生望，好爲東南自勸餐。	48
21	卷三	侍林師行轅談讌翌日賦詩呈謝即以告歸	吹角鳴笳按部來，淹旬幕府許追陪。 膚雲喜復寰中布，鬢雪驚從棄上皚。 問到三吳堪墮淚，談深五夜罷銜杯。 東征親見蟲沙劫，吐氣何妨訴一回。 萬家神逐戍車馳，猶記金閶拜送時。 當代自然藏有史，完人畢竟索無疵。	48

			徙薪誰復追前議？療病終須問舊醫。 留侯震驚西賊膽，范韓養望亦相宜。 祇緣母在憶吳闉，難戀綸巾羽扇人。 此日寵光依節鉞，歸時眾望慰朋親。 度支中外爭持策，互市東南孰算緡。 莫怪書生私憤切，暫離階下復誰陳？ 江湖去聽舊哀鴻，正在歸帆一路中。 徧地短葵傾向日，經秋大樹颯當風。 攻心難詔揮群將，援手中原待我公。 妄冀前驅臨海甸，濃磨盾墨獻雕蟲。	
22	卷五	得滇信聞林師因病謝政	輕裘緩帶足風流，驀地牙旗萬里收。 詎是行邊躬易瘁，昨春巡閱黔疆，因病中止。正如醫國藥難投。 名山待振千秋業，公許於歸田後以詩文寄示。重鎮粗安八督州。 遙想歸轅攀不住，五華山色亦含愁。	49
23	卷六	林文忠公誄詞	一代新朝政，歡聲動紫樞。 世方開運會，公遽殉馳驅。 王事嗟何瘏？臣身信已劬。 竭誠天北闕，留憤海東隅。 烟毒財傾府，兵塵火走艫。 戎勳將唱凱，吏議竟羅辜。 犀照然臨渚，狼奔納入郛。 金牌逮節鎮，鐵券錫羌奴。 割地紛開市，尋盟擅縱俘。 先皇遺誓箭，嗣主奮威弧。 四罪終遭殛，群工爲辨誣。 風雲拱繡陛，日月麗瓊都。 連牘爭延薦，臨軒特允俞。 宸衷堅倚重，眾望切來蘇。 解綬初歸里，徵書早在途。 禮隆心倍藎，食少體成臞。 病榻調停藥，雕輪促駕蒲。 進思陳稼穡，處肯懸枌榆。 適警潢池叛，宜加涿野誅。	50

使臣齎尺柬，私第拜兵符。
力疾趨灘水，行營過粵嵎。
救圍遑敢緩，醫國奈先痛。
夜冷飛星隕，秋高大樹枯。
武鄉臨表泣，宗澤渡河呼。
氣短騰槽馬，聲揚集幕烏。
讖成坡落鳳，妖長戍鳴狐。
藤峽懸軍待，榕城返櫬扶。
應知藎躬瘁，翻覺厚恩孤。
黼座精求治，盈廷顯作模。
健旋時局轉，雄振武功膚。
頌勒浯溪石，詩賡慶曆圖。
中興欣有象，良弼契尤孚。
特召頒三節，顒征賜百茲。
聖襟垂辰俟，神馭跨箕徂。
幸值龍飛瑞，虛承驥率需。
昌期真負負，大用祇區區。
迴憶巖疆靖，咸蒙閫澤敷。
涖官嚴蠱蠹，弭盜肅萑苻。
寒畯揚眉盛，編氓鼓腹娛。
年饑忘菜色，春暖護棠株。
去謫荒郵遠，旋看沃野蕪。
鼠殘郊食黍，鴻餒澤棲蘆。
餉迫西陲給，糧疲北漕輸。
江鄉空杼柚，河澀費葖篗。
島戶潛營窟，山猺莽負嵎。
和戎多魏絳，攘狄少夷吾。
再起籌帷幄，初經燿火荼。
旌麾新色變，鐃吹故音嗚。
按部民歌袴，迎師路挈壺。
敵驚纔碎膽，天奪倏捐軀。
裹革終蠻甸，攀髯繼鼎湖。
九原遺憾在，四海替人無。
杜廈多才彥，韓門有豎儒。

24	卷三	歲暮懷人	罷鷺充下駟，啄菢及羈雛。	
			灞上曾磨盾，階前復濫竽。	
			三年親犖戟，萬里歷欽嶇。	
			喜躍聞傳檄，依投願執殳。	
			偏教私設位，何自祭當衢？	
			扼腕聽輿論，推心惜廟謨。	
			宏材施未盡，千古怨洪爐。	
			自游遠服，歲將再更，二三故人，頻入我夢。挑燈念之，各成小詠，漏四下，始罷吟。僂指數之，未盡所懷。	53
			我思葉石林，千載此賢裔。	
			遺書付手民，老眼校無翳。	
			翩翩繼起人，才子三河尉。葉廷琯暨令嗣道芬	
			嶁城四先生，松圓尤秀出。	
			吳下老寓公，官中新記室。	
			若遇錢尚書，餘子壓其七。程庭鷺	
			起斬周處蛟，坐捫王猛蝨。	
			豪氣孰最多？斯人固穎出。	
			失意儻帥間，杖策返蓬蓽。臧紆青	
			囊無卜式貲，篋有劉蕡策。	
			投老作冷官，性頗與之適。	
			一看海上山，歸臥鬢將白。張錦珠	
			高第游上都，豈遂滑吾性？	
			歸飲日酣嬉，亦豈為吾病？	
			大兒北海才，老子南樓興。顧文彬	
			漢杖照不疲，秦椎中猶恥。	
			流譽滿京華，山隨採風使。	
			高登太白樓，詩成擲江水。陸元綸	
			分金知有母，鮑子今豈無？	
			訂交戎幙下，十載同馳驅。	
			彈琴忽出宰，下走徒區區。程鍾英	
			范家石湖水，石家今有之。	
			始知命名巧，古人不能私。	

			寄語湖上客，風月好主持。石渠 萬里我獨行，一室君高臥。 借病畫閉關，招讌夜滿座。 細參米汁禪，燈前習成課。程沂梅 著書窮巷裏，春氣盎滿家。 怡怡養老母，笑我恒天涯。 今日新安水，亦復浮孤艖。陸廷英 張子軀幹小，志乃凌高秋。 劉子皤其腹，滿中春氣浮。 　俯視駒在櫪，仰視鷹脫韝。張源達、 　　　　　　　　　　　　劉禧延 說經何硜硜，傳家此恒產。 牖下撥秦灰，窮年自抄撰。 牢耶與石耶，五鹿有餘椒。宋文翰 綺歲盛文藻，忽投般若門。 豈伊絕人理？中自具靈根。 種梅五百樹，一樹一詩魂。祖觀和尚	
25	卷一	為葉丈廷琯題詩壇點將錄	人才蔚起乾嘉會，盟主東南運不孤。 嘯聚風雲開筆陣，指揮壇坫下軍符。 黨分東廠翻新案，派衍西江列舊圖。 迴首詞場成一喟，群英無復滿江湖。	54
26	卷一	為葉丈廷琯題故友印康祚風雨聯吟圖	章逢聲不揚，瞑目永沈晦。 豪素跡僅留，縣世能幾代？ 惟恃承托人，名山業同愛。 庶或五百年，軼聞挂人喙。 印九古獷者，逸情邁流輩。 感彼雞鳴聲，呼朋互酬對。 吟社候淪亡，手澤半茫昧。 幸有平生親，收羅到殘敗。 恍此尺幅間，音彩展猶在。 從可賦《大招》，樽酒重沃酹。 故物恐遂湮，後死責難貸。 他日終付誰？思之心孔瘁。	55

27	卷四	水西道中書寄葉丈廷琯	飽嘗山味雅難饜，及到南中漸生厭。 驚心惟覺詭怪多，悅眼終嫌秀靈欠。 故鄉拋卻好湖山，日向靡莫來登攀。 縱極佳勝棄荒土，彼蒼位置何其慳？ 平生丘壑無靜悟，游蹤翻坐好奇誤。 逝將歸訪莫釐峯，同舟棹入烟波去。	55
28	卷六	乙卯仲冬歸自浙西過葉丈廷琯齋出示去年病中摘句懷人詩讀竟意別觸倒用自題原韻	世事方多故，民生漸不聊。 里中君息影，江上我歸橈。 出處虛千古，悲歡併一宵。 祇餘吟興在，老去許愁消。 高詠昇平日，追懷信罕儔。 春林紛吐豔，烟海浩生漚。 各抱名山志，俄成逝水愁。 多君塵劫外，特向蠹餘搜。	55
29	卷七	葉丈廷琯甄錄近人詩謬賞余作搜集成編蓋其婦翁陳雲伯先生提唱吟壇夙推祭酒丈固綽有外加風範也感謝呈詩	瑤清仙侶證同修，冰玉雙輝藻采流。 梁苑賦才賓館散，蕭樓選政壻鄉留。 錦囊投厠憑誰拾？鐵匣藏淵怕鬼譸。 我坐苦吟遭詬病，何期宗匠襪材收？	56
30	卷七	偕葉丈訪覺阿上人通濟庵	逭暑懷蓮社，秋來始放船。 露花明曉嶼，風藻漾晴川。 談麈資三笑，吟材貯一編。 閉關如頌酒，我亦愛逃禪。	56
31	卷八	得葉丈廷琯申江書感賦	僵痾窒室苦沈緜，卻枉傳緘自海邊。 邁邁久知天不弔，原情何幸友還憐？ 反兵力弱終思鬭，枕塊神虛每廢眠。 視息尚求人齒數，蘆中窮士敢流連。	56

32	卷八	葉丈以錄藏劉汲晉遊草見示讀竟感題	太行山翠一囊收，擁鼻披吟最惹愁。 志士即今多失路，才人自古倦登樓。 游蹤歷歷鴻泥在，墜緒茫茫蠹粉搜。 我亦枯毫揮萬里，感深篋衍燼餘留。 亂後舊著蕩然，幸丈錄有存本。	57
33	卷一	秦淮贈張鴻基	風中玉篷雨中鈴，十載江湖帶雨聽。 今夜聯牀尋舊夢，涼蟾吹影滿秋屏。 紙迷金醉意闌珊，賭酒紅橋水一灣。 如此烟波如此客，捲簾羞見六朝山。	60
34	卷一	懷張大鴻基	張也眞吾友，奇懷鬱未開。 狂招多口忌，貧鍊一身才。 咳唾皆詩卷，淋漓有酒杯。 相思不相見，愁絕隴頭梅。	60
35	卷一	張鴻基自閩中歸枉顧贈詩	三載不相見，忽聞江上回。 帆隨春信至，戶逐笑顏開。 坐撲塵雙屐，談傾海一杯。 莫嫌青鬢改，豪飲氣如雷。	60
36	卷三	得家書悼張大鴻基	論詩賭酒動相瞋，意氣常從隙處親。 不見賈生才自大，忽傳蘇老死偏眞。 三年別緒成終古，一輩狂名惜此人。 知有嘔心遺句在，伊誰地下慰沈淪？	60
37	卷一	家大人暨六泉叔邀同印丈康祚葉丈廷琯程丈庭鷺往游陽山大石歸命作詩即步程丈原韻	探奇饒勝緣，游侶群輻湊。 整理雙不借，入險鋌而走。 嶒崿秦餘杭，箭闕兩崖鬥。 大石艮其背，卓立虯骨瘦。 孤撐出天半，直上比懸溜。 禪龕綴木末，鍾乳滴巖竇。 靈蕤孕暖香，霏微入清嗅。 是時春欲暮，萬綠堆眾皺。 排闥駭枯僧，避人竄飢狖。 雲氣晴亙天，陰寒撲襟袖。 屋後勢倒崩，罅裂土花繡。	62

			磴道不受趾，人跡所罕溝。 汍泉自穴出，謀耳暗中漱。 上有古時梁，如屋初駕庮。 仰睇股先慄，高陟矧敢又。 懷古摩蒼崖，剜苔索前鏤。 勝國諸鉅公，健筆淩世宙。 山靈藉表章，刻劃到荒陋。 詎知三百載，漫漶失句讀。 回首跡已陳，繼起誰其副？ 吾儕頗噉名，或共古人壽。 紀詞疥絕壁，永乞神鬼佑。 路轉訪水簾，數里穿雲透。 前導仗樵子，趫捷若藤貁。 奔瀑落峰掌，歊欲循理腠。 下注陳小槽，妥帖出天構。 積影搖夕光，明滅嵐彩收。 於焉慕幽棲，僧廬倘許僦。 老湫窺蟄龍，蒼嶺叩靈鷲。 會當躡仙蹤，次第擷其秀。 藉口婚嫁畢，新盟動成舊。 戀戀下層坂，林缺星光漏。	
38	卷一	同程丈庭鷺游青黛湖	春游罷群闉，花事歇芳浦。 靜侶多遠懷，人外曳柔櫓。 搖兀菰蔣中，枝港半迷阻。 豁然匲鑑開，澄帖黛痕古。 瀕湖萬楊柳，濃陰日無午。 其下列魚田，蘆界清可數。 村疃晝冥濛，團烟綠一塢。 風歌聞榜人，水飯見漁女。 歸路明夕陽，殘紅耀林羽。	63
39	卷二	將重之浙營酬程丈庭鷺枉贈之作	幸脫歸鄉里，重逢話一樽。 頑心輕虎穴，小劫哭蛟門。 酒膽隨詩壯，燈芒照劍昏。	64

			此身猶健在，死事愧殘魂。 昨有軍中信，流言亦孔訛。 敵修羊陸好，將失鄧鍾和。 海上紛傳箭，行間倦枕戈。 九重頻責問，申討近如何？ 此豈從容日？川原靜結營。 旌旗九節度，涕淚幾書生？ 堅壁摧如朽，連疆沸若羹。 宵深看天宇，太白正孤明。 老父雄心在，談深髮指冠。 呼兒重赴敵，殺賊抵承歡。 海氣蒸天惡，雲陰蕩野寒。 何堪倚閭望？凱唱盼歸鞍。 明發吳趨市，弓刀復遠行。 尉佗謀愈狡，臣甫憤難平。 分帳朝磨盾，連烽夜斫營。 相期重努力，快繫左賢纓。	
40	卷一	辛丑正月感事	登壇授鉞壯南征，不信和戎早定盟。 海上鯨鯢猶跋浪，帳前戈甲自銷兵。 羌酋唾手成三窟，壯士彎弓望四明。 獨有籌邊樓上客，偏教萬里壞長城。	99
41	卷一	雜歌九章	北風吹決黃河口，汴梁城外蕩如藪。 又驚閩浙軍書來，廈門甬江兩不守。 是時吾蘇樂有餘，彼憂天者人謂愚。 八月同慶聖壽節，笙歌夜夜喧街衢。 實我倉穀城我城，倡議乃有鄉先生。 又聞大吏議防堵，六門設兵三百名。 錢江郵報寇氛遠，三日聚謀謀漸緩。 天邊星使紛南馳，火速辦差置行館。 有客有客議團練，肝膽照人人不見。 或言避城或避山，皇皇遽欲棄鄉縣。 壯夫有血吹不涼，酌酒誰與歌同裳？ 三更起拔長劍舞，雄雞喔喔天雨霜。	100

| | | | 野雉飛匿草田裏，知畏其首不畏尾。
陡然驚起復遠颺，終入庖人湯鑊底。
出門滿地皆網羅，白奪如爾椎埋何？
秋霖未集已先徙，有智不如螳在柯。
朝見兵船海上去，浙東議戰要防禦。
暮見兵船海上來，粵東議和仍撤回。
兵船來往日如織，官符捉船船戶匿。
商旅坐愁行路難，江湖滿地生荊棘。
兵災水災相比連，斗米五百青銅錢。
救荒有例免關稅，日望漢陽來米船。
霜風凜凜雨霡霡，黃雀苦飢啄榮甲。
此時民愁官亦愁，糧艘已下丹徒閘。
吸烟者絞販烟殺，禁絕烟匪有嚴法。
爰書三載下縣官，縣官奉行編保甲。
黃流滾滾源不澄，閭閻積嗜終莫懲。
兵塵日近烟日賤，白晝尸臥開帷燈。
豫東築隄河之滸，一寸黃金一寸土。
海疆籌餉兼募兵，司農捐例新頒行。
富兒慕義爭報國，上賞優至二千石。
嗟爾下士棲蓬蒿，閉門臥讀劉蕡策。
稿無完襦甋無粟，老妻瑣瑣辦冬蓄。
汝飢汝寒且勿言，世上瘡痍紛滿目。
風棱刮面霜葉枯，敗牖歌出聲烏烏。
唐衢有淚不敢哭，痛飲一醉求模糊。 | |
| 42 | 卷二 | 過餘姚縣 | 縣門晝不開，市橋斷人走。
慘此姚江濱，寇退猶未久。
焚郭留殘塵，燎原堆積楢。
歸鳥號空巢，燹痕滿林阜。
番舶昨來窺，駕潮恣騰蹂。
雷轟沸一城，莫敢登陴守。
縣尉出犒師，兵危釋杯酒。
飛白大帥營，奇功侈滿口。
問其折衝才，甘言善低首。 | 101 |

			早使鄰邑侯，失地增沮忸。 征客停短橈，揖問江干叟。 攘攘探丸徒，乘亂寢相狃。 逃戶炊煙空，劫掠盡雞狗。 刑禁官不知，一任盜成藪。 聞戒心回皇，啓行日昏黝。 凜彼宵炬光，刀仗闞蓬牖。	
43	卷二	入寧波城	乾雪積原野，燿日開老晴。 崎嶇走間道，冒凍凡幾程。 江楫朝潛渡，雲梯暮縋城。 城中十萬戶，雞犬宵不聲。 詭語恃鄉導，微服窺敵營。 始知帷幄內，群議徒縱橫。 決勝在百步，十步有變更。 憑諜遙億度，焉測彼我情。 審機豫能定，應變猝或驚。 安得蔡州將，夜半馳神兵。 遊魂夢顛倒，搘枕翦厥生。 腐儒臨虎穴，命擲鴻毛輕。 憤血中自熱，外壓寒氣平。 草屩踐冰沍，荻炬引路明。 出險就荒堠，邏卒角亂鳴。	102
44	卷四	鬻女謠	程生買婢貴筑，有楊姓攜女至，貌若甚戚者，問之，曰：「今遇科場，細民皆有徭役，即擔糞奴亦不免。吾業種菜，例輸十餘金，家貧無以應，故鬻女也。」余聞而惻然，詩之，以爲當事告。 官中一粒穀，民間一塊肉。 官中一把蔬，民間一女奴。 嗟爾菜傭甚矣憊，何堪官帖遭苛派！ 聞說秋科已迫期，急攜幼女街頭賣。 爾不聞卜式輸財千萬緡，居然手板腰拖紳。 儒酸入試矮檐底，堯舜僻典無能陳。 槐忙杏鬧復何事？老圃西風愁殺人。	103

45	卷四	輿夫嘆	舁我兩輿夫，同姓相伯仲。 少者性尤黠，出語每微中。 自云有薄田，豪奪莫由訟。 訟之官弗聽，一紙杳如夢。 吾儕是小人，朝夕愁飢凍。 官爾飫粱肉，心力爲誰用？ 昨忽遷官去，沿途捉人送。 行囊置何物？沈沈壓肩痛。 官初蒞邊郡，攢眉嘆屢空。 何以去時裝？輒比來時重。 聽此輿夫言，宛似詩人諷。 呼之就村壚，驪飲宵一鬨。	104
46	卷四	官肉謠	縣堂鼕鼕擂大鼓，縣官朝衙諭屠戶。 爾設屠肆利萬千，宜有贏餘獻官府。 朝獻生彘肩，暮獻爛羊頭。 此是公膳有常例，今當日獻銀一流。 犬驚噑，牛觳觫，日炙縣堂風肅肅。 屠戶夜起四脫逃，縣官親自操屠刀。 縣門快大嚼，縣署盈大庖，買肉勿嫌官價高。 爾民三月不知味，嘗及一臠恩已叨。 我過山城偶駐馬，聞此堂堂肉食者。 是時四野方啼飢，草根掘盡土如赭。	105
47	卷五	蠲振謠	飢戶一簞粥，蠲戶百石穀。 朝聞飢戶唳，暮聞蠲戶哭。 城中派蠲何擾擾？城外發振何草草！ 堂皇坐者顧而嘻，盡瘁民依心可表。 心可表，情弗矜。 蠲戶含烟賣田產，飢戶糜骨填溝塍。 明年荒政敘勞績，拜章入奏官高升。	105
48	卷六	哀甬東	鄞縣賦額浮徵逾倍，東鄉眾戶闔求減價，當事謂爲亂民，檄兵往剿。丁壯懼而逃，惟婦稚在室，淫掠之。於是四鄉公憤，併力出拒，兵民互傷以千數。怪	106

| 49 | 卷五 | 感時述事
九首 | 哉此事，爰記以詩。
海氛甫戢兵又起，祇爲官中急追比。
狼烽一夕紅過江，血染連村成戰壘。
耕男饁婦猛一省，髑髏飲冤死猶警。
往時催科笞在臀，今時催科刃在頸。
嗟爾不許官取盈，堂堂師出誠有名。
島夷旁睨大驚詫，此軍獨敢鋒鏑攖。

征剿
鳴笳吹角來天上，撻伐頻年屢易將。
頡頏意氣互登壇，走馬惟聞四催餉。
虎毛玉帳酣睡中，邊烽騰入中原紅。
叱咤風雲聲滿紙，披讀露布皆奇功。
養癰積漸成漏脯，臣罪何堪擢髮數？
檻車甫見囚，建纛旋鳴騶。
請室復何辱？籌筆亦何憂？
死者廟食生封侯。

防堵
外寇防邊隅，內變防環堵。
兩戒山河一統中，各展閫才嚴守土。
積年征繕備賊來，幾回無風自揚埃。
一旦兵塵漲郊藪，倉卒登陴旋卻走。
記自梧野窺衡湘，爭扼水隘防荊揚。
水防既潰陸防急，防豫防冀防徐梁。
坐令九州盡恇擾，賊梳兵櫛無完疆。

徵調
有唐府兵制一改，紛紛徵發騷四海。
兵額濫召募，兵差急征徭，縣次續食星程遙。
部曲不知誰素將？暫隸旄麾隨所向。
恣跳踉，過境蝗；潛潰走，喪家狗。
傳驛來，逃伍回，行間紀律何喧豗。
徵調君不見漠北藩侯來助順，海東蜑戶進觀釁。
師行艦步亂沸騰，幾處人烟隨劫燼？ | 107 |

收復

都城雄踞屹若磐，下邑城小如彈丸。

環攻直搗兩不下，濠塹中結妖巢安。

間一合圍誇戰克，振旅入城無一賊。

多少殘區棄不收？黔黎髮漸長盈尺。

君不聞兵打城，堅如鐵；賊撲城，脆如雪。

一城未復一城亡，闔司芳舍多徬徨。

起視金湯日割據，狗腳有朕稱天王。

圍練

義旗結連村，戰鼓震盈野，江湖大有誓師者。

何物搢紳稱先生？手捧詔版心忪營。

哄堂傳令雜市儈，官私兩部蛙亂鳴。

問伊軍國知甚事？漁獵閭閻勢熏熾。

紛拏烏眾嬉滿城，醉夢萬家衽席寄。

晝徵逐，宵游巡，灞棘兒戲非其倫。

迎降藉口保鄉里，更有傾家款敵人。

捐輸

紓難捐兵餉，免禍捐賊糧。

借端百法廣恫喝，奴輩利財各肺腸。

銅山金穴厚封殖，焚身當逐灰飛揚。

算及窮甿抑何苦？稱提估籍恣搜攄。

刮盡脂膏遍地瘡，供養輿儓縱歌舞。

軍儲日以竭，寇氛日以囂，徵求符蝶紛如毛。

捉錢令史摸金尉，分肥買貴方嘈嘈。

援納

爛如都尉羊，賤如職方狗，名器之濫古亦有。

不圖籌國重納粟，是何腳色盡熏沐？

一行作吏如行商，市道浸淫透朝局。

西園價頻減，東銓例廣推，匡時良策無他為。

士林流傳多謬種，書香銅臭一氣隨風吹。

			獨惜華途競巧進，繡野先遭賊殘蹣。 疆臣拜職出天閽，露棲無地赴方鎮。 保舉 戡亂知難望時彥，詔許冊功歐登薦。 鼓舞人心草澤中，倘有英奇起寒賤。 那教口惠盧市恩？復起夤緣路一綫。 志士同仇瀝肝腑，健兒渴賞奮干櫓。 禮羅義激兩無聞，漫說生才不如古。 君不見轅門噂沓交蠅營，瑣瑣姻婭首竄名。 告身百道到臧獲，獐頭鼠腦影長纓。 賜卹 建崇祠，議隆諡，俎豆馨香表死事。 古人殉國何堂堂！慷慨從容辨難易。 何期計畫無復之？婢妾自經亦稱義。 青燐碧血幾戰場，幸蒙請卹皆國殤。 沈沈寸丹究何在？容或腐骨騰幽光。 野史何人親訪察？平生此志常冀谿。 會見名山書出時，九原姦魄遭誅殺。	
50	卷六	琵琶亭下作	昔獨白傅潯陽篇，興發欲泛潯陽船。 今果乘風江上至，快酬宿願三十年。 琵琶亭子屹然在，詩魂酒魂何處邊？ 但見城郭淨如畫，斜陽一抹篷窗前。 湓浦迢迢歇秋雨，柴桑脈脈升井烟。 匡盧倒影浴江水，翻出九派青娟娟。 櫛風沐雨露真面，雲中五老仙乎仙。 登高曠覽忽失笑，古人所見無乃偏。 領此佳郡歡淪謫，宦游何地方欣然？ 忠州花柳詎勝此？乃招巴樂開妓筵。 戀戀杭州亦復爾，吳娘一曲情纏縣。 何獨江州慘無懌？坐對商婦雙淚漣。 三州我各訪游跡，窟窩豈必分媸妍？ 始知古人興所觸，眼前景物皆蹄筌。 偶焉酒悲亦至性，後人悉用加言詮？	123

			我生蜉蝣一旦暮，風流安得相後先？ 一麾出守無此福，萬里行邁誰相牽？ 擬向江山作地主，青衫慘黯難留連。 今夜歸帆泊沙際，萍飄梗斷強自憐。 鄰舫淒淒江月白，岸燈閃閃春風顛。 山歌村笛聲四絕，況思纖手鳴幺絃。 詩成姑俟老嫗解，重與半格翻新編。	
51	卷六	流民謠	江北荒，江南擾。流民來，居民惱。 前者擔，後者提。老者哭，少者啼。 爺娘兄弟子女妻，填街塞巷號寒飢。 飢腸轆轆鳴，鳴急無停聲。 昨日丹陽路，今日金閶城。 城中煌煌憲諭出，禁止流民不許入。	123
52	卷七	感事二絕	錢神自古貴堪矜，犢鼻相如借力曾。 問價不須西邸去，市中都有辨銅丞。 竭澤漁誰禎尾憐？緡錢算到野塘邊。 苦無德壽宮旗號，抽稅何由免糞船？	124

（二）《咄咄吟》

序號	卷軸	詩歌內容	註解說明	收錄於本論文頁數
1	卷上	阿父雄心老未灰， 酒酣猶是夢龍堆。 呼兒一劍親相付， 要濺樓蘭頸血回。	家大人喜談兵，曾在宮保盧坤幕中，當公平定逆回張格爾及猺匪趙金龍之亂，不得親在行間，嘗引以為憾。	32
2	卷上	嶺南高築受降城， 雛節批昌自敗盟。 仰見雷霆天怒赫， 軒弧舜戚復東征。	英夷之擾我海疆也，自兩廣總督林則徐、閩浙總督鄧廷楨、大學士琦善、伊里布或主戰，或主撫，兩載於茲，終無成局。上乃斥林、鄧等四人，命靖逆將軍奕山、參贊隆文、楊芳統大兵赴粵進剿之。戰稍郤，英夷益猖獗，奕山	77

			等遂竭帑藏，及洋商伍、潘等姓銀六百萬兩厚犒之，英夷乃罷兵。時新任閩浙總督顏伯燾、浙江欽差裕謙猶主進剿之議，故英夷自粵引兵而東，攻陷福建廈門。未幾，又陷浙之定海、鎮海兩縣及寧波郡城，裕謙及四陣王錫朋、鄭國鴻、葛雲飛、謝朝恩死之。事聞，上震怒，復命揚威將軍奕經、參贊文蔚、特衣順，督師赴浙，並飭各省會勦云。	
3	卷上	銅柱爭思快勒名， 參謀賓從聚如萍。 鳳皇池上絲綸客， 贏得詩人賦《小星》。	初將軍隨員六人，郎中賈承菁、員外阿彥達、御史胡元博、主事楊熙、七品筆帖式聯芳、中書張炳鑌，奉旨帶赴浙營，聽候差委，故六人恒以小欽差自居，提鎮以下進見必長跪，相稱必曰大人。後並投效人員，主事陳宗元、郭維鍵、指揮汪傳霖等，亦自附於大人之例。顧大人既多，傾軋漸起，同列中中書官級最卑，或戲炳鑌曰小星。小星謂星使之小者，或曰：端木詩傳、申培古魯詩，皆以為《小星》，小臣奉使之詩。此用古經義。旋乃互相嘲謔，赫赫大人，均稱小星矣。	78
4	卷上	虎牙環立視耽耽， 駭聽懸河坐上談。 昨日請纓今請劍， 帳中原自有奇男。	舉人臧紆青，宿遷人，將軍故友也，慷慨多大志。初將軍出都時，或戰或撫，游移兩可。紆青極言歷年招撫毫無成效，且恐有損國威，將軍之志乃決。及渡江後，聞浙中官弁遇賊即潰，請將軍奏斬提督余步雲、知府黃冕、鄧廷彩、同知舒恭受等各逃官，以立威望。將軍從其言，摺甫欲上，適奉廷寄，批回浙撫劉韻珂、蘇撫梁章鉅二摺，傳旨申飭，用是將軍惴惴自危，而請斬逃官之議遂寢。	80

5	卷上	春盤臘酒夜讙呼，鈴閣喧傳下虎符。好是畫師能點筆，指揮如意獻新圖。	初將軍定期除夕開兵，特令張應雲爲前營總理，並將各路兵勇分隊撥赴曹娥江，令應雲若何暗伏，若何明擊，一一授以方略。是時捷音之至，若可計日而待也。幕客王丹麓，工畫山水人物，元旦進《指揮如意圖》，積月而成，筆法雅近北宋畫院中名手，將軍頗珍愛之，徧屬麾下題詠，後爲文參贊攜去，長谿嶺之敗，不知終落誰手矣。	80
6	卷上	放得文人出一頭，揮成露布墨花浮。今朝又落孫山外，我自槐忙慣灑愁。	將軍幕下多文墨之士，開兵前十日，命擬作露布，共得三十餘篇。將軍甲乙之，首推舉人繆嘉穀，詳敍戰功，有聲有色，次同知何士祁，洋洋鉅篇，典麗喬皇，亦燕許大手筆也。	81
7	卷上	懿懿芬芬古殿幽，歲朝虔祀漢亭侯。颶風敢望神相助，一卦靈籤卜虎頭。	西湖關帝廟最靈驗，元旦將軍往禱之，占一籤，中有「不遇虎頭人一喚，全家誰保汝平安」之句。越三日，所釣大金川八角碉屯土司阿木穰率其眾至，皆戴虎皮帽，將軍喜，謂收功當在此，特厚賞之。於是軍中相效，有黃虎頭、黑虎頭、白虎頭、飛虎頭等帽。及進兵，無驗，有獻策者曰：「投虎頭骨於龍潭，可激龍起，擾沒夷船也。」卒亦不驗。前歲六月，粵東尖沙嘴颶風大作，漂沒民寮數百家，適夷船乘風駛入閩浙洋面，靖逆將軍奕山誤謂盡數沉溺，遂以神助入奏，觀音、天后均加封號。	82
8	卷上	郭門里柵路迢迢，到處紅黏小告條。方說四寅期要密，漏師早有寺人貂。	將軍欲取虎頭之兆，因改期正月二十八日四更開兵，謂適遇壬寅年壬寅月戊寅日甲寅時也。師期不密，英夷聞之，轉出僞示，令居民屆期遷徙，毋得自罹兵火云云，並於城廂內外多貼四寅字小紙條。	83、114

9	卷上	天魔群舞駭心魂，兒戲從人笑棘門。漫說狄家銅面具，良宵飛騎奪崑崙。	初杭家湖道宋國經欲以奇兵制勝，特向市中購買紙糊面具數百箇，募鄉勇三百四十二人，裝作鬼怪，私於內署晝夜演習之。及英夷陷乍浦，國經派都司羅建業、千總李金鼇帥往應援，時方白晝，跳舞而前。英夷以槍礮來擊，我兵耳目爲面具所蔽，不能格鬬，遂潰散。	83
10	卷下	鐵錯何堪鑄六州？譁傳新令下江頭。早知殺賊翻加罪，誤抱雄心赴國讐。	浙撫劉韻珂堅持和議，兵敗後，將軍亦以其議爲是，凡事必咨商而後行。初將軍進兵時，懸賞格於軍門，有能生禽夷酋樸鼎嗏等者，賞銀一萬兩，其餘無名白夷二百兩，黑夷一百兩。鄉勇貪得賞銀，往往設法縛致之。而韻珂恐多費賞銀，將來無以爲賄和之資，遂勒令鄉勇呈繳器械，逐回原籍，并欲修好於英夷，與將軍會銜出示，中有「無知之人，擅殺夷商」等語。文參贊見而憤曰：「吾等奉命進勦，何得云擅殺？」行文詰問，韻珂無以答，不得已收回告示，而和議又不決矣。	84
11	卷下	連環礮陣練成圖，奮勇曾經一告無？原上調鷹轤下醉，就中閒煞黑雲都。	初欽差裕謙謂南人柔弱，奏請召募北勇，遣知府舒夢齡等至河南、山東團練之。及裕謙死鎮海之難，浙撫劉韻珂奏止之。將軍南下，仍主裕謙議，遣員分路召募。韻珂終以爲非，謂其人類皆北方無籍游民，勢必召之易而散之難也。寧波敗後，韻珂持議益堅，急欲逐去之。而將軍謂欲備再舉之用，且驟遣之，恐或散在閭閻，益多滋擾也，遂留諸紹興凡三千三百餘人，令副將托金泰、參將劉天保、同知李安中等三十九人分隊訓練之。越半載，擡槍、連環子母槍、梅花槍均能	84

			嫻熟，人人謂可一戰，然而和議成矣。九月十六、十八等日，給資咨回原籍。軍中願打前敵者，報明營務處，謂之告奮勇，得勝後可邀頭功。	
12		金牛頓隔萬重山，一月猶稱火速還。惱殺江風連夜急，又催雁信下雲間。	浙撫劉韻珂以將軍久駐蘇州，頗多疑忌，英夷陷奉化之信，故令驛中遲遞，延至二十七日，始自杭達蘇。將軍得報入奏，而韻珂之摺久已批回。將軍怒，嚴查遲遞之故，欲懲辦驛官，繼知旨出韻珂，乃遂隱忍中止，然已奉上諭申飭矣。將軍謂驛吏多貽誤，且來文每被私拆，恐有漏洩，派員別設水站，以通往來。既而進駐杭州，有密札詰問張應雲伏勇一事，特遣家丁尚祿齋往曹娥江，乃尚祿問路於驛吏，誤曹娥為吳淞，遂北走松江府，迨其回營，而寧波已敗績矣	85
13	卷上	廬江小吏計偏奇，巧借紅毛一旅師。道是兩頭都嗅毒，誰磨長劍斬肥遺。	陸心蘭，寧波府戶科猾吏也。平日經理漕運，家頗饒足。英夷陷寧城，其酋郭士立獲之，見其才幹老練，欲藉為羽翼，特優禮之，並屬其招集市中游手，名為紅毛鄉勇，人日給番銀半餅，嚴加訓練，以為抗拒我兵之助。及張應雲總理前營，聞心蘭非甘心從賊，乃介同知舒恭受、知縣葉堃等密遣人句通之，而心蘭亦令其子文榮暨親戚呂美章至，矢言悔過之誠，並云夷酋托以心腹，紅毛鄉勇皆其管帶，若得餉銀五千兩，可買轉眾心，開兵時願縛夷酋以獻。應雲誤信之，發餉銀如數，飭為內應。乃未及開兵，而心蘭先謁將軍於天花寺，報稱眾人利英夷日給多金，不肯為我用，今幸脫歸，甘受死罪。將軍怒其誑，鎖諸轅門，旋以倉猝退兵，心蘭潛	86

			逸去，後亦不復追捕矣。初寧波多錢市，店主常與蘇、杭市儈預度錢價之低昂，以卜勝負，名曰拍盤。英夷陷城日，有恒豐店者，適當豎莊。豎莊者，謂積錢最足之時也。英夷擄之去，約二十六萬串，而彼法不用中國錢，且攜帶又不便，故每令心蘭易銀於村鎮間。及我進兵之有日也，心蘭給夷酋曰：「杭、紹錢價騰貴，可往易之。」遂攜錢六萬串而遁歸內地，此其賊中脫身之計也。僕聞之呂美章云。	
14	卷上	帳外交綏半死生，帳中早賀大功成。赫蹏小紙尖如匕，疑是韡刀出鞘明。	方駱駝橋之望信也，忽一人手小紅旗，報稱前隊大勝，夷船已燒盡，請速拔營入城。言畢，返身即去。應雲面有喜色，即欲帶眾前往。僕謂來者不知誰何，宜姑俟之。然而文武隨員，已爭入拜賀，並紛紛於韡箭中出小紙條，謂有私親一二人，乞附名捷稟中。應運許之，出稟稿填入，令從九品蕭貢琅繕寫。僕始悟得功之人，不必親在軍中也。無何，敗信至，眾乃爽然。	87、114
15	卷下	浪思功狀巧填名，絳帳前頭費送迎。寄語行裝須檢點，莫教肬篋誤先生。	王少坪，忠州拔貢生也。凡欲得保舉者，都借拜老師之名，介少坪行賄於阿彥達。阿彥達積聚贄儀既多，以紋銀八千兩向市易黃金四伯，藏諸私篋，爲少坪乘間竊去。阿彥達察知之，欲與爲難，又恐其訐發陰私，遂亦隱忍中止。後保舉摺既上，上方以英夷來犯乍浦、上海等處，留中不發，故諸人皆未邀恩賞，而少坪則享有多金矣。	88
16	卷下	邯鄲一枕夢封侯，幾輩雕青怨費留。爲問奇功成馬上，何如獻馘爛羊頭？	將軍連奏鄭鼎臣、葉堃火攻船之捷，奉旨奕經賞戴雙眼花翎，文蔚賞加頭品頂帶。既而英夷退出寧城，又奉旨著將前後出力人員	88

			開單保舉，於是軍中人人思列名奏牘，仰邀恩賞。將軍恐有冒濫，特令員外阿彥達逐一查明，而阿彥達乃從中意爲去取，凡有厚賄者，均列優等，慫惥將軍保奏。將軍嫌其人數太多，駁去十之三四，而摺稿係出阿彥達之手，繕寫摺奏又係其門生王少坪，遂私行添加七十餘人，而軍中實在出力者，半未列名焉。「費留」二字，見《孫子》。	
17	卷上	果否鄉兵練滿營？帳中書記最分明。勞他寸厚軍家牒，避卻雷同撰姓名。	或獻策於張應雲曰：「北勇由他省咨來，實額實餉，無從影射。不如兼募浙人爲南勇，可浮報一二，預爲他日報銷地。應雲深然之，令紳士李維鏞、林誥、范上組、彭瑜等領募造冊，呈報將軍，共九千餘人，人數既多，不及訓練，並不及點驗。及三月間，將軍稔知其弊，急飭應雲全數裁撤，而所費帑銀核算已及十餘萬兩。	89
18	卷下	百萬軍需下海疆，勞他筦庫互輸將。不知計簿誰司筆？算法無從核九章。	初將軍之南下也，上命孫善寶、鄭祖琛、卞士雲、管通群四人管理糧臺。四人者，皆曾任布政司而有故在籍者也。杭州爲大營糧臺，紹興爲前路糧臺，蘇州爲後路糧臺，隨營者爲行營糧臺，四人分任之。凡戶部及各省撥到餉銀，或一糧臺獨收之，或四糧臺分收之，既不知照將軍，并不互相知照。支領餉銀者或稟白將軍，或稟白參贊，或徑向糧臺出具領紙，而不稟白將軍、參贊。積至六月中，所費幾不可稽考。於是浙撫劉韻珂奏參將軍濫用餉銀，將軍亦實不知其數，特飭四糧臺及各隨員分造出入清冊合算之，其數亦終不能符。蓋糧臺發銀，而領者乃以銀價合錢，領者領錢，而糧臺乃以錢價合銀，中又雜以洋錢之時價，領銀不及全	89、116

			鞘者，糧臺皆以九扣發給。遂至錯亂而不符也。將軍大疑，設立核銷局於幕中，令僕等六人細查之，反覆詰對，越三月始知撥到餉銀，除現存及解往江寧賄和湊用外，計將軍及文參贊部下隨員張應雲支十七萬零，發南勇口糧及進兵各費。何士祁支四十萬零，在紹興發大隊兵糧及管文參贊支應局。鄭鼎臣支四十四萬零，發北勇口糧。胡元博、楊熙支十五萬零，段洪恩、林誥諸人所領之款皆在內。其餘分入支應局及零星碎股共一百六十四萬五千兩，將軍自支實一萬二千三百兩。	
19	卷下	材官厚俸不傷廉，薪水都從例外添。安得分肥到軍士，休教辛苦怨齏鹽。	《軍需則例》中載，出征文武員弁給發鹽菜及馬腳等項銀，隨其官級之大小，日或伍六錢至三四兩不等。初將軍未知此例，令糧臺酌給之。於是小欽差月支一百六十兩，以次遞減，至生監猶月支三十兩，名為薪水銀，此初進兵之例也，兼有在後路糧臺既領而至前路糧臺重領者。後將軍知其弊，飭各糧臺查明始發，於是非夤緣不可得矣。而武弁及兵勇仍照定例也。馬兵日給鹽菜銀二錢，步兵日給銀一錢二分，鄉勇因欽差裕謙曾經奏明，日給銀二錢。	90
20	卷上	癮到材官定若僧，當前一任泰山崩。鉛丸如雨烟如墨，尸臥穹廬吸一鐙。	駱駝橋距鎮、寧二城約二十餘里，故張應雲屯兵於此，以為兩路後應。廿八日夜半，瞭見二城火光燭天，勝負莫決，繼聞礮聲四起，或請於應雲曰：「我兵不帶槍礮，而今礮聲大作，恐或失利，急宜運赴前隊以助戰。」而應雲素吸鴉片烟，時方烟癮至，不能視事。及廿九日天明，探報四至，	91

			迄無確耗。日中，鎮海前隊劉天保等敗回，傍晚寧波前隊余步雲、李廷揚自慈谿帶兵至，知其並未進城，而段永福等已敗入大癮山，訛言蜂起，加以敗殘軍士乏食，哭聲震野。或謂宜再進，或謂宜速退，聚謀至黃昏不決，而英夷旋從樟市來犯，先焚我所棄火攻船以助聲勢，繼聞發槍礮豕突而至。我兵望風股慄，不敢接戰，咸向慈谿城退避，而應雲猶臥吸鴉片烟，半時許始踉蹌升輿而走。凡吸烟販烟者，英夷皆不殺。前歲陷定海，同知舒恭受被擄去，恭受向知縣事，頗得民心，故有以烟土納其懷中者。英夷搜獲之，嘉其能吸烟也，即遣歸內地。	
21	卷下	聽盡城頭咸篥聲，居然犄角有奇兵。萬松圍住樓臺影，颭出旌旗耀日明。	參贊特依順自粵來浙，與將軍議戰不合，遂令陝甘兵八百人自成一隊，駐萬松嶺，以防護杭城爲名，日與幕友段洪惠等鳩集工匠，整理軍仗以爲事。前有「寧城事宜，專責奕、文二臣；杭城事宜，專責劉、特二臣」之旨，故凡軍務，將軍不往告，特參贊亦不來問也。及英夷闖入錢塘江口，將軍部下祗河南小隊兵二百人，其餘大兵均在紹興，不及往調，遂請特參贊急赴江邊拒敵，而特依順不肯往，繼聞火輪退出龕山，始徐徐整隊至銀杏埠，而英夷已去遠矣。或題二十字於其營門曰：「賊到兵先走，兵來賊已空。可憐兵與賊，何日得相逢？」特依順見之，亦弗怪也。然其部伍整齊，旌旗鮮明，亦軍中所僅見云。時大段英夷皆在鼈子門外，駛入龕、赭二山內者祗一火輪船，從以十餘小杉板船而已。	92

22	卷下	載得殘戈斷鏃來，請功人自笑邘歔。留連鏡水稽山畔，一月烏篷不敢開。	凡軍械，除兵弁自帶外，餘皆在支應局，按名給發。寧波敗後，拋棄滿塗，帶歸者十無三四也。民人趙國慶、連飛鶼等冀邀獎賞，於慈谿、鄞、鎮間收羅大礮、檯槍、鳥槍、長矛、短刀、鋭鐮等數百具，裝載三船，至紹興呈諸大營請功。將軍飭支應局驗收，而支應局利在再造可侵漁工價，固不以來獻者為有功也，遲之月餘，始申稟將軍，謂諸器毀壞，不堪再用，今姑收之，似可無庸獎賞。國慶等乃悔恨而去。紹興船有白篷、烏篷兩名。	93
23	卷上	羶碉腥峒鬱崔嵬，萬里迢遙赴敵來。奮取螫弧誇捷足，百身轟入一聲雷。	金川八角碉屯土司阿木穰為寧波西門頭敵，其部下最為驍勇，善用鳥槍，擊人於百布之外，無不中者。乃自軍中有不許輕易用礮之令，並鳥槍亦不攜帶，衹以短兵器接戰。初英夷於西門月城內，潛掘深坑，設伏地雷火礮，及屯兵進攻，城門洞開，佯若無備。總翼長段永福誤謂夷人已竄，遂令我兵按隊而入，甫及月城，機動礮發，我兵蒼黃四走，適街巷湫隘，不能退避，遂多傷亡，而屯兵首罹其禍，自阿木穰以下，共死一百人云。	94
24	卷上	后土皇天實鑒之，錚錚南八是男兒。歸元雙目猶含怒，想見銜髭飲刃時。	四川守備王國英，攻寧波西門，於地雷轟擊時，帥眾奮入月城，適遇夷酋郭士立於故紳吳鑑堂門下，烟燄中挺刃而進，欲手擊之，左腿誤中火箭，遂被執。其部下傳聞異辭，譁謂國英已降賊。及三月閒，我兵有自賊中歸者，挈其屍至，僕亦在紹興營中親見之，面目如生，髮後枚子，字迹猶未模糊，故知為國英無疑。蓋接戰時，我兵被傷未死者，夷人咸	94

			醫藥之，頗以小恩相結，欲其歸後，煽播謠言，以懈我軍心。凡我兵誤被愚弄，受其厚贈而歸者，五十四人，而國英獨能守義，痛罵不屈而死，於是群言始熄。將軍以國英死狀據實入奏，旋奉旨照例賜卹。其子錫文以千總儘先拔補。	
25	卷上	頭敵蒼黃奮一呼，飛丸創重血模糊。憐伊到死雄心在，臥問鯨鯢殲盡無。	金川土守備哈克里攻奪招寶山礮臺，群夷用大礮俯擊，而火性炎上，不能命中。屯兵登山最趫疾，猱升而上，搶入威遠城。群夷將遁，適一夷船自金雞山窬江而至，用礮仰擊。哈克里遂不支，退下山麓，遇前鋒策應聶廷楷，相與布陣，將赴鏖戰。時夷兵數不及三百，見我兵眾，不敢衝突，相持久之。鄉勇頭目謝寶樹奮怒先進，誤中礮子，仆入深澗中，餘眾見而欲遁。時劉天保、凌長星已自鎮海城下敗去，廷楷恐腹背受敵，遂亦棄營退歸駱駝橋。謝寶樹者，河南祥符縣廩生也，善技擊，誤入紅鬍子教，縣官欲補之，故竄名鄉勇籍中，思立功以贖罪。及被傷，爲其同伴搶歸，鉛子深入腹中，謀出之而無術也，呻吟一晝夜而死。臨絕時，大聲問其同伴曰：「寧波得勝仗否？夷船爲我燒盡否？我則已矣，諸君何不去殺賊耶？」僕適聞之，不禁淚下。	95
26	卷下	哀囝詩成別樣愁，邇來怒氣血橫流。浪花洪卷杉青閘，知爲私讐爲國讐。	興販鴉片烟可獲重利，閩、廣商人大半以此爲業。自嚴禁販烟之後，遂甘心與英夷狼狽爲姦。乍浦一海口，閩、廣人十居五六。方我兵與英夷接仗時，市中各店夥放火相應，襲殺我兵，故我兵深銜之。及遁歸嘉興，譁謂閩、廣人均係漢姦，見市肆招牌有福建字樣者，轟入憤殺，一市大	96

27	卷下	回首何堪此建旄？檻車一輛去南濠。只餘八百孤寒淚，灑上元戎舊錦袍。	十一月初十日，接到兵部廷寄，奉上諭，奕經著來京候旨。惟時營中各員，紛紛請將軍給發咨文，或回軍，或回省，或回籍，咸欲辭去。二十三日，營中又傳言，有上諭著將軍仍折回浙江辦理報銷事，營員復有喜色，而不知傳言之何自來也。二更後，始於印務處檢出兵部廷寄。蓋凡文書由驛遞到，先交印務處開拆，然後呈諸將軍。時管理印務之員，方整頓歸裝，無心於公事，故遲至一日始查出來文。至於傳言之起，則由錫山驛吏私行拆開也。將軍遂由無錫啓行而南。二十七日，忽於蘇州南濠塗次，又奉到上諭，以將軍勞師糜餉，拏問進京，交宗人府圈禁，文參贊交刑部監禁，於事營員皆恐禍之及己也，悄然星散，惟幕中書生輩相送至鎮江而別。	97
28	卷下	終南翦崇志猶存，青阪吟成盡淚痕。恰有邊情難下筆，半關公論半私恩。	昔賢受人知遇，心感恩門，所作書文，往往詞多迴護。今僕不能稍事隱飾，有媿昔賢多矣，故於此書屢欲焚棄，乃朋好中有勸其存稿者，謂盛朝不嚴文禁，今者功罪既定，國法已伸，況人言籍籍，諱無可諱，不若直存之，為後之用兵者告，俾知軍中之利病焉。姑從其言，錄之如右。若非所見聞，概弗敢及也。僕始從軍時，有以《鍾進士殺鬼圖》贈行者，故有首句云。	98
29	卷上	刺史風流繡幰開，居然將將有奇才。莫嫌輕借留侯箸，請得專征節鉞來。	文中無引用	115

30	卷下	同病憐他守土官， 瀕危可奈送迎難！ 何人替筧長生藥？ 一劑神醫壯膽丸。	醫國先生出售壯膽丸，下注云： 「一治大將軍擁兵不進，一治各 督撫束手無策，一治各武員臨陣 退走，一治州縣官棄城不 守。……善與賊避，時人謂之迎 送伯。	115
31	自序	渴毫狂吸墨池傾， 灑偏蠻雲總不平。 嵩目陳濤多少恨， 翻教詩史浪傳名。	無	129

（三）《苗妓詩》六首

前人謂夜郎之桑濮，在黃絲驛以東歸化營，風俗淫謬，固亦不減古所云也。客有繆戀於此者，暇日從而往觀。今夕何夕，見此粲者，失笑遄返，雜綴成詩。

異樣煙花亦惹愁，岑雲孖雨結綢繆。
苗謂山之高者曰岑，水之分流者曰孖。

宛從魔母窺婬室，却在天家問野樓。
天苗一名天家，云出自周後，故多姬姓。女子十三四，構竹樓野外處之，苗童聚歌其上，情稔則合。黑苗謂之馬郎房，獞人謂之麻欄，獠人謂之干欄。

錦帶纏胸交十字，
田山薑《黔書陽》載：洞苗婦錦服短衫，繫雙帶於背胸前，刺繡一方，飾以金錢。以予所見，雙帶斜作十字形，交於雙乳間，背綴小錦一方，負物則橫貫其中以爲紐。

銀環押耳妥雙鉤。
耳環大如鉤，下垂至肩，富者多飾以珠貝，累累如瓔珞。

鬼竿影裏呵交去，
春時立木於野，男女旋舞以爲樂，獠人曰羅漢樓，龍苗曰鬼竿。呵交，謂飲酒也。

贏得檳榔一笑投。
狇女饗客以檳榔爲上品，咀之辛香滿口。蓋水浸令軟，石賁灰裹蔞葉藏之，暱者始出贈焉。

問是槃瓠幾派分，

　槃瓠，高辛氏之蓄狗也。銜犬戎吳將軍頭獻闕下，帝酬其功，妻以少女。槃瓠負女入南山，生六子六女，自相夫婦，此群苗鼻祖也。詳見范史西《西南夷列傳》。唐宋以前曰蠻、曰獠而已。前明就三苗地設府、縣、衛，支派遂分：花、白、青、黑、紅，以色名；宋、蔡，以國名；龍、仲、韋、謝，以姓名；馬鐙、狗耳、鍋圈，以飾名。又有羊獷、木老、紫薑、郎慈、八番、九股、六額子、獴、穠、猺、猗、犵、水之屬。種類雖蕃，風俗略同，故注中雜引諸書，不盡區別之。

踹堂歡舞一群群。

　每以令節，男子吹笙撞鼓，苗婦隨之，婆娑進退，疾徐可觀，名曰「踹堂之舞」。

桶裙低露雙趺雪，

　苗女不履不襪，徒跣而行。圍峒錦於腰，重疊百褶，旁無襞積，謂之「桶裙」。僅及膝者，爲「短裙苗」；拖至地者，爲「長裙苗」。長裙苗，即狆家也。

鬖髿鬆堆半笠雲。

斂馬鬉雜人髮束爲髻，大如斗，綴於頂前，上覆竹笠，旁以五色藥珠爲飾，貧者以薏苡代之。此係盛妝，惟跳月時始用之。

醋菜登桥腥欲避，

　凡漁獵所獲，下至蚯蚓蠕動之物，咸麋於一罌，俟其螂蛆腥臭，始告缸成，名曰醋菜，珍爲異味，愈久愈貴。問至富，則曰「藏醋桶幾世矣」。

刺梨釀酒啐成醨。

　刺梨，一名「送春歸」，幹如蒺藜，多芒刺，葩如荼蘼，紅紫相間，鮮豔奪目。他省名「野玫瑰」，皆花而不實。惟黔中實如安石榴而差小，味甘微酸，釀酒極香韻，然不耐飲，雖大戶不及一升便頭岑岑欲吐矣。飲無杯斝，或用牛角，或插竿於甕，蹲而啐之，只宜冷飲，熱則其臭刺鼻也。

恰逢蝎子花開日，

　黔粵山壁間三四月多黃花，蕊吐槙絨，蒙茸如繡，許鶴沙《東還紀程》作蝎子花，閔鶴瞿《粵述》作屈子花。自予視之，即藥草中之金石斛也，根如蘭，葉如柳，莖多節而叢生。

　　嫽扒蘆笙宛轉聞。

　　《黔書》謂苗俗不嫻音律，而蘆笙之制，六管比櫛如羽，獨合於古。余取視之，六管如環，並非排列，惟長管冒匏，短管置簧，稍異耳。跳月時，笙梢懸一葫蘆，中貯水，吹久則簧燥，須時時以水潤之。滇僰間謂好曰「嫽扒」，見楊昇庵《寄字韻》。

　　跳花坡抱月場南，

　　孟春，合男女於野以擇偶，名曰「跳月」，即馬郎房、麻欄、杆欄而合成一會，此苗俗大禮也。歸化苗家，恆以敎場壩為月場，其南有峻嶺，名跳花坡。

　　拉得春陽正十三。

　　自正月初三至十三皆跳月之期，兩男對跳，四五女聯臂圍之，滿場凡數百圍，男跳易乏，須互換也，笙聲沸天，兩相諧，則目成心許矣。十三日跳畢，男吹蘆笙於前，女牽帶從之，遶場三匝，相攜入叢菁間，先為野合，名曰「拉陽」，然必有娠而後得嫁，否則越歲復游牝於牧矣。

　　解語略嫌音帶鴂，

　　父曰包，母曰咪，兄曰皮。謂華人曰絛官、曰矇，亦曰瞎。一為序，二為瘦，三為大，四為布，五為目，六為逆，七為索，八為遮，九為梭，十為完。艮挫，朝饗也。艮林，再飯也。艮喬，夕餐也。雞曰，鴨曰阿，馬曰虐，犬曰磨，豕曰拜，牛曰批，亦曰商訛，凡此方言，與《黔書》、《說鈴》諸書所載略同，然有音無字，但以華字譯之而已。

　　勸餐還怕蠱藏蠶。

　　苗家造蠱，每於端午聚蜈蟆虺蝎於一器而咒之。積久啓視，留其一則為蠱，取其涎矢以毒人，奇病百出，即數年後千里外，無得免者。予嘗夜宿苗寨，見空際如流星閃電，問之，則曰放蠱出飲也，長者為蛇蠱，圓者為蝦蟆蠱，而以金蠶蠱為最毒。蓄蠱之家，潔淨無點塵，投宿者恆以此為趨避，蓋一寨中輒有兩三家也。中其毒者，急服白蘘荷汁，猶可解。蘘荷葉如甘蕉，根如薑芽，喜陰，木下生。潘岳《間居賦》所謂「蘘荷依陰」是也。或曰「刺猥能擒蠱」，見陸雲士《峒谿纖志》。

　　伴牽蘆被情何昵，

　　苗俗無臥具，恆掘地為爐，爇柴而擁以炙，雖隆冬亦裸相枕也。近歲間以蘆絮為被，若木棉則僅有矣。

偷結瓜球性亦憨。

跳月時，取綠巾結爲小圓毬，視歡者擲之，名曰「瓜毯」，亦曰「繡籠」。

作戞恐防歸路晚，

蔡苗會親屬婦女，椎牛歌舞，名曰「作戞」，黑苗兼以賽神，名曰「喫牯臟」。紅苗則間擊銅鼓，名曰「調鼓」。

補籠藥箭滿林嵐。

諸苗恆用藥弩，夜伏叢莽間獵鳥獸，杜詩「莫猺射雁鳴桑弓」是也。藥必市諸独家，独家凡三種，一曰補籠，一曰青仲，一曰卡尤，皆五代楚王馬殷自邕管遷來者也。治藥之術甚秘，必得粤西所產毒母名駒者，合入始靈。

梅花瘴起火紅邊，

黔瘴霜降而息，明春梅花開始發。予以臘月抵黔，陰霾如入雲霧中。一月無四五日晴朗，誤疑爲瘴。久乃知爲罩子，非瘴也。蓋城市皆無瘴，惟陰僻之區，或數年一發，或數十年一發。初起叢灌間，燦爛作金光，下墜如丸，漸飄散若車輪，非虹非霞，五色滿野。陸劍南《避暑漫抄》所謂瘴母其氣香烈，觸之者始如病瘖，旋成黃疸，半載莫救矣。其或數十百里，人民雞犬，靡有孑遺，歸化營凡轄十三支，而火紅支地氣最熱，故瘴亦最酷。近年燋山木而髠之，得少衰。時或一發，擊以火器，亦即驚散。

繪蠟春衣結束鮮。

用蠟繪花於布而染之，既去蠟，則花紋如繡。

莫謂更苴幹甚事，

蘆鹿苗自蜀漢濟火從武侯徵孟獲有功，封羅甸國王。世長其土，最貴者爲更苴，次則慕魁、句魁、罵色，以至黑乍，凡九等，曰九扯。群苗有訟事涉官者，其長兼理之。

應教耐德見猶憐。

耐德，正妻也。

調和蒟蒻三升醬，

漢武帝因唐蒙言蒟醬，而用兵西南夷。梁武帝嗽之而美，曰：「與肉何異？予以爲必異味也。」抵黔後，遍訪之不可得。久乃於苗寨見之，花如流藤，葉如畢撥，子如桑椹，瀝其油醃爲醬，味亦辛香，而不甚可口。楊昇庵《丹鉛錄》所考非謬矣。或取其葉裹檳榔食之，亦可闢瘴，呼之爲蔞，即蔞蒻也。《蜀都賦》所謂蒟蒻，茱萸也。

屏絕芙蓉一枕煙。

黔人呼罌粟花爲芙蓉，故鴉片一名清芙蓉。自清鎮以西山谷間，彌望皆是。華種攢瓣如芍藥，惟夷種單瓣，故結實尤大。薄暮劃其外皮，越宿漿溢如膏，收而熬之，即鴉片，不必配以他藥也。凡妓館中，每以此煙媚客，而苗妓獨否，蓋其酋固能嚴禁也。

間與歹雞談往事，

歹雞，猶華言並坐也。見許鶴沙《滇行紀程》。

傷心姻婭侍皇仙。

嘉慶初，南龍妖婦王囊仙據灑洞，合七紹須以叛，自稱皇仙娘娘，歸化石寨苗酋班撏金，令妻麼香率男婦八百人往應之。後威勒侯勒保，計擒囊仙，檻送京師，餘黨皆駢戮焉。

狐媚何堪掩袖時，

苗女亦饒姿色，惜多狐臭，不可近，暱者每掩鼻就之。

凌波照影鬥芳姿。

餘於焦溪溪間，每見苗女三五成群，櫛沐於清流急湍之上，頗怪之。後閱通志，知其性喜照水，恆顧影以取媚也。歸化在萬山中，數百里無巨溪闊澗，故遇水益低佪不忍去云。

嬌臨猛巳場邊路，

趕場曰「猛巳」，亦曰「拜其」。餘自盤州抵歸化，歷龍場、兔場、狗場、雞場諸寨。初不解命名之義，及詢諸土人，始知逐日趕場數百里間，按十二辰爲一周也。苗女麕集其間，固一穢墟云。

歡鬧家親殿裡屍。

親死，刳木以斂，置諸崇崖峭壁間，不施蔽蓋，旁立木主識其處，名曰「家親殿」。初殯，集親戚男婦笑歌跳舞，是爲鬧屍。明春聞杜鵑聲，舉家號哭。曰「鳥猶歲至，親不歸矣。」

抱子招延巫設祀，

女在室蒸報旁通，淫奔無忌，即跳月後，許有家矣，亦必結好數人，名曰「野老」。聘夫就之，強相合而已。有子始告知聘夫，延師巫結花樓禮聖母。聖母，女媧氏也。親族男婦歌飲二日，名曰「作星」，自是有犯，夫遂得以兵刃從事矣。

避寅先謝客窺籬。

五月寅日，墐戶伏處，夫婦異寢，親族不相往來，有犯者，謂必遭虎厄。

招搖禾落坊前過，

苗俗近漸丕變，婦稚竟有以節孝稱者。道光十二年，麟方伯慶採訪五人，請於朝，以旌之。孝子二，曰喧噶，曰賈香，節婦三，曰扁招，曰禾落，及其子婦曰噶。

翠帶紅巾悔亂披。

六月六日爲換帶之期，群女裸浴於溪澗中，人或薄而觀之，贈以裙帶，則尤喜，嗤者或不得帶歸，而父母以爲恥，野老亦以多爲榮。私一男，則髻上蒙紅巾一方，斜疊若巾，愈高而愈自得，有積至數十層者，同伴咸嘖嘖稱羨云。

海雪畸人夢一場，相逢莫是鞸雲娘。

明季鄺湛若號「海雪畸人」，爲苗女執兵符者云「鞸娘記室」，著有《赤雅》一編。舒鐵雲題《赤雅》詩，即「鞸雲驃雪都無價」句，側用「雲、鞸」二字，姑從之。

羞他送子煩瓜嫂，

凡無子者，親友於中秋夜，飾艷婦抱瓜送於其門。稱爲瓜大嫂。此系黔俗也，苗婦亦效之。

懶去迎神祀竹王。

昔有女子浣於遁水，見三節大竹，剖視之，得一男。歸養之。長而雄武，眾立爲夜郎侯。漢武元鼎六年，舉國內附。後以事誅，群苗思之不置，請爲立侯。牂柯太守吳霸以聞，乃立其三子爲侯，因相沿立竹王祠。至今，群苗猶歲時奉祀弗衰云。

鑿齒縱教隨犵狫，

犵狫種有五：曰花、曰紅、曰翦頭、曰豬豕、曰打牙。打牙尤剽悍，而女子頗纖好，將嫁必折其二齒，否則恐妨夫家，殆所謂「鑿齒之民」與？見田汝成《炎徼紀聞》。

埋香忍使殉鴛鴦。

蔡苗夫死，必以婦殉，婦所私挾眾奪去，乃免。故前人《黔苗竹枝詞》有「幾見鴛鴦能作家」之句。

要留阿妹相思曲，

苗曲有「妹想思」、「妹同庚」之名，率淫奔私暱之詞。

水曲從伊唱幾章。

宋時牂柯蠻入貢，令作本國歌舞。一人吹匏笙爲蚊蚋聲，數十人宛轉旋舞，以足頓地爲節，名曰「水曲」，見《宋史》。